本書爲
全國高校古委會直接資助規劃項目（批准號：〇〇四六）
國家社會科學基金項目（批准號：一三BZW〇七五）
本書出版得到國家古籍整理出版專項經費資助

中國古典文學基本叢書

李夢陽集校箋

第一册

〔明〕李夢陽 撰
郝潤華 校箋

中華書局

圖書在版編目(CIP)數據

李夢陽集校箋/(明)李夢陽撰;郝潤華校箋. —北京:中華書局,2020.9(2022.8 重印)
(中國古典文學基本叢書)
ISBN 978-7-101-13667-8

Ⅰ.李… Ⅱ.①李…②郝… Ⅲ.中國文學-古典文學-作品綜合集-明代 Ⅳ.I214.82

中國版本圖書館 CIP 數據核字(2019)第 002275 號

責任編輯:馬　婧
責任印製:管　斌

中國古典文學基本叢書
李夢陽集校箋
(全五册)
〔明〕李夢陽 撰
郝潤華 校箋
*
中 華 書 局 出 版 發 行
(北京市豐臺區太平橋西里 38 號 100073)
http://www.zhbc.com.cn
E-mail:zhbc@zhbc.com.cn
三河市中晟雅豪印務有限公司印刷
*
850×1168 毫米 1/32 · 75⅝印張 · 11 插頁 · 1804 千字
2020 年 9 月第 1 版　2022 年 8 月第 2 次印刷
印數:2001-3000 册　定價:260.00 元

ISBN 978-7-101-13667-8

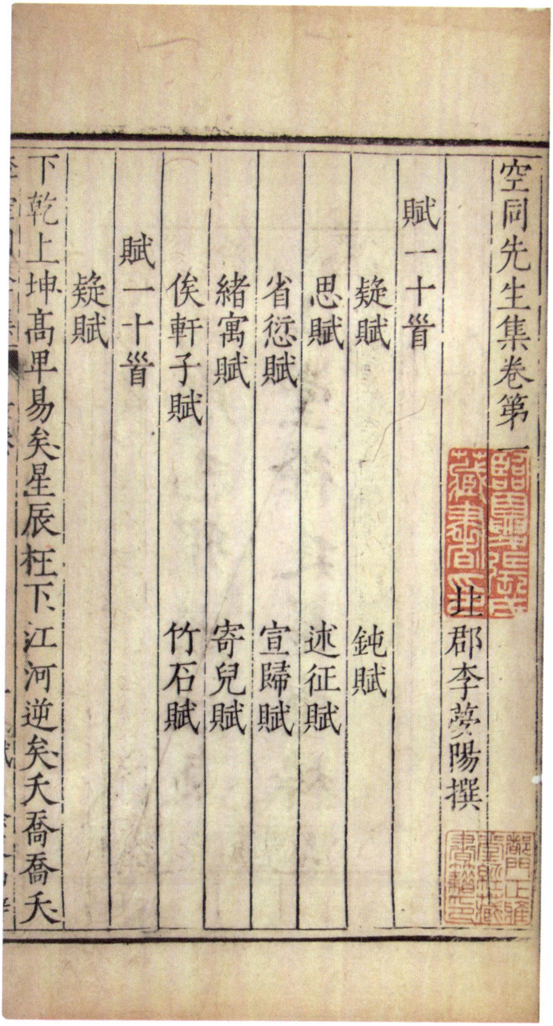
空同先生集卷第一

北郡李夢陽撰

賦一十首

疑賦　鈍賦

思賦　述征賦

省愆賦　宣歸賦

緒寓賦　寄兒賦

俟軒子賦　竹石賦

賦一十首

疑賦

下乾上坤高卑易矣星辰枉下江河逆矣夭喬喬夭

黄省曾刻空同先生集

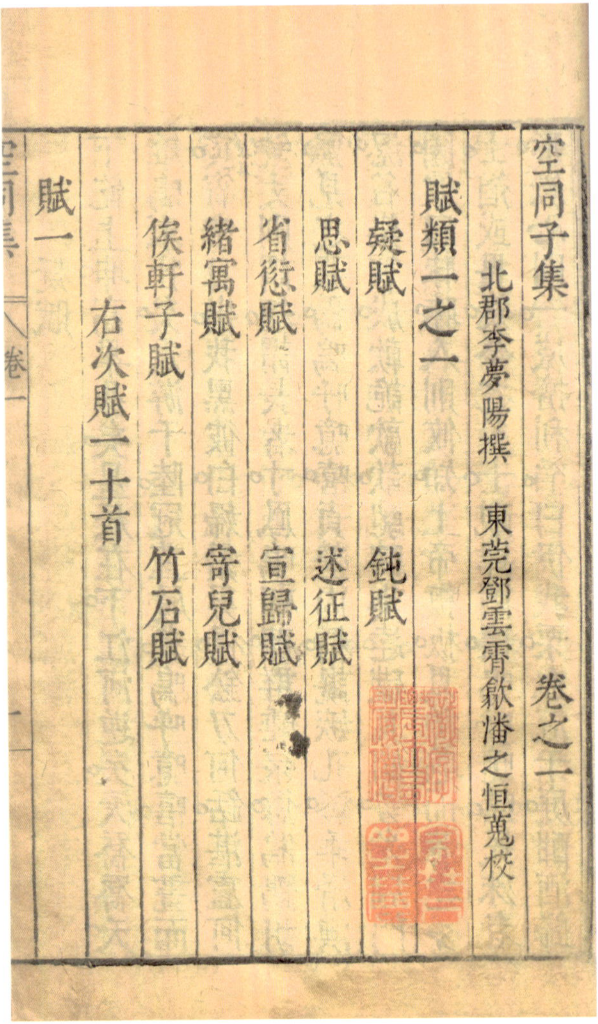
空同子集　卷之一

北郡李夢陽撰　東莞鄧雲霄　歙潘之恒蒐校

賦類一之一

㸚賦　鈍賦

思賦　述征賦

省愆賦　宣歸賦

緒寓賦　寄兒賦

俟軒子賦　竹石賦

右次賦一十首

賦一

鄧雲霄、潘之恒校刻空同子集

總目録

第一册

第二册

第三册

第四册

第五册

目録

李夢陽集校箋卷三　賦三

李夢陽集校箋卷四　風雅什

李夢陽集校箋卷五　樂府一

李夢陽集校箋卷六　樂府二

李夢陽集校箋卷七　樂府三

雜調曲二

李夢陽集校箋卷八　樂府四

李夢陽集校箋卷九　五言古一

李夢陽集校箋卷十　五言古二

感述二

贈寄一

李夢陽集校箋卷十一　五言古三

李夢陽集校箋卷十二　五言古四

李夢陽集校箋卷十三　五言古五

李夢陽集校箋卷十四　五言古六

李夢陽集校箋卷十五　五言古七擬杜體

感述

時序

贈酬

李夢陽集校箋卷十六　五言古八

效李白體

李夢陽集校箋卷十七　五言古九效雜體

效陶體

效唐初體

李夢陽集校箋卷十八　七言古一

李夢陽集校箋卷十九　七言古二

李夢陽集校箋卷二十　七言古三

贈酬一

李夢陽集校箋卷二十一　七言古四

贈酬二

李夢陽集校箋卷二十二　七言古五

李夢陽集校箋卷二十三　五言律一

李夢陽集校箋卷二十四　五言律二

李夢陽集校箋卷二十五　五言律三

贈答一

李夢陽集校箋卷二十六　五言律四

贈答二

李夢陽集校箋卷二十七　五言律五

李夢陽集校箋卷二十八　五言律六　五言排律

五言排律

李夢陽集校箋卷二十九　七言律一

李夢陽集校箋卷三十　七言律二

贈酬一

李夢陽集校箋卷三十一　七言律三

李夢陽集校箋卷三十二　七言律四

雜詩

李夢陽集校箋卷三十三　七言律五

詠物

李夢陽集校箋卷三十四　五言絶句

贈答

雜詠

李夢陽集校箋卷三十五　七言絶句一

大禮

贈答

感述一

李夢陽集校箋卷三十六　七言絕句二

感述二

李夢陽集校箋卷三十七　七言絶句三

七言排律　六言　雜言

游覽

集古句

李夢陽集校箋卷三十八　族譜

李夢陽集校箋卷三十九　上書

李夢陽集校箋卷四十　狀疏

李夢陽集校箋卷四十一　碑文一

李夢陽集校箋卷四十二　碑文二

李夢陽集校箋卷四十三　碑文三

李夢陽集校箋卷四十四　志銘一

李夢陽集校箋卷四十五　志銘二

李夢陽集校箋卷四十六　志銘三

李夢陽集校箋卷四十七　志銘四

李夢陽集校箋卷四十八　記一

李夢陽集校箋卷四十九　記二

李夢陽集校箋卷五十　序一

李夢陽集校箋卷五十一　序二

李夢陽集校箋卷五十二　序三

李夢陽集校箋卷五十三　序四

李夢陽集校箋卷五十四　序五

李夢陽集校箋卷五十五　序六

李夢陽集校箋卷五十六　序七

李夢陽集校箋卷五十七　序八

李夢陽集校箋卷五十八　傳

李夢陽集校箋卷五十九　雜文一

李夢陽集校箋卷六十　雜文二

李夢陽集校箋卷六十一　雜文三

李夢陽集校箋卷六十二　書一

李夢陽集校箋卷六十三　書二

李夢陽集校箋卷六十四　祭文

李夢陽集校箋卷六十五　外篇一

李夢陽集校箋卷六十六　外篇二

李夢陽詩文補遺

遺文

附録一　傳記

附録二　序跋

附録三　書信

附録四　贈答酬唱詩

前言

李夢陽集是明代文學家李夢陽的詩文集。

李夢陽（一四七三—一五三〇）字天賜，又字獻吉，號空同（一稱崆峒）山人，慶陽（今甘肅慶城）人①。夢陽性剛直，敢觸犯權貴，故一生五次下獄，仕途坎坷，中年居家後一心致力文學創作。李夢陽是明代重要文學流派「前七子」領袖，在中國文學史上佔有舉足輕重的地位。以下分四個方面對其生平、文學創作及其詩文集情況略作論述。

一

李夢陽生於明成化八年十二月七日（即公元一四七三年一月五日）②，十歲時隨父徙

① 據李夢陽族譜大傳：夢陽祖上爲扶溝（今屬河南）人，明洪武年間以軍籍徙慶陽（今甘肅慶城）。夢陽於三歲時隨其父李正至阜平縣，十歲時又至開封。正德中兩次罷官，皆寓居開封。然其母與父分别於弘治六年、八年去世，均歸葬於慶陽。

② 關於李夢陽生年，有成化八年十二月、成化九年十二月二説，本書取前説，以爲其出生於公元一四七三年一月。

大梁（今河南開封）①。家世寒微，祖父因經商而致富，父李正習儒，曾任封丘温和王府教授。弘治五年（一四九二），夢陽舉陝西鄉試第一②，弘治六年，中進士，十一年（一四九八）入朝任户部主事，後遷户部郎中，弘治十四年，「奉命監三關招商。公見邊儲日匱，奸蠹歲滋，戚里宦寺豪横無忌，包攬者賂通當道，上下相蒙，是以利歸權要，士有饑色，前監臨者，皆依違其間，或充私橐。公至，持法嚴峻，請托不行，嬖倖不便，媒孽誣奏，致下詔獄。公依然就理，指陳利病，辭氣不撓，事遂得白。釋，復職」③。弘治十八年（一五〇五）草擬上孝宗皇帝書稿，「應詔陳二病、三害、六漸之弊，末言皇親横則外戚驕恣之漸，爲掩義之害」④。不僅揭露時弊，更將矛頭直指外戚壽寧侯張延齡與弟鶴齡，尋被下獄，幸得孝宗保全，得罰俸釋放。武宗即位，朝政爲宦官劉瑾把持，「八虎」横行，正德元年（一五〇六）户部尚書韓文秘密上疏請誅劉瑾，其奏疏出自夢陽之手，韓文等諸大臣皆被斥逐貶謫，夢陽也「矯旨謫山西布政司經歷，勒致仕」（明史卷二百八十六本傳），解職歸開封。次

① 據高叔嗣大明北墅李公墓表，成化十八年夢陽兄弟隨父遷徙大梁。
② 按，夢陽舉陝西鄉試時間爲弘治五年，明史本傳載弘治六年，誤。
③ （明）朱安淈李空同先生年表，載萬曆鄧雲霄刻本空同子集卷末附録。
④ （明）崔銑明江西按察司提學副使空同李公墓誌銘，載萬曆鄧雲霄刻本空同子集卷末附録。

年春，又被劉瑾矯旨逮捕入京，下錦衣衛獄，後在朋友康海等人的營救下獲釋，歸開封閒居。正德五年（一五一〇），劉瑾伏誅，次年春，夢陽復官爲江西提學副使。到江西後，認真治理江西學政，卓有績效，但因孤傲待人，開罪巡按御史江萬實及其同僚，受陷害，被拘刑部廣信獄（在今江西上饒），經何景明、楊一清等營救纔得釋放。正德九年（一五一四），夢陽攜妻子左氏取道襄陽（今屬湖北）回到開封家中。正德十四年，寧王朱宸濠叛亂，夢陽又因被誣陷與寧王交結而入獄，刑部尚書林俊爲之解脱，纔以削籍閒住處理。自後十數年間再未入仕，專心從事文學創作。明史本傳載：「夢陽既家居，益跅弛負氣，治園池，招賓客，日縱俠少射獵繁臺、晉丘間，自號空同子，名震海内。」直至明世宗嘉靖八年（一五三〇）十二月病逝①，享年五十九歲。卒後弟子私謚文毅，天啓初年追謚景文。

李夢陽文名早著，廣交文友，早在弘治十一年（一四九八）任户部主事時，就與王守仁、杭淮、邊貢、徐禎卿、顧璘等人有交往：

一時郎署才彦有揚州儲静夫、趙叔鳴，無錫錢世恩、陳嘉言、秦國聲，太原喬希

① 關於李夢陽卒年，有嘉靖八年九月、嘉靖八年十二月及嘉靖九年十二月三説，筆者以爲其卒於嘉靖八年十二月（公曆爲一五三〇年一月）。

大，宜興杭東卿，郴李貽教、何子元，慈谿楊名父，餘姚王伯安，濟南邊廷實，後又有丹陽殷文濟，信陽何仲默，蘇州都玄敬、徐昌穀，南都顧華玉，皆能游思竹素，高步藝林。惟公主張風雅，裁定品流。每得公一篇，天下傳誦以爲矜式焉①。

從弘治後期到正德二年（一五〇七）因劾劉瑾案罷官歸家之前，夢陽與何景明等人多有交遊，並組成文學群體，時人稱爲「十才子」、「七才子」，明史本傳稱：

與何景明、徐禎卿、邊貢、朱應登、顧璘、陳沂、鄭善夫、康海、王九思等號十才子，又與景明、禎卿、貢、海、九思、王廷相號七才子，皆卑視一世，而夢陽尤甚。

夢陽與「前七子」交遊尤盛：「暇則酒食會聚，討訂文史，朋講群詠，深鈎賾剖，乃咸得大肆力於弘學。於乎！亦極矣！」（李夢陽熊士選詩序）「前七子」大多是弘治間進士，以才氣自負，以古文辭自高，對國運危機十分敏感，對臺閣文學深感不滿，促使他們在文學方面勇於挑戰，矯枉過正。正德九年自江西解職歸開封後，夢陽廣收弟子，吴人黄省曾，越人周祚，千里致書，願爲弟子（明史卷二百八十六本傳）。此外，李夢陽還與楊一清、林俊、張含、毛伯温、李濂等人均有很深的交遊。此不贅述。

① （明）朱安溉李空同先生年表。

二

學界一般認爲李夢陽一生主倡復古，故對其文學理論，批評多於肯定，但近年來這種狀況已有所改變。對於李夢陽的文學理論，有學者總結出三個方面：一是學不的古，苦心無益；二是格古調逸，情以發之；三是詩比興雜錯，假物以神變。（袁震宇、劉明今中國文學批評通史明代卷）。十分客觀地抽繹出李夢陽文學理論的主旨。

考察李夢陽作品，他自己似未曾説過「復古」之類言論，首先評説其復古的是明史文苑傳序：「弘、正之間，李東陽出入宋、元，溯流唐代，擅聲館閣。而李夢陽、何景明倡言復古，文自西京，詩自中唐而下，一切吐棄，操觚談藝之士翕然宗之。明之詩文，於斯一變。」而後錢謙益亦指斥「獻吉以復古自命」（列朝詩集丙集李副使夢陽），自此以後，李夢陽一直爲後人所指責，如四庫館臣曰：「自李夢陽空同集出，以字句摹秦漢，而秦漢爲窠臼。」（四庫全書總目卷一百八十九集部總集類四唐宋八大家文鈔提要）都基本否定其文學理論與創作。其實，這些議論均不甚客觀，李夢陽提倡「格古」與其文學要有真情實感的主張有關。

明代中期，閹宦外戚横行，政治黑暗，社會動蕩，當時正直的士大夫和有所作爲的知識分子，憂患意識開始上升，社會審美心理隨之發生變化，他們對當時盛行的「臺閣體」歌功頌德、粉飾太平的詩文深感不滿，要求革新現狀，尋求文學藝術發展的新出路，於是以李夢陽爲首的「前七子」的文學變革運動應運而生。李夢陽曾説：「辭斷而意屬者，其體也，文之勢也；聯而比之者，事也。柔澹者思，含蓄者意也，典厚者義也，高古者格，宛亮者調，沉著雄麗、清峻閒雅者，才之類也，而發於辭。」（駁何氏論文書）「格古」是李夢陽創作風格的主要追求：「山人嘗以其詩視李子，李子曰：『夫詩有七難：格古、調逸、氣舒、句渾、音圓、思沖、情以發之，七者備而後詩昌矣。』」（潛虬山人記）所謂「格古」就是以古人爲標準，提倡高格調的詩文創作，這裏的「格」既有標準、法式的意思，也有格調的意義。在李夢陽看來，各種詩、文體格，凡最早出現的，總是最完美的。所以他在詩歌方面主張古體以漢、魏爲楷模，近體以盛唐爲榜樣；在散文方面，則最推崇秦、漢。他曾説：「山人商宋、梁時，猶學宋人詩，會李子客梁，謂之曰：『宋無詩。』山人於是遂棄宋而學唐。已問唐所無，曰：『唐無賦哉！』山人於是則又究心賦騷於唐、漢之上。」（潛虬山人記）又説：「詩至唐，古調亡矣，然自有唐調可歌詠，高者猶足被管弦。宋人主理不主調，于是唐調亦亡。」「宋人主理作理語，于是薄風雲月露，一切剷去不爲。」（缶音序）又説：「古詩妙在形容之耳，所謂水月鏡花，所謂人外之人，言外之言。宋以後則直陳之矣，於是求工於字句，所謂心勞日拙者也。」(論學下篇)李夢陽所追求的是所謂「高格」,而這種「高格」只有在秦漢散文、漢魏詩賦、唐詩這些具有文體淵源性的時代之作中纔能找到。這種理論對於文學創作方法來説應該是值得借鑒的。此外,李夢陽雖主張學習秦漢散文、漢魏詩賦、唐詩,但他反對食古不化,他説:「夫追古者未有不先其體者也,然守而未化,故蹊徑存焉。」(駁何氏論文書)(徐迪功集序)他又説:「若以我之情,述今之事,尺寸古法,罔襲其辭。」表明他並不主張僵化地模擬古人。

夢陽提倡「格古」,一方面是要使文學創作祖述秦漢,另一方面就是要學習古人藴涵真情的作品。因此,李夢陽在文章中多次强調情的作用。如在梅月先生詩序中指出:「情者,動乎遇者也。……故遇者物也,動者情也。……故天下無不根之萌,君子無不根之情。憂樂潛之中而後感觸應之外,故遇者因乎情,詩者形乎遇。」同時,他還進一步論及情與理的關係,主張「情」可以突破「理」的束縛,不認可「理」對「情」的統制。李夢陽對文學創作中情感的高度重視,無疑是對自宋以來萎弱平庸文風的有力矯正,而且也是他在文學領域中對於宋明理學的抗爭。所以,在創作中他融注了自己强烈的思想感情。如其祭悼亡妻的結腸篇:「言畢意違時反脣,妾匪無迕君多嗔。中腸詰曲難爲辭,生既難明死詎知。」這首詩借妻子的口吻,寫出了夫妻生活中的隔閡,真實地描寫了婦女在情感上的要求與不滿，與一般「悼亡」詩多美化夫妻生活不同，「這已經閃爍著晚明文學的新精神了」（章培恒、駱玉明主編中國文學史第七編明代文學）。

李夢陽在文學方面最爲推崇的是民間歌謡。他在詩集自序中説：

夫詩者，天地自然之音也。今途咢而巷謳，勞呻而康吟，一唱而群和者，其真也，斯之謂風也。孔子曰：「禮失而求之野。」今真詩乃在民間，而文人學子顧往往爲韻言，謂之詩。夫孟子謂「詩亡，然後春秋作」者，雅也。而風者亦遂棄而不采，不列之樂官。悲夫！

那麽什麽樣的詩是「真詩」？他對「真」的定義是：「故真者，音之發而情之原也，非雅俗之辯也。」（詩集自序）而判斷詩是不是真詩，不在於雅俗，而在於其是否具有特定風格的音調節奏，是否真切地傳達出了某種情緒、情感或情思。真情經由自然和諧的音調表達出來，纔具動人心魄的魅力。他在結腸操譜序中也認爲「音」乃「發之情而生之心者」，所以天下「無非情之音」。「音」總是表達著某種真情。「風」詩係「天地自然之音」，所以他纔毫不遲疑地説：「真詩乃在民間。」更加强調文學的情感表現。李夢陽不僅倡言「真詩乃在民間」，而且對自己早期創作的詩，他也提出批評：「予之詩非真也，王子（叔武）所謂文人學子韻言耳，出之情寡而工之詞多者也。」（詩集自序）他對整個文人詩歌的傳統提出懷疑，表現出探求新的詩歌方向的意識。

李夢陽一生勤於創作，傳世詩文衆多，包括詩、賦二千二百餘篇及各體文章三百餘篇，收入其空同集六十六卷中。

夢陽全集中賦作約有三十五篇，與所有作品相比，在數量上並不佔有優勢，但頗具特色。李夢陽喜作騷體賦，當時人已有注意，何景明就説他「著書薄子雲，作賦追屈原」（大復集卷八李户部夢陽）。究其原因，不僅與個人遭遇及時代背景有關，更與其文學主張有關。李夢陽提出「漢無騷」、「唐無賦」和學賦者須「究心騷賦於唐、漢之上」的觀點。這一文學主張在其創作實踐中得以充分貫徹，其騷體賦的創作就是明證。縱觀李夢陽的騷體賦，在形式上多繼承屈賦，却也有自己的特色。他的賦很少纏綿悱惻，顯示出雄渾豪放的風格特徵，這與他從小生長於北地，成長於中原有關。正如有學者評價李夢陽的賦作「上擬屈、宋，下及六朝」（王世貞藝苑卮言卷五），「頗存漢、魏風骨」（馬積高主編賦史）。他的賦在明代的賦體創作中佔有一席之地，是騷體賦在創作中的延續與新變。

關於李夢陽的詩歌創作，歷代總體評價較高。四庫館臣曾評：「平心而論，其詩材力富健，實足以籠罩一時。」（四庫全書總目卷一百七十一集部别集類空同集提要）李夢陽倡言盛唐詩歌，他對李白與杜甫尤其心儀，在作品中多次提到。具體而言，其律詩追摹杜甫較多，多氣象闊大之辭。清沈德潛稱其「七言近體開合動蕩，不拘故方，準之杜陵，幾於具體，故當雄視一代」（明詩别裁集）。如被楊慎稱爲「空同七言律第一首」的朱仙鎮詩：

水廟飛沙白日陰，古墩殘樹濁河深。金牌痛哭班師地，鐵馬驅馳報主心。入夜松杉雙鷺宿，有時風雨一龍吟。經行墨客還詞賦，南北淒涼自古今。

由朱仙鎮的景色聯想到抗金英雄岳飛，由岳飛的不幸想到自己報國無門。層層深入，看似懷古，其實詠懷。寫景中隱含感慨，氣象雄渾，意境悲壯。

夢陽的五言古詩繼承漢魏詩歌傳統，積極汲取阮籍、曹植、李白等詩人作品的藝術養料，其創作出的大量舊題樂府、新題樂府以及送别、酬贈、寫景、抒懷之作，隨題命意，隨事遣辭，語言樸實，情感真摯，在題材内容方面也有所創新超越，取得了較高成就。比李夢陽稍晚的楊慎即説：「空同以復古鳴弘、德間，觀其樂府，幽秀古豔，有鐃歌、童謡之風。其古詩緣情綺靡，有徐、庾、顔、謝之韻，而人但稱其律詩。」（朱彝尊明詩綜卷三十四引）明末陳子龍亦贊曰：「獻吉樂府氣調雄古，言不盡意。」（皇明詩選卷一）如車遥遥：「車遥遥，遥遥復邁邁，望見秋塵起。不見車輪轉，知在秋塵裏。」（空同集卷五）楊慎李空同詩選評曰：「可入漢調。」再如君馬黄：

君馬黄，臣四驪。飛軒駊騀交路逵，錦衣有曜都且馳。前徑狹以斜，曲巷不容車。攘臂叱前兵，掉頭麾後驅，毀彼之廬行我輿。大兵拆屋梁，中兵搖楣櫨，小兵無所爲，張勢罵蠻奴：「爾慎勿言諜者來，幸非君馬汝不夷。」

君馬黄，漢樂府鐃歌名。以歌辭首句「君馬黄」而得名。樂府詩集卷十六鼓吹曲辭漢鐃歌君馬黄：「君馬黄，臣馬蒼，二馬同逐臣馬良。」李白即作有君馬黄詩：「君馬黄，我馬白，馬色雖不同，人心本無隔。」正德初年，宦官江彬等慫慂年輕的明武宗鬭狗擊雞，四處横行，禍害百姓。夢陽此首借古體樂府諷刺現實，含義深刻。皇明詩選卷一引李舒章曰：「以古題諷近事，能不落度。」頗得此詩之旨。

夢陽七言古體尤其是歌行體則學李白較多一些，如其雪山歌送萬子，在藝術手法上即有模仿蜀道難的痕跡，但其奇險雄放的藝術風格，却使得全詩呈現出較高的藝術性。明人馮時可即稱：「（空同）至於歌行，縱横開闔，神於青蓮。」（空同先生集序，載空同子集卷首）王世貞亦稱：「獻吉才氣高雄，風骨遒利，天授既奇，師法復古，手闢草昧，爲一代詞人之冠。……七言歌行縱横如意，開闔有法，最爲合作。」（藝苑卮言卷六）其七言古詩所具有的現實性與批判精神，繼承杜詩的優良傳統，尤其值得關注。如土兵行對於江西軍事官員調集廣西狼兵鎮壓民變時對百姓侵擾的批判，真實反映現實，句句切中要害。明史卷一百八十七陳金傳載：「（正德七年）七月乘勝斬光權。華林賊盡平。……金累破劇賊，然所用目兵貪殘嗜殺，剽掠甚於賊，有巨族數百口闔門罹害者。所獲婦女率指爲賊屬，載數千艘去。民間謡曰：『土賊猶可，土兵殺我。』金亦知民患之，方倚其力，不爲禁。」夢陽當時正任江西提學副使，親歷其事，感到痛心，爲此而憤筆創作此詩。明詩綜卷二十九引孫枝蔚語云：「贛州賊作亂，都御史陳金奏調廣西狼兵征之，土兵行所由作也。此詩當與杜陵北征詩並傳。」再如，玄明宫行一首，以近六十句的篇幅，描寫玄明宫的修築過程及其裝潢的奢華，諷刺宦官劉瑾依仗武宗的信任巧取豪奪爲自己修築宫殿的史實，「神廠擇木内苑竭，官坑選石西山空。夷墳伐屋白日黑，揮汗如雨斤成風」，可謂出神入化，鞭闢入裏。沈德潛明詩别裁集卷四評云：「此爲宦官劉瑾作也。鋪陳盛衰，皆托他人之言；『聞言愴惻』以下方入自己議論。痛惜祖訓，垂戒後人，是大章法、大文字。」

李夢陽的散文數量衆多，各體兼擅，歷來評判不一。王世貞曰：「獻吉文，如譜傳、于肅愍、康長公碑、封事數章佳耳，其他多涉套，而送行序，尤率意可厭。」（藝苑卮言卷六）何良俊則稱：「李空同集中，如家譜大傳、黄尚書傳、康長公墓碑、河上草堂記、徐迪功集序諸篇，極爲雄健。一代之文，罕見其比。」（四友齋叢説卷二十三文）客觀地講，李夢陽散文風格追步秦漢，遊記、序、傳記、墓志等題材較他體爲盛，語言雖模古較多，但也有自然活潑的作品，如梅山先生墓志銘：「正德十六年秋，梅山子來，李子見其體腴厚，喜握其手，曰：『梅山肥邪？』梅山笑曰：『吾能醫。』曰：『更奚能？』曰：『能形家者流。』曰：『更奚能？』曰：『能詩。』李子乃大詑喜，拳其背曰：『汝吴下阿蒙邪？別數年而能詩、能醫、能形家者流。』李子有貴客，邀梅山，客故豪酒，梅山亦豪酒。深觴細杯，窮日落月。梅山醉，每據牀放歌，厥聲悠揚而激烈。已，大笑，觴客，客亦大笑，和歌，醉歡。李子則又拳其背曰：『久別汝，汝能酒，又善歌邪？』客初輕梅山，於是則大器重之，相結内。」有學者認爲這篇散文「與充斥當時文壇的『皆欲合道』的『志傳』相比，已散發出一股清新的氣息，若純從藝術表現的角度觀察，與『臺閣體』那種刻板的描寫程式及平衍、拖沓的語言風格亦大異其趣」（章培恒、駱玉明主編中國文學史第七編明代文學）。

總之，李夢陽文學創作對明代文學的發展起了重要作用，在中國文學史上佔有重要位置。

三

關於李夢陽著述情況，清黄虞稷千頃堂書目卷十著録其尚書黄公傳一卷，卷十一著録空同子一卷，卷二十一著録弘德集三十三卷、空同全集六十六卷。並注云：「字獻吉，扶溝人，江西提學副使。天啓初，追謚景文。」卷三十又著録奏議一卷，卷三十一著録文選增定二十二卷。明史藝文志亦著録空同全集六十六卷。此處空同全集六十六卷及續通志、續文獻通考著録空同集六十六卷，都是指李夢陽的詩文集。四庫全書總目子部雜家類存目著録空同子一卷，集部别集類著録空同集六十六卷。尚書黄公傳、奏議收入其文集，文選增定一書作者不明，弘德集、空同集與空同子皆存。此外，其他文獻著録記載有李夢陽批點楊一清石淙詩稿十七卷、李夢陽評孟浩然詩二卷，二書今均存。周采泉杜集書録卷九著録李夢陽批杜詩，云清代嘉道間人陸烜言親見此書，曰：「此批或尚存天壤，亦未可知。」

關於其詩文集在明代刊刻情況，學術界已有所考述①，這裏將空同集重要版本、流傳情況以及其中一些問題作些考辨。

（一）弘德集

李夢陽詩文，在其生前即已結集。嘉靖三年（一五二四），李夢陽將五十三歲之前所

① 王公望李夢陽著作明代刻行述略，載圖書與情報，一九九八年第三期。

作詩賦一千八百零七首結集，「凡三十三卷：賦三卷，三十五篇；四五言古體一十二卷，四百七十篇；七言歌行五卷，二百一十篇；五言律五卷，四百六十二篇；七言律四卷，二百八十三篇；七言絶句二卷，二百二十七篇；五言絶句并六言、雜言一卷，一百二十篇，凡一千八百七篇」（李夢陽詩集自序），命名爲弘德集，並撰詩集自序説明結集原委及經過。今國家圖書館藏有弘德集殘卷，半葉十行，每行二十字，以吏、户、禮、兵、刑、工分爲六册，缺吏、兵二册，有「長樂鄭振鐸西諦藏書」朱文印。上海圖書館藏有嘉靖四年張元學刻李氏弘德集三十二卷，即該本。中國古籍善本書目還著録有浙江圖書館藏明嘉靖四年張元學刻本，亦即同一版本。嘉業堂藏書志卷四集部明别集類著録李氏弘德集，提要云：「凡詩人所自定之集，如宋景濂刻於元代之潛溪初集、高季迪之缶鳴集、姑蘇雜詠，均爲人所重。此本亦猶是也。」可見其價值。

（二）嘉靖集

國圖、南圖有嘉靖集膠片一卷，原書藏美國國會圖書館。半頁十一行，行二十字。首頁有「堯鼎（卿）」朱文印。卷首有「嘉靖集，元年、二年、三年」及「空同山人撰」字樣。收詩二百一十一首，組詩均爲「一」、「二」、「三」之類，與萬曆三十年（一六〇二）鄧雲霄刻本「其一」、「其二」、「其三」有異。書末有「吴郡朱整校」字樣。從書名可知該集之刻當晚於弘德集，從時間上看，當不晚於嘉靖四年。

（三）崆峒集

明李開先李崆峒傳記載，夢陽有崆峒集二十一卷，刻於晉（李開先李中麓閒居集）。據王重民中國善本書提要著録，國家圖書館藏有李夢陽崆峒集二十一卷，卷首尾均無序跋，也無校刻人姓名，有「南林劉氏求恕齋」、「劉承幹」印，可見其爲清末劉氏嘉業堂收藏過。此本今不見於國圖目録。國圖另藏有一崆峒集二十一卷，十行二十字，白口，四周單邊，單黑魚尾，每卷之首刻有「山西太原府知府邠西閻讓伯仁刻」字樣。該本顯係李開先所謂刻於晉者。

至於刻於何時，據李夢陽老師楊一清生前所撰督府稿輯入之再與獻吉憲副函中稱，正德十一年（一五一六），楊一清第二次致仕，返回京口（今江蘇鎮江）之歸途中，曾在中牟（今河南中牟）作短暫休息，當時得到李夢陽托人饋贈之詩集，後曾於「舟中取崆峒集閲之」（朱國禎皇明史概皇明大政記卷二十四），由此來看，大概在此年以前該崆峒集已梓行。另，據中國古籍善本書目，明姑蘇（今江蘇蘇州）沈與文野竹齋曾刻行二十一卷本崆峒集，明沈植繁露堂亦刻過崆峒集二十一卷，今國内圖書館有藏，或從晉刻本而來。

（四）黄省曾刻空同先生集

嘉靖七年（一五二八），李夢陽將一生所寫之詩文整理芟删修訂後，取名空同集，欲覓人梓刻，臨去世前將全稿交予蘇州黄省曾。省曾，字勉之，號五嶽山人，蘇州吴縣人，明中期詩人、學者兼刻書家，好古而善文學，並刊刻過多部善本書。明史文苑傳稱其「從王守仁、湛若水游，又學詩於李夢陽」。夢陽致黄勉之尺牘六首其三有「五嶽言欲刊鄙作於吴中」、「會自邑復下吴，因遂以全稿付之，詩文凡五十九卷」之句，其五又曰：「六月廿一日始獲五嶽書，始知刊校遲速之詳並委曲懇至之情。」黄省曾也説：「故先生於戊子之冬，以手編全集寄我姑蘇，殷勤札書，屢貽疊受。」（空同先生文集序，載空同先生集嘉靖九年刻本卷首）明儒學案卷二十五亦載，「李空同就醫京口，先生（黄省曾）問疾，空同以全集授之」。又顧璘國寶新編傳贊云：「空同集六十三卷可謂富矣，姑蘇黄省曾詮次。」又，霍韜贈黄子省曾序云，省曾從姑蘇過訪霍氏，韜「讀空同集，見空同與黄子往復札書，又見黄子所爲空同集序」。於是，夢陽卒後的嘉靖九年（一五三〇），黄省曾在蘇州將空同先生集六十三卷刻成行世，並在序中説：「歲之除夕，先生告殂。嗚呼！緬惟邂逅，已然季子之許；自顧淺膚，莫稱陽冰之託。」此本爲夢陽詩文集的初刻本。黄省曾序稱：「先生風節凝持，卓立不懼，卒能浣學囿之汙沿，新彤管之瑣習，起末家之頽散，復周漢之雅麗，彬彬乎天下學士大夫，莫不趨風而宗之。自是埏宇之内，倡和鎔鈞，文章經緯，與三代同驅矣。」「由是品擬先民，則銓情播義，釀浸於洙典；星離緡貫，幅尺于丘明；約暢淵綺，橐籥于宋、荀；騁頓激昂，陶鑪于遷、固；緣方形似，合步於相如；體新揮述，齊能於杜甫；祖轍求源，法同於康樂；抉衰續古，功並於拾遺。誠遊藝之鉅工，而摛翰之鴻匠也。」對李夢陽的文學創作及思想推崇備至。黄本對收録詩文有删削，遵照夢陽生前的交待，「集中文或無甚要義，如柬札、祭文之類，删之可也；童謡既采民俗，不宜雜之」（李夢陽致黄勉之尺牘六首「其五」，載黄省曾刻空同先生集卷末附録）。

黄省曾所刻六十三卷本爲空同集最早之刻本，有人以爲其已散佚[①]，其實並非事實，

① 參見王公望李夢陽著作明代刻行述略，載圖書與情報，一九九八年第三期。

據筆者考察，今國内仍有典藏。考述見下。

國家圖書館藏空同先生文集

該本六十三卷，綫裝三函二十册。封面紙黑色，首有五嶽山人吳郡黄省曾撰空同先生文集序，落款「嘉靖九年春三月十六日」，無其他序，無目録。第一册封面爲普通無色宣紙，似是後來所補。次即正文「空同先生集卷第一」，「北郡李夢陽撰」，在「北郡李夢陽撰」字面上有兩方印鑒，分别是「錢基博」、「子泉」字樣，錢基博即錢鍾書的父親，此書或乃錢先生捐贈，故有此印，「子泉」是錢基博的字。版式爲：半葉十一行，行二十字，每頁版心單黑魚尾下是「空同集卷若干」，依次記書卷頁碼、刻書人姓名。如第一册有「章悦」、「陸明」、「宅」、「敖」、「淮」、「袁電」等字樣。内容是：卷一至卷三「賦」，爲第一册；卷四至卷三十六「詩」，爲第二册至第十二册；卷三十七至卷六十三「文」，爲第十三册下至第二十册。該本似爲明黄省曾刻本。

西北師範大學圖書館藏空同先生文集

該本六十三卷，一函八册（另有十二册，版式、紙張同）。卷首只有黄省曾空同先生文集序。無目録，每卷之前有本卷篇目。紙張白色（似開化紙）。版式：單黑魚尾，上魚尾下方有「空同集卷某」字様，白口下方是内容，如卷一至卷三，下寫「賦」，卷四至卷三十六，下寫「詩」，卷三十七至卷六十三，下寫「文」。每卷前列本卷詩文目録。書口最下方爲「章悦」、「唐」、「宅」、「敖」、「章祥」、「先」、「宣」、「仁」、「王」、「王師禹」、「馬」、「思」、「南」、「安」、「陸朝」等字様，均爲刻工姓名。半頁十一行，行二十字。上下單邊，左右雙邊。首頁有「曉霞」、「徐鑰之印」、「馬曰琯藏印」、「靈蘭館圖書館」數枚藏印。該本爲黄省曾刻本。

此外，柏克萊加州大學東亞圖書館編柏克萊加州大學東亞圖書館中文古籍善本書志亦著録一空同先生集六十三卷，十六册，半葉十一行，行二十字，左右雙邊，白口，單魚尾，卷端題「北郡李夢陽撰」，卷首有五嶽山人黄省曾序。版心下方有「章悦」、「陸朝」、「宅」、「敖」、「淮」、「唐」、「章祥」、「宣」、「先」、「仁」、「王」、「馬」等字様，亦爲刻工姓名。有吴仲培之「仲培」、「中培」、「吴大本印」、「椿蔭書屋珍藏」等藏印，卷末有長州（即蘇州）吴仲培藏書跋文。卷一至卷三爲賦，卷六至卷三十六爲詩，卷三十七至卷六十三爲文。顯係黄省曾嘉靖九年吴中刻本。

可見，黄刻本已亡佚之説不確。

（五）曹嘉刻空同集

嘉靖十一年（一五三二），李夢陽外甥曹嘉在任鳳陽（今屬安徽）太守時，據黄省曾所刻蘇州本重梓空同集六十三卷。曹嘉字仲禮，扶溝（今屬河南開封）人，正德十二年（一五一七）進士，改庶吉士，授御史，終江西右布政使。曹嘉刻空同集，請王廷相爲之序，吕柟爲之跋。王廷相詩文兼擅，有王氏家藏集六十八卷，頗推崇李夢陽，認爲夢陽「掩蔽前賢，命令當世，秦漢以來，寡見其儔矣」（空同集序，載曹嘉刻本卷首，又見鄧、潘校刻本）。李夢陽與王廷相有交遊，曾作寄王贛榆、送王子如淞江等詩，嘉靖十一年曹嘉刻夢陽集，王廷相爲空同集序，稱夢陽「時則有若空同李子獻吉，以恢閎統辯之才，成沉博偉麗之文，厥思超玄，厥調寡和，遊精於秦漢，割正於六朝，執符於雅謨，參變於諸子。以柔澹爲上乘，以沉著爲三昧，以雄渾爲堂奥，以藴藉爲神樞。會詮往古之典，用成一家之言」。吕柟（一四七九—一五四二），字仲木，號涇野，陝西高陵人，一生先後在解州（今山西解縣）、南京、北京等地的多所書院講學，在學術上，吕柟以「尚行」著稱，一生宣導躬行實踐，反對不切實際的作風，有涇野子内篇二十七卷。吕柟與夢陽亦有交遊。

曹嘉於嘉靖十一年在鳳陽所刻空同集六十三卷，今國家圖書館、上海圖書館均有藏，半葉十一行，行二十字。從篇目看，詩歌部分對弘德集有所增補。

上海圖書館另藏有嘉靖十一年曹嘉刻、嘉靖三十一年朱睦㮮增修本李空同集，朱題識云：「余乃取吴本補其闕者，正其訛者，增其所未刻者，視舊頗完整。因又取余曩撰公傳，置之卷首，庶覽者有所稽焉。」（李空同集題識，載嘉靖十一年曹嘉刻、嘉靖三十一年朱睦㮮增修本卷首）

此後，空同集六十三卷本系統有嘉靖十二年（一五三三）京兆慎獨齋刻本、嘉靖三十一年（一五五二）刻本等。至萬曆間刻本更多，除萬曆二十九年（一六〇一）李思孝在陝西主刻空同集爲六十四卷本外，其餘均爲六十三卷本，有萬曆六年（一五七八）高文薦刻本、萬曆七年東山堂徐廷器刻本、思山堂徐應瑞刻本、萬曆十五年李四維刻本等。這些版本，有的據黄本刻，有的據曹本刻。

（六）李思孝刻空同集

李思孝刻空同集六十四卷，刻於萬曆二十九年（一六〇一）。從行款、篇目、文字上看，似在曹嘉刻本基礎上分爲六十四卷而成，此外，曹嘉本在有些作品後附曹嘉本人「同賦」、「次韻」之作，此本亦照録。該本前有李思孝空同集序，說：「海内刻獻吉集者甚夥，以余所見，蓋有姑蘇、汴梁、晉陽數種。關西實獻吉故里，何獨兹集無刻也？」於是「出笥中藏本，付督學臧君訂其豕亥，捐贖鍰刻於京兆」。該本前有李思孝撰空同集序，卷末有陝西提刑按察司副使臧爾勸所作空同集後序。該本國家圖書館、陝西省圖書館等有藏。

（七）鄧雲霄、潘之恒校刻空同子集

萬曆三十年（一六〇二）至三十一年，廣東東莞人鄧雲霄又在蘇州搜輯刊刻空同子集六十六卷，附録二卷。刊前由安徽歙縣學者潘之恒爲之校勘，並增補李夢陽晚年所撰空同子八篇，包括化理篇二、物理篇一、治道篇一、論學篇二、事勢篇一、異道篇一，凡六目，四庫全書總目卷一百二十四子部雜家類存目空同子提要評曰：「此本乃後人摘出别行。夢陽文摹擬秦漢，多艱深詰屈之語，爲後人所詆訾。此書亦仿揚雄法言之體。其發明義理，乃頗有可採，不似其他作之贋古。」該本前有李夢陽詩集自序、嘉靖九年黄省曾序、嘉靖十年王廷相序、萬曆三十年鄧雲霄序、馮夢禎序、潘之恒箋語。另輯入聶豹爲梓刻空同子八篇所撰之序。該書每卷之後有校勘或刊刻者姓名，如卷十五之後有「雲間董其昌、陳繼儒銓次」。卷十九後有「壬寅仲秋宣城梅守箕、永嘉何白參校」等。校訂者皆當時名人，故可謂精刻精校本。中國善本書提要稱：「此本爲校輯群本而成，較嘉靖間各本爲獨備，故四庫全書即據以著録。卷内較舊本新增篇什，均題『補録』二字，……卷一記『萬曆壬寅孟夏日長洲歸隆裔閲梓』，附録記『癸卯孟夏南昌劉一爆參閲』，則剞劂之功，周年方竣。」該本爲明以來最佳版本，今國内多家圖書館有藏。文淵閣四庫全書本即據此抄録，但文字略異，是抄前有所讎校，後附校勘記亦可證。可惜該本删去了李夢陽及諸人之序與二卷附録，其中還有不少文字篡改現象。該本有明曹大章重修崆峒集六十六卷本。

總之，從文字上看，黄省曾本從李夢陽稿本而來，詩歌部分承襲弘德集較多，曹嘉本雖據黄本所刻，但又有所修訂，四庫本雖據萬曆三十年鄧雲霄刻本抄録，但在文字上多與黄本同，似據黄本校過。如萬曆本空同子集卷二十四有詠史一首、望極二首，從内容看，顯然有誤，黄本、四庫本均沿襲弘德集而誤，只有曹本做了校改，改爲詠史二首、望極一首。

（八）明清時期其他版本的李夢陽詩文集

李夢陽詩文在明清時期有明楊慎批選嘉靖二十二年（一五四三）張含百花書舍刻空同詩選四卷本、明豐坊輯嘉靖四十四年屠本畯刻空同精華集三卷本、明湯賓尹評、書林詹霖宇刻新鍥會元湯先生批評空同文選五卷本等。國圖尚藏有清宣統二年（一九一〇）掃葉山房石印本李空同詩集三十三卷，綫裝一函十册。書前録有李夢陽詩集自序、鄧雲霄重刻空同先生集序，書後附有「諸家評論」，顯然是萬曆本的選本。

四

本次繫年校箋，以明萬曆三十年鄧雲霄、潘之恒校刻本空同子集爲底本，校以嘉靖九年黄省曾刻本、弘德集、嘉靖集、曹嘉本、李思孝本及其他明代空同集刻本，並以列朝詩集（丙集卷十一收録李夢陽詩五十五首）、明文海（收録李夢陽文十三篇）及明詩綜（卷二十九收録李夢陽詩八十首）等文獻爲參校本。全書基本内容包括以下幾個方面：

第一、前言部分：

先介紹和論述李夢陽生平、交遊，力求在充分吸收前人研究成果基礎上，對李夢陽其人、其詩、其文及其文學理論思想作出較爲客觀、全面的探討評議，同時對空同集的歷代編輯、流傳、版本等情況作出較詳細的考述。

第二、正文部分：

本書依明萬曆三十年鄧雲霄、潘之恒校刻本空同子集底本原貌，將全書分六十六卷，依詩體、文體編排。詩文後新附【校】（校勘記）、【箋】（箋注）及【評】（集評）三項。力求文字、標點正確，校勘精審，箋證有據，集評資料具有代表性。

第三、補遺部分：

現存鄧雲霄、潘之恒萬曆三十年所刻空同子集六十六卷本中輯入李夢陽逸詩二首，共收録詩、賦二千二百餘篇及各體文章三百餘篇，可謂豐富，但亦有遺漏，録詩文並非完備，可證材料有三：一是明李濂汴京遺蹟志卷十三清觀條記載：「余少遊是觀，見壁上有李獻吉詩云：『二十年前走馬地，三清臺殿肅清高。重來無限春風思，不似劉郎爲看桃。』今空同集中不載。」二是四庫全書總目之空同集提要云：「其『黄河水繞漢宫牆』一詩，以落句有郭汾陽字，涉用唐事，恐貽口實，遂删除其稿，不入集中。」三是王世貞藝苑卮言卷六云：「惟空同集是獻吉自選，然亦多駁雜可删者。余見李嵩憲長稱其『黄河水繞漢宫墻，河上秋風雁幾行。客子過壕追野馬，將軍韜箭射天狼。黄塵古渡迷飛輓，白月横空冷戰場。聞道朔方多勇略，只今誰是郭汾陽』一首，李開先少卿誦其逸詩凡十餘首，極有雄渾流麗勝其集中存者，爾時不見選，何也？」

爲此，本書輯録出不見於現存空同子集六十六卷底本中的作品，作爲「補遺」，力求完備，並在作品後標明出處。補遺詩文來源及數量，計弘德集四首、嘉靖集二十八首、黄省曾刻空同先生文集詩九首文一篇，曹嘉刻空同集詩十八首文一篇，李思孝刻空同集詩三首文二篇。又録詩集自序及輯録夢陽爲母高氏所作墓志、徐迪功别稿序、海叟集原序、古八義記序五篇。自其他文獻輯録若干首。除去重複，全稿共輯詩六十九首，文九篇。

第四、附録部分：

包括李夢陽生平傳記資料、李夢陽詩文集歷代序跋與版本題跋記、書信及贈答酬唱詩等四部分。

此次李夢陽集之校箋整理出版，在學界尚屬首次，意在爲推動李夢陽研究的深入發展盡微薄之力，也爲李夢陽研究乃至明代文學研究提供一個較爲可靠的文獻版本依據，並有助於廣大讀者與研究者閲讀、瞭解、欣賞李夢陽詩文作品。由於李夢陽作品數量較多，加之本人學識及時間有限，書中疏誤之處在所難免，祈請廣大讀者及同行專家給予批評指正！

在本書出版之際，首先要感謝南京大學武秀成、西北師大蒲秋征、甘肅省社科院王公望、華中師大董恩林等先生以及中華書局馬婧編輯！他們或提供有關資料，或爲書稿修改提出寶貴意見。其次感謝王照年、王燕飛、周日蓉、莫瓊、高雲飛、王琪、覃鑫等諸位弟子！他們在參與資料查閱、清樣校對等工作中給予了很多幫助。因此書完成時間較長，一直以來得到各方親人朋友的相助與鼓勵，在此也一併表達我的誠摯謝意！

郝潤華於西北大學長安校區

二〇一八年十一月

凡例

現將本書校箋凡例説明如下：

一、本書以明萬曆三十年（一六〇二）至三十一年鄧雲霄、潘之恒校刻空同子集爲底本，以下列各本爲校本：

（一）李氏弘德集三十二卷，嘉靖初年刻，簡稱「弘德集」。

（二）嘉靖集一卷，嘉靖三年（一五二四）刻，簡稱「嘉靖集」。

（三）崆峒集二十一卷，正德間刻，稱「崆峒集」。

（四）空同集六十三卷，嘉靖九年（一五三〇）黄省曾刻於蘇州，簡稱「黄本」。

（五）空同集六十三卷，嘉靖十一年（一五三二）曹嘉據黄省曾本刻於鳳陽，簡稱「曹本」。

（六）空同集六十四卷，萬曆二十九年（一六〇一）李思孝刻於陜西，簡稱「李本」。

（七）空同集六十六卷，文淵閣四庫全書據鄧雲霄、潘之恒校刻本抄入，又有所校改，簡稱「四庫本」。

二、除以上主要專集外，又以明清兩代之主要總集及選本進行校勘，主要有：

（一）明俞憲盛明百家詩，四庫全書存目叢書影明嘉靖至萬曆刻本。簡稱「百家詩」。

（二）清錢謙益撰集，許逸民、林淑敏點校列朝詩集，中華書局二〇〇七年版。簡稱「列朝」。

（三）清朱彝尊選編，劉尚榮、孫通海、王秀梅點校明詩綜，中華書局二〇〇七年版。簡稱「詩綜」。

（四）清黄宗羲明文海，影文淵閣四庫全書本。簡稱「明文」。

三、校勘記置於每篇詩文之後，依順序編號。關於標點、校勘之原則：

（一）標點，凡題目皆不標句讀、專名綫等標點；題目中的小注與并序則施加標點。凡人名、地名、朝代名、國名、民族名等，一律加標專名綫；神名、星名除特殊情況外，一般不標專名綫。

（二）凡底本有訛、脱、衍、倒者一律據他本校改後出校；底本與他本異文兩通者，亦出校，但不改底本；底本不誤而他本顯誤者，一律不出校；凡四庫本爲避諱篡改原書文字而造成異文者，一律不出校。

（三）底本所無，據他本、他書補入的李夢陽作品，依文體置於書後「補遺」。

（四）凡避諱字，不影響文意者，均不出校；常見異形字，不影響文意者，改爲通行繁體字，亦不出校，如「暫」與「蹔」，「飆」與「飈」、「飇」，「窗」與「牎」、「牕」、「窻」，

「慨」與「嘅」等。由於文獻中「志」與「誌」、「岳」與「嶽」、「緜」與「綿」、「旗」與「旂」、「於」與「于」、「跡」與「蹟」、「烟」與「煙」、「閒」與「閑」、「游」與「遊」等皆有出現，則均依原書底本，不做統一處理。

（五）因底本目録訛誤較多，故目録徑據正文，並於正文題下略作説明。

（六）底本中目録與正文對詩題的載録或有不一致之處，酌情而定。

四、本書詩文後之「箋」，主要考述作品寫作年代、創作本事及與本詩主旨相關的人名、地名、職官、史實等，兼及對詩經、離騷等作品的化用。由於李夢陽詩學盛唐，故對詩中化用李白、杜甫詩的情況亦酌加注釋。對於李夢陽交遊人物及作品創作時間之箋注，是本書用力最勤之處。限於篇幅，詩文典故、語詞等基本不作注釋。有些無法確考創作時間的作品，爲謹慎起見，亦不强爲繫年。

五、本書詩文後之「評」主要附録與本作品相關的重要評論資料，以助讀者對李夢陽詩文的理解與鑒賞。

六、由於有關李夢陽生平與作品之資料較多，擬單獨編輯出版李夢陽資料彙編，故本書之正文後依作者時代順序略附其詩文集刻書序跋、主要傳記、書信、酬贈詩等資料，以供讀者查檢利用。附録之資料，均寫明出處，原則上不作對校。

李夢陽集校箋卷一　賦一

疑賦〔一〕

下乾上坤，高卑易矣。星辰在下，江河逆矣。夭喬喬夭，雉鳴求牡矣。魚游于陸，冠苴履矣。嗚呼噫嘻！

當晝而夜，宵中日出。我黑彼白，婦鬚男裼。鉛刀何銛，湛盧何鈍！丈則謂短，謂長者寸。鳳鳴翩翩，群唾衆詆。鵂鶹胡德，見之慕焉。嗚呼噫嘻！

貞瑩内精，讒嫉孔彰。乖滑澒溷，名崇智成。軟詭歙歙，馳騁爽達。殲良媚勢，光爛門闥。彼曰昧昧，人則攸知。上帝板板，鬼神邈而。昔之多士，猶或畏疑①。今之多士，覗肆罔懷。嗚呼噫嘻！

民殊者形，厥心則一。威擠利陷，曰伊我栗。血流于庭，酣酒歸室。友朋胥嬉，同聲德色。穿彼罔識，巧我攸極。昔之執衡，視權與星。今之執衡，惟我重輕。古道坦坦，今眩東西。指晨謂暮，目鸞爲鷄。鄰牛茹虎，冀虎德予。厲莫察階，倒靡究所。嗚呼噫嘻！盜跖横行，回憲則貧。上官尊榮，原隕厥身。直何以仇？佞何以親？彧何以顛？操何以振？飛何以屈？檜何以伸？西子何惡？嫫母何姝？乘黄瘠弱，御者駘駑。舍彼靈明，溺任胡塗。皎皎者忌，憐彼濁污。水清奚無魚，而泥淖以成良畬。

先生莫所自解，誦曰：「握粟出卜，其何能穀？」於是出造巫咸叩焉。巫咸曰：「胡梯鶻突，而與世汩，受福揭揭。漁者一旦獲尋丈之魚，見之者猶捩頸流涎，思劫之也，而憾不漁屠，而況懷千金之寶，抱徑寸之珠？吾誠不能筮，以决子之疑。」

【校】

①畏疑，四庫本作「疑畏」。

【箋】

〔一〕關於該賦所作時間，畢萬忱等著中國歷代賦選明清卷認爲，作於「作者被劉瑾下獄釋放免官後的正德三、四年間」，據文意，似是。巫咸，古代傳説人名。殷中宗時賢臣。一作「巫戊」，以筮占卜之創始者，又是占星家，後世有假託他所測定的恒星圖。離騷：「巫咸將夕降兮，懷椒糈而要之。」王逸注：「巫咸，古神巫也，當殷中宗之世。」史記殷本紀：「巫咸治王家有成，作咸艾，作太戊。」

鈍賦〔一〕

鈍者何？傷時之鋸也，亦自忺也。

余竊悲機巧之競進兮，性靈利而激昂。衆倜儻而鑽刺兮，務捷徑以求成。勢犬牙茍相軋兮，白刃起而相仇。戈戟攢於心肺兮，蹈檻穽而靡憂。汩余生之頑鈍兮，年逾壯而無能。强砥礪而求合兮，路亡羊而多歧。退斂掩而修吾初服兮，韜余劍之陸離。拂靈鍔之鹺鹺兮，吾什襲而猶恐露之。

喟時俗之反覆兮，常寶僞而棄真。斥莫邪使不御兮，挈鉛刀而自珍。吾縱有湛盧與龍泉兮，反孤立而危懼。按明月之玉環兮，塵星斗使不露。覽往古誰不然兮，吾又何怨乎今之遭。余常怪范蠡之用鋩兮，未見幾而逃。彼種與胥豈乏利刃兮，竟爲主之仇讎？故木以直見伐兮，樗以屈曲保全。故鋭者先衄兮，吾蓋幸毛遂之脱身。鬱侘傺余拂抑兮，退且焉礪吾初質。索白茅而構庵兮，斫桂杉而爲室。悶踽踽以潛處兮，情蹇產而晝一。閴踽蹐以後時兮，寂蒙滕而藏密。

余以往哲爲治兮，以隱子爲模。鎔禮樂以爲銛兮，淬仁義而内娛。進既匪我願兮，又何必昭此鋒也。憺徜徉以往來兮，聊秣吾之駿駹。策駑駘而追騏驥兮，余故知路之逴遠。按六轡而遊康莊兮，亦何必逞羊腸與九坂。舍余駟於丘之旁兮，又捐刃乎水裔。準閉户而削迹兮，效完身而遠害。惟山路之巇嶮兮，叢篁鬱而蔽天。物過盛而易霣兮，勢阽危而必顛。吾寧楞騰屋簌蒙詬笑兮，不願爲文錦之犧牛。寧與蹇驢齊軌埋没于塵土兮，終不與凡馬而競先。

【箋】

〔一〕關於此賦創作時間，明朱安㴲李空同先生年表（載萬曆三十年鄧雲霄、潘之恒校刻空同子集附録一）載：「正德十年乙亥，公年四十四歲。何大復姪士過梁，公作鈍賦寄之，何公答以蹇賦。」此説有誤。何景明蹇賦（載大復集卷一）序曰：「兄子士之上大梁也，予戒之曰：『至則求大梁李子書。』及還，李子乃書所著鈍賦焉，曰：……讀其辭傷懷，慷慨悲之，遂抽其緒餘，因別爲蹇賦繼之，書付士，使並藏觀覽焉。」畢萬忱等著中國歷代賦選明清卷認爲，該賦「當作於明武宗正德四年」。「蹇賦是何景明正德三年辭官後於正德四年所作，故李夢陽鈍賦的作年既不會早于正德三年，也不能晚于正德四年，必是正德四年所作」。言之有理。故此賦約作于正德四年（一五〇九）。先是，李夢陽因參與彈劾劉瑾專權遭下獄，後放歸開封。何景明亦因不滿劉瑾專權，又逢長兄何景韶卒，即告病辭歸。何景明姪何士恰赴大梁，何令其「求大梁李子書」，夢陽則以所作鈍賦相贈，何故作蹇賦以和之。何大復，即何景明（一四八三——一五二一），字仲默，號白坡，又號大復山人，信陽（今屬河南）人。弘治十五年（一五〇二）進士，授中書舍人，弘治十八年五月，奉孝宗哀詔使雲南，正德元年（一五〇六）五月還朝，次年辭官歸鄉。正德四年奸宦劉瑾被誅，六年，返京任中書舍人之職，又直内閣經筵官。正德十三年（一五一八）七月，出任陝西提學副使，正德十六年八月去世。年僅三十九。著有雍大記三十六卷、大復集三十八卷等，明史卷二百八十六有傳。何景明與李夢陽均爲「前七子」復古派之首要人物。年表中之梁，即大梁（今河南開封），夢陽自十歲隨父李正遷大梁，至嘉靖九年（一五三〇）去世，除於京城、江西任官及歸慶陽（今甘肅慶城）老家爲父母守制六年外，其餘時間均居大梁。

思賦〔一〕

有子不及見其成立，爲子生無以養，死無以葬，仕也無以褒，斯二①者，天下之至悲也。死者已，生者思，兀然黯然。於乎，駱子！胡以塞汝悲？於是爲駱子作思賦〔二〕。賦曰②：

慨予生之眇眇兮，塊獨處此遐域。誦往昔以自憐兮，淚交下而横臆。登峻極以顧望兮，慨江路之漫漫。思井隴之萎絶兮，願矯舉而無翰。山崛岪以蔽目兮，浮雲又互而四馳。詔鳴鳥以詒訊兮，欻高騫而過之。託先人之餘蔭兮，踵高躅於央哲。勉策名以副實兮，懼前修爲之半輟。入文裀以華屋兮，出結駟之翩翩。慟夜臺之既扃兮，杳冥冥而重泉。攬疆土之殊異兮，睇江鄉之墓阡。

米予莫之負兮，木依③風而夕厲。悒怮怛以不寐兮，摽拊膺而歔欷。哀故山之遼邈兮，湖沄沄而海波。隴荊榛之弗治兮，枯荄積而寒莎。霜露既披此梧楸兮，乃又申之以飆颲。猿夜鳴以慘心兮，鴻雁南而冰雪。冰雪予既弗堪兮，豺狼又怒而當路。然萋菲之易眩兮，謇隱憂而誰訴。怲愠惀以中結兮，氣氤氳而內煎。耿緜聯而靡絶兮，鬱於邑而若牽。惄梟牢而若饑兮，若皇皇求而未得。食伥伥而罔甘兮，寢輾轉而反側。步踽踽而有望兮，坐默默而自語。僾禩禩而有聞兮，肅容聲之接予。

亂曰：綏我思成神之利，降爾遐福天之畀，孝子不匱賢之嗣。

【校】

①二，四庫本作「三」，疑館臣誤解文意而妄改。　②「賦曰」下，弘德集有小注：「駱子名用卿，餘姚人，兵部員外郎。」　③依，原作「兮」，據四庫本改。

【箋】

〔一〕此賦創作時間不詳，據文意，似作於正德三年（一五〇八），時夢陽纔出錦衣衛獄，尚在京城。按，此賦小序云：「有子不及見其成立，爲子生無以養，死無以葬，仕也無以褒，斯二者，天下之至悲也。死者已，生者思，兀然黯然。於乎，駱子！胡以塞汝悲？於是爲駱子作思賦。」此爲好友駱子所作。駱子，不詳，但夢陽有寄寄庵子（空同集卷二十一）一文，序曰：「寄庵子嘗曰：『人生寄爾。然利孰與義安？慾孰與美久？臭孰與芳永？』庫部駱子以其言告李子。」夢陽又有龍仙引贈駱員外（卷二十一）及與駱子遊三山陂三首（卷二十七），後者即云：「庫部平生友，湖山百代心。」庫部，即兵部。疑駱員外、駱子均指此人。駱子，疑即駱用卿，字原忠，原籍寧夏，餘姚（今屬浙江）人。明張元忭萬曆紹興府志卷四十九人物志十五記載：駱用卿，「中陝西鄉試，正德三年進士，歷官兵部員外郎，致仕，僑居通州，精堪輿術」。是駱子正德三年進士及第，而此時夢陽亦恰在京城，其述征集後記云：「余以正德三年五月十七日縶而北行，至秋八月八日乃赦之出云。」（空同集卷四十八）思者，悲也。弘治六年、八年，夢陽母高氏、父李正相繼去世，均歸葬於慶陽（今甘肅慶城）老家，此賦雖爲駱子所作，但却對此有所感發。

〔二〕駱子，即駱用卿，見上箋。

述征賦〔一〕

正德四年夏五月，北行作。

仲夏赫炎兮，草木畢揭。羈縲赴徵兮，夜發梁國〔二〕。抑情順志兮，强食自解。亂流渡河兮，忽焉而寐。所以懭恨揮霍兮，中情菀而内傷。明星散而交加兮，翩冥冥吾以行。覽皋芳而横涕兮，莽皇皇莫知所投。曷暾杲杲方上進兮，雲披離而蔽之。飄風礚而曾波兮，湖水擊而震蕩。慨川廣而難越兮，朝余翱翔乎河上。既涉衛以奔騖兮，又逾淇而渡漳〔三〕。去故鄉以就遠兮，霑余襟兮浪浪。

山峻高而造天兮，又陰晦而多雨。觀藴蟲之相搏兮，忳於邑汗又交下。哀人命之有當兮，禍福杳其無門。孰非義之可蹈兮，焉作忠而顧身。余獨怪夫謇博之罹患兮，親好修而逢殆。箕子狂而悲歌兮，彼比干固以菹醢。觀前世誰不然兮，矧吾懷愆而造尤。聊周張以嬋媛兮，蓋不忍此心之常愁。涉湯陰余愴怳兮，乃又瞻兹羑里。鄂廟屹而傍路兮，駟超軼而過止。懷誠有離愍兮，任道有承尤。侍中顛隕兮，扁鵲被劉。

專惟君而遘殃兮，眩吾不知其何謂。極終古而長憤兮，羌炯炯其猶未昧。翼緜緜之無聊兮，眇翩翩莫知所騁。憂悄悄之悶瞀兮，歷山川余弗省。跡有隱而難察兮，物有微而先彰。負蚊蝨以抗山兮，固切人之未量。欲結言以自明兮，拙而莫之謀也。將曾舉以遠群兮，又絆而莫之能也。經溝瀆吾不悦兮，亦何必爲此行也。謇相羊以俟至兮，莫好脩之證也。

路遼逴之裔裔兮，埃風旋而簸揚。煙液蒸而練練兮，夕吾次于沱陽。嶺弟曲以斂容兮，原曖晻而嵣㟐。風草剡而冥冥兮，狼狸號而夜鳴。指黃昏以爲期兮，驂騠騠又夜行。曰雷霆不可玩兮，孰刑人而不戒。悲輾馬之喘噓兮，常十策而九退。朝攬木末之清風兮，夕瞻明月指列星。我既處幽羌誰告兮，魂中夜之營營。欲展詩以效志兮，又恐增愆而倍尤。衆聚觀而潛誶兮，或掩涕爲予乎淹留。予朝餐中山之初蕨兮，暮挈易之香莽。睇北山而不見兮，彼南州又藐焉而弗予睹。氣怦怦而絓結兮，心緯繣而弗怡。紛流目以相觀兮，見金臺之崔嵬。軫雄虹之迅光兮，愾烏白與馬角。燕昭既劇該輔兮，厥躬亡而國削。何秦嬴之虎視兮，厥二世以不禄？固盈虚之環沓兮，春秋奄其代續〔四〕。自前代乃已然兮，吾又何怨乎人心。雜亂反覆豈畢究兮，由邃古而至今。

重曰：隆隆三伏，鑠金石兮，如羹如沸，行路喙兮。道思作誦，軫爾類兮，南有喬木，不可以憩兮。念我徂征，日顛悴兮，含精内蝕，世莫可説兮。

亂曰：已矣哉！鳳鳥之不時，與燕雀類兮，横海之鯨，固不爲螻蟻制兮。誠解三面之網，吾寧溘死于道路而不悔兮！

【箋】

〔一〕關於此賦所作時間，明朱安泥李空同先生年表曰：「六年辛未，公年四十歲。臺諫交章薦公忠直，詔起爲江西按察司提學副使。公益勵風節，慨然有孟博澄清之志，作述征賦以行。」以該賦作於正德六年（一五一一）。夢陽此賦小序則曰：「正德四年夏五月，北行作。」二種説法均似不妥。按，據賦中「既涉衛以奔騖兮，又逾淇而渡漳」句，可知此賦實因劉瑾矯旨械繫逮夢陽自大梁（今河南開封）赴京途中所作。夢陽述征集後記（本書卷四十八）云：「余以正德三年五月十七日縶而北行，至秋八月八日乃赦之出云。」又，夢陽離憤小序亦曰：「正德戊辰年五月，閹瑾知劾章出我手，矯旨詔獄。」明人傳夢陽，皆以被逮赴京時間爲正德三年，如袁袠李空同先生傳即曰：「然瑾必欲殺公，又明年戊辰，矯旨羅織公罪，械繫逮京師再下錦衣衛。」戊辰，即正德三年。是該賦當作於正德三年五月。朱安洍年表所載顯誤。此賦小序寫「正德四年」，有學者以爲「當爲事後追述之作」（臺灣政治大學二〇〇四年朱怡菁碩士論文李夢陽辭賦研究），然該賦小序云：「正德四年夏五月，北行作。」實爲當時所作。則疑「正德四年」爲「正德三年」之誤。檢空同集諸本，皆作「正德四年」，應是作者抄寫時筆誤，或黄省曾初刻崆峒先生集時誤，其餘諸本則以訛傳訛。夢陽有述征集，不見有傳本，此賦應收入其中。

〔二〕梁國，此指大梁（今河南開封）。戰國魏都，在今河南省開封市西北。隋、唐以後，通稱今開封爲大梁或梁國。夢陽有臺館訪李秀才濂詩（卷二十五），曰：「李生梁國彦，少小事沉冥。」李濂爲開封人。

〔三〕淇，水名。在河南省北部。古爲黄河支流，南流至今汲縣東北淇門鎮南入河。東漢建安中，曹操於淇口作堰，遏使東北流，注入白溝（今衛河），以通漕運。此後遂成爲衛河支流。詩衛風洱：「淇水湯湯，漸車帷裳。」北魏酈道元水經注淇水：「淇水出河内隆慮縣西大號山。」漳，水名。山西省東部有清漳、濁漳兩河，東南流至今河北、河南兩省邊境，合爲漳河。舊有老漳河、小漳河，皆漳河故道，今並湮。書禹貢：「覃懷底績，至於衡漳。」

〔四〕「春秋奄其代續」，屈原離騷：「春與秋其代序。」

省愆賦〔一〕

伊余幼好此騏驥兮，服偃蹇以驕鶩①。載銜轡而周流兮，耿既得此中路。余謂秉質曷固兮，謂蘭蕙介而過疑。援鳴鳩使爲理兮，俾高舉而並馳。既婞直而不豫兮，又任怨而于傺。固群吠之難犯兮，每阽危而弗懼。余豈不知嶢嶢者之寡完兮，羌堅忍而弗懲。驟諫諍以離尤兮，莽飄風之相仍。交不深而易絶兮，儵中道而改度。媒阻絶之不通兮，焉孰導余以前路〔二〕？

放子吟而掩涕兮，逐臣去而不還。紆鬱邑以屈抑兮，恐日薄於西山。浮洋洋余焉極兮，濫透移而游淫。相曹梁之廢墟兮〔三〕，攬長河之緒風。信孔樂非我願兮，望北嶺而歔欷。效桃鳥以自珍兮，遘羅網之不意。憐赫夏以桎梏兮，雷無雲而晝鳴。愍棘扉之卑惡兮，夜不見月與星。吾聞湯文遭縶兮，豈其博修之故？惟鄙人之不葵兮，固宜蒙詬而逢怒。步庭堦而遥望兮，宫殿鬱而概天。願陳志之無路兮，倚北户而嬋媛。觀炎焱之塕埃兮，地沮洳又蕪穢。哭與哭之相聞兮，對飲食而不能下。怨長日而望夜兮，夜明闇又若歲。蚊蝎伺人以唐旁兮，鼠登牀而鳴逝。忳侘傺余隱軫兮，哀民生之多蠥[四]。數惟萬變豈其可概兮，孰洪涊而不跲。援往聖以爲程兮，按余志且焉止戢。

夢忽乎余上征兮，魂浮游之逖逖。過太儀叩天閶兮，捫白榆之歷歷。進不入以邅迴兮，退余將覽夫下土。馮玄雲以相羊兮，洵極樂而無所。撫辰星以攄慮兮，據雄虹而降觀。飲積清之浮涼兮，依北斗而浩歎。何民生之錯雜兮，紛既有此多難。心猶豫而内訟兮，悔有目之不見。竊周覽以增欷兮，塊獨處此幽域。鴟鴞萃而翔舞兮，鳳鳥饑而夜食。梟靸沓以自媚兮，焉誰察余之懮懮。閔芳華之零落兮，秋風至而改期。飆蕭颯以摧容兮，天淫淫又陰雨。幽屋破而下淋兮，牀一夜而十徙。怲藴惀以省故兮，冀一見之不可得。日昧昧以將入兮，掩衾裯而太息。惜余年之强壯兮，常坎軻而滯留。憐鬢黟之漸變兮，恐芳草爲之先秋。情有感而難忘兮，性有紕而不釋。念昔者之周渥兮，孰堅忍而抛擲。閔紆壹以忳瞀兮，竊陳詩以自抒。懼言弱而道阻兮，恒湣隱而思慮。

【校】

①鶩，原作「鶩」，據四庫本及歷代賦彙外集卷六改。「鶩」與下文「路」爲韻。

【箋】

〔一〕該賦創作時間未詳，畢萬忱等著中國歷代賦選明清卷認爲該賦「當著於正德四年（一五〇九）夏季或正德五年（一五一〇）夏季。時李夢陽三十八或三十九歲」。此説可信。據文意，似作於正德五年夏。按，省愆，即反省過失。作者在文中追憶自己的不幸遭遇，並反省自己的過去。正德三年（一五〇八）五月，夢陽因參與户部尚書韓文劾宦官劉瑾被矯詔下錦衣衛獄，此年八月纔得釋放。夢陽離憤小序（卷九）曰：「正德戊辰年五月，閹瑾知劾章出我手，矯旨詔獄。」述征集後記（卷四十八）亦云：「余以正德三年五月十七日縶而北行，至秋八月八日乃赦之出云。」據朱安涀李空同先生年表，此賦作於正德五年（一五一〇）五月之前（之後赴江西任提學副使），係追憶之作。時作者正閒居大梁家中。

〔二〕「焉孰導余以前路」，屈原離騷：「來吾導夫先路。」

〔三〕曹梁，即古曹國與梁國。曹，古國名。西周諸侯國。周武王封弟振鐸於曹，稱曹叔振鐸。建都定陶（今屬山東），故地在今山東省菏澤、定陶、曹縣一帶。公元前四六七年爲宋所滅。梁，即梁國，見述征賦（卷一）箋。

〔四〕「哀民生之多蠥」，離騷：「哀民生之多艱。」

宣歸賦〔一〕

正德九年，是歲甲戌，厥月辛未，臣以居官無狀，得蒙寬譴，罷歸，乃作宣歸之賦。

其詞曰：

昭浮清以覆育兮，北斗平均而酌時。蟪蛄微細而先秋兮，水知寒而流澌。疾余生之蠢特①兮，性重剛而習坎。吾既悻直獲斯厲兮，孰復訟心於顣頷？悲群志之詭異兮，恒忌勝而營己。與己好則曰好兮，忍憯蛾眉而攻毁。緊聖人無小大兮，吾聞大道以天下爲公。彼黨同以掩飾兮，緊非儔而謂忠。惟古人之醜僞兮，迸四夷而投北。胡今士之婪穢兮，廉之則云伐德。帝板板以遼寥兮，九天立而雲征。淆汶汶以澒蒙兮，豈察詳而悉情？滂澄清厥躬殆兮，原靡豫而遭放。美余焉獲兹嘉聞兮，詔冠帶以流浪。

晨靈雨以揚檝兮，遡江漢之滔滔。背朱明之游颸兮，面長庚而北遒。瞥九江余昒儵兮〔二〕，超大别而逾迅〔三〕。介夢澤以洋淫兮〔四〕，風沔郢以遵順〔五〕。宵認參昴兮，晝諦波濤。痛定思痛兮，癙前車而内忉。衆乖滑以善憎兮，噂沓嗒而背詘。譎嫵嫵以朋附兮，瑣刺齪而陽紿。艴余惡以披離兮，矯九仞之翽翽。趫溷悶以孤峻兮，巢雲柯之蔽芾。彼叢噪以側睟兮，含沙射而伺予。夥千百以致一兮，摽窹言而誰語。陋嘎咿之僑態兮，譸傴僂唯唯趦趄。生捩直俾之曲兮，民炎門磒而肉魚。朘血膏以日富兮，佯減儉以豪素。哀寠人之填寡兮，彼醲鮮袒而號呼。心與迹既我逆兮，焉飲食之遑寧。憒粉飾之亂姣兮，疇知余結駟而濊膺。

時鑠金之冰鬚兮，吏抱牒環而相勿。汗簌簌以零案兮，風薄肌之瑟瑟。怲潰澮以煩撊兮，念偃仰之不可得。報束帶以例趨兮，衷眩戰而狐惑。徒文繡之外彪兮，内棘戟其誰知。思玩慢以鼇遷兮，則又懼素餐而神災。吾寧轟烈劣撇與世遻兮，良不忍骫骳齷齪與草木而塵埃。惟代謝之飄忽兮，慨顔、跖逝而黃丘。究萬變以定命兮，孰長存而竟留？徵夙昔以質行兮，吾幸夫前路之尚修。余指日月之顯隅兮，迴巖阿而槃考。徙桑若以敷蔭兮，移嵩華而分島。仰峰嶀之嶔岑兮，俯泉瀨之磕磕。穆窅眑以潛處兮，探理窟之英邃。合性命而諗一之兮，周覽陰陽之轉圜。横宇宙以長觀兮，驗妙門之玄玄。混沌及而天地覆兮，堯、桀泯而誰分？篤述作以强志兮，吾豈願來者之盡聞。

【校】

①特，原作「持」，據四庫本及歷代賦彙外集八改。

【箋】

〔一〕該賦作於正德九年（一五一四）八月末，時夢陽與妻左氏暫居襄陽，正欲返歸開封。按，正德六年四月，朝廷起夢陽爲江西按察司提學副使。正德九年初，受御史江萬實等誣陷，獲罪，入廣信（今江西上饒）獄，幸得何景明、楊一清相救，四月歸南昌，解職。夢陽作有廣信獄記、後記、懼問記（卷四十九），詳記此事經過。不久，即攜妻左氏由九江北歸。關於夢陽離開江西之時間，有學者以爲夢陽「七月十日動身離南昌」（梁贊宏李夢陽年譜，一九八七年復旦大學碩士論文），似誤。按，夢陽有七夕宜城野泊逢立秋（卷二十四），作於正德九年七夕。宜城，今湖北宜城縣，明屬襄陽府，則在七月十日之前，夢陽顯已進入襄陽府地界。又夢陽叉魚行（卷十九）首句曰：「漢江七月黄水漲，男婦叉魚立江上。」夢陽作於正德十年之中秋二首（卷二十三）詩曰：「漢江江上月，今夕去年看。尚憶峴山曲，秋城波色寒。」其與妻子於該年中秋已早至襄陽。夢陽北歸路綫與時間：六月中旬自南昌出發，於九江乘船沿長江至漢口，七月渡漢水至襄陽，在襄陽過中秋，本欲定居，但因秋雨成災不得不北歸開封，抵家時已九月中旬。該文小序曰：「正德九年，是歲甲戌，厥月辛未，臣以居官無狀，得蒙寬譴，罷歸，乃作宣歸之賦。」此「辛未」，指月，文字有誤。按，據陳垣二十史朔閏表，此年八月非「辛未」，當爲「辛卯」，字之誤。是此文小序之「八月」，當爲自襄陽出發時間。

〔二〕「瞀九江余昒儵兮，超大別而逾迅。介夢澤以洋淫兮，風沔郢以遵順」一句：九江，明九江府，今江西九江市。明一統志卷五十二：「九江府，……西至湖廣武昌府興國州界二百里，南至南康府星子縣界五十里。……」夢陽自南昌出發，經九江乘船沿長江至武昌，本再北上可直至大梁。然其早有隱鹿門山之意。夢陽與何子書二首（卷六十三）其二：「家人尚頓九江，蓋俟僕同歸居鹿門耳。」答左使王公書（卷六十三）：「今諸謗幸頗洗雪白矣，即日揚孤帆、泝江漢，入鹿門，偃仰丹壑，顒觀諸大君子太平德業之盛，而需其餘休，斯志望畢矣。」即由漢口乘船往西北行，經雲夢，至襄陽。後因襄陽大水，故未成行，「至襄陽，愛峴山、習池之勝，欲作鹿門之隱，會江水泛漲，洶洶没堤，乃歸大梁」（李空同先生年表）。夢陽封宜人亡妻左氏墓志銘（卷四十五）亦云：「甲戌，……左氏自徙於潯陽。是年，李子官復罷，道潯陽就左氏。泝江入漢，至於襄陽，將居焉。會秋積雨，大水，堤幾潰。左氏曰：『子不心大梁，非患水邪？夫襄、汴奚殊矣，且蘇門、箕潁之間，可盡謂非丘壑地哉！』李子悟，於是挈左氏歸。」

〔三〕大别，即大别山，在今河南、湖北、安徽交接之處。明一統志卷七中都鳳陽府：「大别山，在霍丘縣西南八十里，接河南固始縣界。」

〔四〕夢澤，即雲夢澤，古藪澤名。漢魏之前所指雲夢範圍不大，晉以後經學家將雲夢澤範圍越説越廣，將洞庭湖亦包括在内。周禮夏官職方氏：「正南曰荆州，其山鎮曰衡山，其澤藪曰雲夢。」鄭玄注：「衡山在湘南，雲夢在華容。」古代雲夢澤在洞庭湖以北，今江漢平原。

〔五〕沔郢，亦指古楚地。沔，水名。北源出自今陜西留壩西，一名沮水；西源出自今寧强北。二源合流後通稱漢水，故古代也作漢水的别稱。又沔水入江以後，今湖北武漢以下的長江古代亦通稱沔水。故水經叙沔水下游一直到入海爲止。書禹貢：「（梁州）浮於潛，逾於沔。」孔傳：「漢上曰沔。」漢書地理志下：「東漢水受氐道水，一名沔，過江夏，謂之夏水，入江。」郢，春秋、戰國時楚國都城。今湖北江陵紀南城。楚文王定都於此。漢書地理志上：「（南郡屬縣）郢，楚别邑，故郢。」公元前二七八年，秦拔郢，地入秦。地在紀山之南，故稱爲紀郢。又因地居楚國南境，故又稱爲南郢。夢陽由武昌至襄陽本不經郢地，但他或想一睹雲夢，故似經荆州繞至襄陽。夢陽送都御史夏公序（卷五十三）云：「甲戌之歲，予泝江、漢，滯漾、沔，登峴首，躡楚山，望荆、鄖，攬襄、鄧，降觀於土，察俗問風。」

緒寓賦〔一〕

炎炎赫赫歲閹茂兮，舟西騖而逆流。途路艱阻渺以浩兮，遘皇天之昧幽。涉襄樊而濡滯兮，時寒涼而雨霖。水洶洶以震堤兮，勢擊蕩而崩淫。龜告我以兹食匪兮，望舊鄉焰焉洪濤。伊誰詒斯跋疐兮，悒憀瞀而中忉。柏陽日之既冬兮，爰諏吉而載犂。駟牡既秣余邅遭兮，躋廢城之曲巘。咎品形之流易兮，賦吾性乎悁急。進退拂以奔波兮，名與德之不立。惟騮驥置之陬間①兮，固貍鼬之蔑如。執成敗以律之兮，彼亮飛出而誠愚。既矢夫捐身以酬知，孰暇計完名而保軀。恨世人之善譸兮，謂吾皇皇而求家。尼聖尚有茲鄭門兮，矧吾庸鄙而過頗。顧鹿山以凝眸兮〔二〕，壯江漢之繹繹。跡與心胡之偭兮，精連連而靡懌。效抽辭以閔還兮，醜漢道之陵夷。偉龍卧以消息兮，逢三顧而有爲。往者吾不及之兮，來者吾靡量。苟得喪匪厥命兮，曾賢智之盡庸。謇周章以游志兮，北風颼戾而蕭條。望原野之滌滌兮，薰臭奄而並燒。善踽踽以奚恃兮，憤壅蔽皎然莫聞。胖矯情以迷浪兮，戲康莊而隱身。

重曰：陟樊城以還顧兮〔三〕，極南陽之永阡。氣蔚鬱以騰攄兮，星辰炯而下連。慷慨者多戚兮，怛循蹟而嘯吟。盼白河之蒸雲兮，僾中原之勁風。天霾霾以翳翳兮，白日晦而西匿。緊人生之幾何兮，汲毀譽而縈臆。

【校】

①隬間，四庫本作「櫪下」。

【箋】

〔一〕據文意，此賦疑作於正德九年（一五一四）八月夢陽攜妻子至襄陽而無所適從之時。按，正德九年六月，夢陽與妻左氏由九江出發，乘船泝長江至武昌，七月，乘船泝漢水，「至襄陽，愛峴山、習池之勝，欲作鹿門之隱，會江水泛漲，洶洶没堤，乃歸大梁」（朱安涀李空同先生年表）。

夢陽封宜人亡妻左氏墓志銘（卷四十五）亦曰：「是年，李子官復罷，道潯陽就左氏。泝江入漢，至於襄陽，將居焉。會秋積雨大水，堤幾潰，……李子悟，於是挈左氏歸。」此賦中出現的「顧鹿山以凝眄兮，壯江漢之繹繹」、「陟樊城以還顧兮，極南陽之永阡」等句，均可證明該賦創作地點在襄陽。鹿山，即襄陽之鹿門山。後漢書龐公傳：「龐公者，南郡襄陽人也。居峴山之南，……後遂攜其妻子登鹿門山，因采藥不反。」新唐書孟浩然傳：浩然，「襄州襄陽人。少好節義，喜振人患難，隱鹿門山。年四十，乃游京師」。夢陽赴襄陽欲效古人隱居鹿門山，惜未果。

〔二〕鹿山，即鹿門山，又名蘇嶺山，在今湖北襄陽東南。

〔三〕樊城，在今湖北襄樊，與襄陽城隔漢水相望。自古爲兵家必争之地。水經沔水注引漢晉春秋：「桓帝幸樊城，百姓莫不觀。」明置樊城關巡司。

寄兒賦〔一〕

正德七年秋，兒枝以離思賦來獻〔二〕，余則作此寄焉，亦教之焉。

烏來自北兮，銜章進辭。開緘覽意兮，閔爾峻思。賦曰：

風嫋嫋以先秋兮，百卉改而動容。時序莽其流易兮，塊余猶獨處此異江。地卑濕而蕪陋兮，孤倀倀而寡仇。慊直路之蓬蒿兮，綱紀壞而不修。惟彼人之嬛巧兮，諶妁約以先意。衆瀾倒而莫之支兮，昭余志之獨異。陟匡廬以凝盼兮〔三〕，眺江介之孤城。山合駛以迎目兮，清雲曳而前征。愴荆吴之渺漫兮，波水湠而交逝。瞻梁、豫之逖逖兮，情惝怳而濡滯。日晼晚以既夕兮，塵埃溘而蔽天。役車載路而班班兮，覩旟旐之翩翩。

悲時世之艱難兮，詾亂離而争奪。兄嗟弟而殷憂兮，軫汝曹之饑渴。終風霾而四流兮，冬不雪至於三月。春遲遲以方陽兮，民背鄉而顛越。揮耒耜而介胄之兮，青草錯而白骨。鬱余懷以邅迴兮，紛涕零兮如霰。帆彭蠡以浮游兮〔四〕，天地炅其方旦。齊吴榜以前舲兮，聊擊汰而容與。余朝歷石壁之巑巑兮，暮泊陽禽之渚。登隑岸以遼顧兮，深林黝焉杳冥。虎豹舔舕以伺人兮，群狐狸而晝行。哀死亡而無告兮，横屍蔽而臭野。斯固易懲兮，彼益復躭夫刀弩。惟以暴除暴兮，斯亂與亂相尋。苟威信之靡忱兮，吾慮夫降叛之詭心。

宵攬衣以興歎兮，步明月於中庭。挹河漢之回光兮，數北斗之朗星。衝飆茀以驚帷兮，熠燿亂而當户。華何秋而弗零兮，木何蠹而罔朽？上智者先幾兮，厥邦保之未危。何白日之初照兮，浮雲起而翳之？玉與石豈難辨兮，亦司者之罔察也。鈍超軼以先銛兮，胡朱之不可奪也。瞀煩棼以蹇剷兮，步高城以散眸。誦昔者之怡豫兮，内怵惕之無聊。駐余馬于梁之臺兮，又逍遥乎大堤。睨嵩岑之峻極兮，覽長河之逶迤。慨伊阻之自貽兮，汝隔離而弗覿。余匪貪厥好爵兮，胡匏繫而不適。江洶洶以夕變兮，木葉下而海波。召飛鳥以詒言兮，訓爾音而永歌。

歌曰：詷澒洞以溷濁兮，時嶮艱而路危。羨龍蛇之伸屈兮，傾哲賢之順時。孔桴海而曾思兮，伯陽西而流沙。效梅生於吴市兮，願抽身而舉遐。奉前德以創則兮，肇孫謀而奠家。

【箋】

〔一〕關於此賦創作時間，朱安泇李空同先生年表以爲：正德「六年辛未，公年四十歲。……時子枝以離思賦來獻，公爲作寄兒賦」。此説有誤。當爲正德七年秋作。按，此賦小序曰：「正德七年秋，兒枝以離思賦來獻，余則作此寄焉，亦教之焉。」夢陽於正德六年夏至南昌任江西提學副使之職，此時正在任上。時其子李枝二十一歲，正在開封家中讀書。參夢陽報生孫（卷二十四）箋。

〔二〕枝，夢陽之長子，母左氏，生於弘治四年（一四九一）。夢陽封宜人亡妻左氏墓志銘（卷四十五）云：「明年爲弘治辛亥，左氏生子枝云。」嘉靖二年（一五二三）中進士，四年，授南京工部屯田司主事，八年，任海州（今江蘇連雲港）通判。

〔三〕匡廬，指江西廬山。相傳殷周之際有匡俗兄弟七人結廬於此，故稱。後漢書郡國志四廬江郡：

「尋陽南有九江，東合爲大江。」劉昭注引南朝宋慧遠廬山記略：「有匡俗先生者，出殷周之際，隱遁潛居其下，受道於仙人而共嶺，時謂所止爲仙人之廬而命焉。」唐白居易草堂記：「匡廬奇秀，甲天下山。」

〔四〕彭蠡，即今鄱陽湖。見泛彭蠡賦（卷二）箋。

俟軒子賦〔一〕

衆躁趨以幸成兮，坌逾夷而競先。溷劻勷以徑捷兮，卒隕己而弗悛。彼静者以天動兮，謂定者非我能逃。恒謙守而需抱兮，懼逆時而遘尤。體孔言以居易兮，遵孟訓而行法。謂非俟余何求兮，爰名軒而省察。軒吾罔徒處兮，名吾敢襲取。譬涉川而戒維檝兮，聊待時乎吾容與。夫桃李不能秋以英兮，桂菊春而豈華。彼萬物疇不然兮，乃欲速吾謂何。吾討典籍以娱日兮，探性命之幽賾。冀河清之有期兮，幸燿靈兹而未夕。苟積久而淹貫兮，又奚窮達崇卑之足挂臆。

【箋】

〔一〕俟軒子，不詳。邊貢俟軒解中提及「玉光陳子」，或即其人。據文意，該賦似作於正德九年冬或稍後。按，林俊見素集卷二十八有俟軒解，曰：「俟，俟之也。……君子行法居易以俟天也。德成，君用之；學至，君求之，我無預也，而命之天者。」邊貢華泉集卷十四亦有俟軒解，曰：「正德甲戌仲冬之月，華泉子將如梁，道過黄池之津，……竊聞之，知者善待時，聖人之用固有時而藏焉。彼涸者必有盈也，集者必涣也，而吾何争焉。」解「俟軒」，均有等待時機、自然天成之意。「正德甲戌」，即正德九年。邊貢於正德九年末任河南按察司提學副使，赴開封，此文作於正德九年（一五一四）冬，時夢陽因遭遇官司「罷職閒住」，由江西返開封不久。則此俟軒子賦與邊貢俟軒解似當作於同時。作者感到面對如此世道及過往之不幸，唯埋首典籍，探性命之幽賾，不再挂心窮達抑或崇卑，行事順其自然。表明作者遭受挫折後之心態。

石竹賦①〔一〕

有杳者篠叢彼阿，徙置得地檽以華。托根靈石發生直，翕颯佛樓翠風閣，長竿巉巉翼紛若。截爲雙簫雛鳳鳴，任心吹之靈霧生。乘鸞挈友騰煙霧，餐霞戲委永無慮，中虚允直性介固。

【校】

①題目，弘德集、嘉靖集、曹本、徐本作「竹石賦」。

【箋】

〔一〕此賦創作時間不詳。據文意，似作於正德九年（一五一四）江西任官時期或返開封後。按，竹子多長於南方，正德六年至九年秋，夢陽在江西任提學副使，受江西巡按御史江萬實等誣陷，獲罪入獄，出，遭解職，故似作此賦以表心跡。

李夢陽集校箋卷二　賦二

送河東公賦〔一〕

正德元年冬十月，河東公以讒放還〔二〕，屬吏郎中李夢陽①作賦送焉。賦曰：

飄蕭瑟以飍烈兮，屬孟月之慄嚴。霜凄清以紛下兮，風薄户而竅吟。余戒玄武使先導兮，飭冥子俾抗旌。虬蜿蜿以服輿兮，茀長雲而遂征。三台仄以疏闊兮，北斗揭而望余。颯肅泠以漻戾兮，涉江漢之清渚。悼喉舌厥之厲兮，攬少微而效光。咎南箕之靡懲兮，猶翕吐而簸張。朝余發于星之墟兮，暮弭節乎冀之野。谿谷捌以復陸兮，草木落而茫莽。獸驚人之跧竄兮，禽枯桑而鳴號。雪霰晦而零灑兮，氣泠泠之寥寥。車輪囷而不前兮，心已逝而中留。驂頓纓而蹢躄兮，僕夫涕而長吁。

惟先生之貞嫮兮，幼崇方而嗜脩。則英賢之遺矱兮，志皋伊而顧仇。蹠泰階以承列兮，奉鈞陳而布耀。酌元氣而執之兮，冀容光之必照。倚閶闔以徘徊兮，憤漢臣嘗請乎刀。壯埋輪之義力兮，潛掩涕而憾遺。惟封豕之崟崟兮，彼舍問夫螻蟻。豺狼縱之當逵兮，奈衆臻而終靡。幾不密固害成兮，予良痛乎陳竇之患。斬蛇弗斷將自及兮，誰捋虎鬚而竟安？曾闔仡仡之巖巖兮，浮雲蔽而四舉。玄螭九首蟺蜒垂涎兮，守門嘻嘻而目余。進既無以自明兮，漭弗知其退之所營。紛構誹以錫訕兮，謂余亟之而亂程。吾豈不知詭遇者易獲乎②，誠嬖奚之攸恥。同者就而異者僨兮，孰孤持而弗三褫。策雁行以前路兮，背陰朔之塞疆。馬騰攄以龍奮兮，望山西之夕陽。毅昌燕而卒逃兮，叔向飛語而拘纆。荷白日之曲照兮，乃兹焉反余初服。太行吟之迤邐兮，岊壞盧而起伏。踐桑乾之嶉凌兮，冒涿霧之綽約。爰十步而九顧兮，九門嶄而造天。霓連蜷以上驤兮，爛躔緯之錯連。軫紫庭之多麗兮，冠珮者至三千人，步微風之珊珊。娥③眉入室女斯妒兮，厥亦世之故也。寵移者訾必加兮，矧吾皓首之怒也。企降覽之中反兮，又鮮妖爲余之容。思伊昔之來墍兮，内崩剞而自訟。沿易濱以彳亍兮，泝金臺兮邅迍。慨於期之皎節兮，鄙荆氏之沉志。謂圖窮而事至兮，冀戡讎而必擒。謀之人成之天兮，竟隕首而劀心。哀壯士之不還兮，躡殘壘而逍遥。野曠曠之千里兮，寒風唳而蕭蕭。天剡剡以臯窣兮，日翳翳而荒涼。薄林壑之慘闇兮，拂隆冰之積霜。聆頑鴟以怵慄兮，慴崛岪之荒昒。川蕩搏之赤赤兮，鼬貍窟而嘈聒。精氾濫之佚佚兮，駟逴逖而懈怠。召豐隆翊余蓋兮，喝飛廉而疾馳。揚滹沱之文舲兮，驟井陘而單騎。偉左車之雄視兮，嗤陳餘之褊意。張生既收厥綬兮，趙由之其邦以喪。陳子獵于南皮兮，漢龍興而虎翔。惟休咎係之數兮，大風起而潰圍。苟增老不之疑兮，豈張、韓之獲爲。彼荏苒固膠合兮，孰鯁直而罔殆。展氏介而三黜兮，蘧瑗奔而再危。逾壽徐以横目兮，忺并州之舊鄉。亘墟曲之茨薍兮，采茹藘於汾旁。霍岳岳以迎巘兮，桂樹偃蹇而俟余。狎斑豹于岊際兮，釣淪淵之秀魚。準歲功以消息兮，御陰陽以卷舒。追赤松以授要兮，從巫咸而卜居。

亂曰：明明日月，奠天維兮。太陰四塞，孰將夷兮。陟彼寥谷，望河漢兮。上無舟梁，眇淼漫兮。嗟我寡翼，安能厲兮。顧瞻北斗，中心愒兮。恔兮憀兮，聊以卒歲兮。

【校】

①李夢陽，黄本作「李某」。　②乎，黄本作「兮」。　③娥，四庫本作「蛾」。

【箋】

〔一〕此賦小序曰：「正德元年冬十月，河東公以讒放還，屬吏郎中李夢陽作賦送焉。」河東公，即韓文。明史卷一百八十六韓文傳載：「是時青宫舊奄劉瑾等八人號『八虎』，日導帝狗馬、鷹兔、歌舞、角觝，不親萬幾。文每退朝，對僚屬語及，輒泣下。郎中李夢陽進曰：『公大臣，義共國休戚，徒泣何爲。諫官疏劾諸奄，執政持甚力。公誠及此時率大臣固争，去「八虎」易易耳。』文捋鬚昂肩，毅然改容曰：『善。縱事勿濟，吾年足死矣，不死不足報國。』即偕諸大臣伏闕上疏，……」不幸彈劾劉瑾事敗，「詔降一級致仕」。此乃夢陽爲韓文送行之作。據小序，該賦作於正德元年（一五〇六）十月，時作者任户部郎中。

〔二〕河東公，即韓文，字貫道，山西洪洞人。成化二年（一四六六）進士，除工科給事中。弘治中以右副都御史巡撫湖廣，後移撫河南，召爲户部右侍郎，後任南京兵部尚書。正德元年，武宗即位，任韓文户部尚書，因劾劉瑾事敗歸鄉。正德四年，劉瑾誅，「復官，致仕」。世宗即位，遣行人齎璽書存問，賚羊酒。令有司月給廩四石，歲給役夫六人終其身。復加太子太保，廕一孫光禄寺署丞。嘉靖五年卒，年八十有六。贈太傅，謚忠定」（明史韓文傳）。

弔申徒狄賦〔一〕

申徒狄諫紂〔二〕，不聽，乃負石沉河而死。

覽洪河之吐噏兮，洶欲濟而無杭。物有離而不回兮，勢有激而難當。劇厥人之抗行兮，羌自沉而弗疑。恬齎志以長畢兮，庶聞者其猶悟之。彌六合以設弋兮，鸞鳥騰而不反。蛟龍沕以避害兮，惟恐去之弗遠。不吾知其亦已兮，何荃之忽焉而莫斯睹？監四方以求索兮，孰聘美而釋女。

曰：群汶汶以淆濁兮，班予馬莫之適也。衆披離以障之兮，又入而莫之白也。進惴惴余瞿遽兮，固不若死之爲安。寧負石以葬河魚之腹，孰忍利菑而盤桓？竭誠信以諫君兮，反罪過又謂欺。惟堅僻之類忠兮，任飛廉而不疑。余固知儇媚之能周兮，硜秉質莫之移也。介塊處而無營兮，又衆人之所咍也。既謂干爲忠兮，胡又附雷開與惡來？既曰切人儆兮，曷不委曲而導之？悲時俗之顛倒兮，先生獨遭遇乎此時。燕雀烏鵲噪堂階兮[三]，鸞鳳出而見縻。

曩余知材樸之爲崇兮，乃强而不謂之信然。苟作善降之祥兮，彼梅伯又何以顛？捐規矩以改錯兮，斯固時之態也。荃既與彭咸齊名兮，亦何必怨此害也。鬱終古其侘傺兮，脅悒悒之不可平。循陗岸以邅迴兮，戒舲船余怦營。泝河流以投辭兮，氣紆結而填臆。慨往后之迷誤兮，社稷顛而用屋。

重曰：昔有大夫，曰申徒兮。懷瑾弗展，負石投河兮。冤抑内憤，靈汎濫兮。湍瀨磕磕，愁人心兮。忠回倒植，固庸態兮。嗚呼，先生！女又何懟兮，伯夷、子胥，與爾爲類兮。

【箋】

[一] 據朱安洬李空同先生年表：該賦作於弘治七年（一四九四）。時夢陽「在大梁授生徒，學者及

門甚衆。秋，渡黄河，作弔申徒狄賦」。夢陽母高氏，弘治六年八月卒於京，夢陽此年春中進士，觀政通政司，母卒，扶柩歸開封。七年秋，又扶柩渡黄河西歸慶陽。八年，葬其母於高家坪。並作明故李母高氏之壙志。此時作者正在西行途中。

〔二〕申徒狄，商紂時大臣，莊子雜篇盜跖：「申徒狄諫而不聽，負石自投於河，爲魚鱉所食。」

〔三〕「燕雀烏鵲噪堂階兮」，屈原涉江：「燕雀烏鵲巢堂壇兮。」

弔康王城賦〔一〕

趙宋高宗爲康王，築此以拒金人。

隴側桑以歆根兮，飆沙慘日而瀰漫。勢斷屬而連天兮，寒蓬卷而翩翩。覽靈波之汪洋兮，惋九河之善崩。臨决口思前往兮，尋北原之故營。塹莽没不可見兮，莽千里兮繁蒿。旋風四起埃飛蔽日兮，雁失群之嘈嘈。

惄壹鬱余顧懷兮，夕駐馬乎河之渚。想張韓之旆旆兮，望朱遷之雄壘〔二〕。嗚呼哀哉兮，山陵委棄，江介是都。登岙黜良兮，社稷丘墟。宫殿瓦礫兮，二聖爲俘。嗟嗟！彼何密而兹何仇。愎執迷而弗悟兮，污分疆而取憂。

【箋】

〔一〕據文意，似當作於正德二年（一五〇七）春。按，正德二年丁卯，夢陽因劾劉瑾案，勒致仕，歸而潛跡大梁城北黄河之壖故康王城。夢陽河上草堂記（卷四十九）曰：「正德二年閏月，予自京師返河上，築草堂而居。其地古大梁之墟，今曰康王城是也。」萬曆開封府志卷五載：「康王城，在府城北時和保，宋高宗爲康王時築之，以距金人。副使李夢陽有賦，詞多不録」。康王城在今河南尉氏縣城西北。

〔二〕朱遷，即朱仙鎮。在今河南開封西南。爲水陸交通要地。宋岳飛大破金兵，進軍至此。宋史岳飛傳：「飛進軍朱仙鎮，距汴京四十五里，與兀朮對壘而陣，遣驍將以背嵬騎五百奮擊，大破之，兀朮遁還汴京。」

弔于廟賦〔一〕

正統己巳之變，少保公有社稷之功〔二〕。

棟宇頽折兮，四顧無垣。鴿雀鳴噪兮，雪壅其門。風衝激以拂帷兮，慘九州之肅泠。軒長河以飲景兮，飛光至而舒靈。何先生遭不造兮，定危邦而永存？用才者終固鮮兮，孰震滿而完身。顧瞻宋京兮，追念雙帝；組頸爲虜兮，單馬北逝。虎臣視而誰何兮？英雄竄而蓬蒿。有憤壅蔽而發疽兮，亦有垂成而反被劉。

嗚呼，先生！成敗難以逆度，禍福不可豫謀。死苟足以利於國兮，洵虀醢而焉求！

【箋】

〔一〕該賦創作時間，李空同先生年表載：「五年丙戌，謁于肅愍公祠，觀正德間自製碑文，慨然有感於己巳之變，作弔于廟賦。」此説有誤。按，此賦弘德集卷二有收録，該集所收限于弘治、正德時期所作。于廟，即于公祠，爲紀念于謙而建，在河南開封城馬軍衙橋西。夢陽於正德十年（一五一五）時即作有少保兵部尚書于公祠重修碑（卷四十一）。該賦似作於正德十年夢陽閒居開封時。

〔二〕少保公，即于謙，字廷益，號節庵，錢塘（今浙江杭州）人，明永樂十九年（一四二一）進士。正統十四年（一四四九），蒙古瓦剌部首領也先大舉進犯大同等地，英宗率兵親征，在土木堡（在今河北懷來）大敗，被俘。也先乘勝直逼北京，時任兵部尚書的于謙挺身而出保衛京師，並擁立英宗之弟朱祁鈺爲景帝。後英宗釋放回朝，于謙被害。己巳之變，即指土木堡事件。傳見明史卷一百零七。

弔鸚鵡洲賦〔一〕

承帝皇之嘉惠兮，荷在陋而明揚。信枯楊而再華兮，懼身微而命彰。歲協洽以南鶩兮，觸炎日之盛陽。浮江漢以長邁兮，過夏口之故城〔二〕。洲蹇産以隑隑兮，劃沖江而絶流。睹佳名而中惕兮，弔斯人之不修。我既佩明月與寶璐，何不遂凌世而高步？舍玉駟而不駕兮，又奚暇與豺狼而争路！惟聖人之貴時兮，神龍豈人得而縻。彼鸞鳳之謂瑞兮，固亦以其高舉而見希。

何先生之靈娉兮，獨不深藏而遠游也？偭取方以捐育兮，吾恐睿者之所尤也。緊炎鼎之既淪兮，世淆濁而崩改。操梟視而虎噬兮，祖又貪夫厥土。荃縱不甘心於厥儔兮，獨不可色斯舉也。嶢嶢者將必缺兮，余固知仇者之不與也。

矯吾棹以淹留兮，情覽望而增傷。靈惝恍而如見兮，聆湍瀨之浪浪。山壘壘以來合兮，孤墳鬱而嵣嵭。誦英篇以沉顧兮，痛翠禽之蚤戕。物有以舌羈縛兮，人有以才隕身。譬用機各攸當兮，恨見幾之不先。心屈怫以悒悒兮，翳營營之不可留。沛揚櫂以東進兮，順武昌而下舟。遡巖岸以却視兮，投哀些於斯洲。

【箋】

〔一〕據文意，此賦似爲正德六年五月赴江西途經武昌時所作。按，李空同先生年表載：正德六年五月，「臺諫交章薦公忠直，詔起爲江西按察司提學副使」。此處記載時間有誤。據明武宗實録卷七十二：正德六年（一五一一）二月癸未，朝廷詔任李夢陽爲江西提學副使。四月十七日，夢陽接朝廷任命，作正德辛未四月十七日簡書始至於時久旱甘澍隨獲漫爾寫興一詩（卷二十九）。五月，啟程赴南昌，夢陽泛彭蠡賦（卷二）小序曰：「正德六年夏五月，李子赴官江西。」此賦當作於途經武昌時。

〔二〕鸚鵡洲，在武昌漢水之中。明一統志卷五十九湖廣布政司武昌府載：「鸚鵡洲，在府城南，跨城西大江中，尾直黃鵠磯，即黃祖殺禰衡處。衡嘗作鸚鵡賦，故遇害之地得名。」

〔三〕夏口，即今湖北武漢。明一統志卷五十九湖廣布政司武昌府：「夏口，在荊江之中，正對沔口。唐章懷太子注：東漢亦謂夏口戍，故唐史皆稱鄂州爲夏口，本在江北，自孫權取對崖名夏口，而江北之名始晦。又云：魯口，即夏口，以其對魯山岸，故名。」

哀郢賦〔一〕

崔嶔崎以旁靡兮，困京顔之崒嶃。隍壘巁而莽没，夕飆勃興，沓兮闒靸，水鳴叫而巖斬。覯敖墳之嶕嶫兮，躡莊王之登檢。泊石城以盱睞兮〔二〕，望江陵而涕流〔三〕。壯洞庭之淼皛兮，概江漢之玄洲。掩陳蔡之弱郛兮，控荊、揚而上游。俯灘瀨之淺淺兮，傷楚平之破丘。伍員奔吴兮，屈生浮湘。懷行罔返兮，厥民用喪。蘭臺肆侈兮，玉差進淫。陽春消歇兮，黄鳥沾襟。陵井塌而狐穴，俾人哀而迄今。

【箋】

〔一〕此賦疑作於正德六年（一五一一）夏五月赴江西任官途中。按，文中「陽春消歇兮，黄鳥沾襟」一句，可證寫作時間。夢陽經過郢地有兩次：一爲正德六年夏五月由開封赴江西時，一爲正德九年秋七月解職由江西歸開封途中。據此句反映出的季節，當爲五月。另「伍員奔吴兮，屈生浮湘」一句，亦可説明作者由中原至楚地的感受。郢，春秋、戰國時楚國都城，在故江陵縣城（今湖北荆州）西北十里紀南城。

〔二〕石城，劉向九歎逢紛：「平明發兮蒼梧，夕投宿兮石城。」爲古城名。在今湖北襄陽。晉書庾亮傳：「亮有開復中原之謀，……亮當率大衆十萬，據石城，爲諸軍聲援。」

〔三〕江陵，即今湖北荆沙市荆州區。明曹學佺名勝志：「近地無高山，所有皆陵阜之屬，故名江陵。」光緒荆州府志卷一：「（江陵）以地臨江，故名。」明爲荆州府治。李賢等編明一統志卷六十二荆州府：「（江陵縣）本秦南郡之郢縣地，漢置江陵縣，爲南郡治，東漢省郢縣入江陵，唐以安興縣省入，宋元仍舊，本朝因之。」

泛彭蠡賦〔一〕

正德六年夏五月，李子赴官江西，南道彭蠡之湖〔二〕。作賦曰：

仲夏慆慆兮，湖水洶涌。戒舲舟而逆進兮，志定意恐。朝發湖口兮〔三〕，巉石纜牽。搶帆午張兮，陵急洋而縱船。洪澇吞吐兮，杳莫界際。湠漫瀇洸神精搖兮，浪起伏而來曳。曩余誦夏記與酈經兮，識彭蠡而心慕。緊厥水集流夥兮，挾十州川①而北注。合岷江東之爲東江兮，脇揚、吴而騰海。包敷淺而瀦之兮，撼匡廬而使改〔四〕。惟據巨者附斯衆兮，滿之者驟必溢。彼何怪弗之潛兮，抑何摧而靡殛？射者萬鼓之千兮，叢谿壑之湊趨。澎霆崩以箭疾兮，勢嶽頽而雹舒。匯莫究始兮，散孰察其終。龍蛇逐之何載兮，至今窟而以宫。祈之錫嘏兮，侮之掇眚。怒之風雷愉之霽兮，亦厥靈之攸逞。潮岸峉以蹷閧兮，倏當晝而忽陰。上下既顛置兮，孰又辨昕昏與北南。

睇衆山之劍攢兮，争負高而竟降。閧膏麓之淤澱兮，奄焉墊而爲江。緣木末而巢室兮，民浮居而舳艫。悼隻雛之寒嘯兮，寂氓濱而守衆。亂左蠡之沸沸兮，壯康郎之浩汗。濤沃日而明暗兮，巒島沓而涣散。瀾已俯而復昂兮，渦溢濞而接連。瀧無風以横飛兮，潭澄渟而布漣。龍夭矯以戲瀨②兮，粤柟汎而吹沫。艽茻沕之昧昧兮，魚龜貫而鱍鱍。具區洞庭方余不暇兮，懼九圍混而黝冥。苟清濁軋其澒澒兮，聖愚一而泯靈。胡弱草丹而華兮，反泓棲而矜彩。鳧茈龍鬚苧蘆蘧，菰繁其被汀兮，紛振翰而雲駭。彼陽鳥既逝兮，鶺鴒嘻而專已。鸀水馬以闖犀兮，蛤又濡珠而曝殼。詭殊錯以跳踉兮，有曲牙而鹿其角。既逆鱗而返舌兮，復獱首而象鼻。汙針尾而戟髵兮，族毴毴乎濇濇③，誰非含生而願遂？睹殭柔之鬫嚌兮，唾陽侯之懦怠。縱鱷鼉之恣肆兮，甘失職而蔓災。

虞坤漏而陸沉兮，倏一歎而三泣。蜮吸飆而排砂兮，時負渚而人立。濺雨迸而冠岫兮，岸衝樅而壟落。詫妖譎之多態兮，魄摵促而心愕。瞬兮異覯，恍兮變索。究之諒奚以兮，聊戢櫼而遊淫。夕景掣以波下兮，石鐘磞礰而竅吟。追三苗之即叙兮，亶文命之訖敷。彼九江未之殿④兮，余誠憂鬼類之聒呼。乃撓人之罔諳兮，祠九首而丐邪？愚者吾靡疵兮，鄙明賢之用頗。景神姦之勤算兮，數歷鉉誰弗竟危？魍魎支祈倔强伺間兮，惀臨湖而嘯悲。

【校】

①十州川，四庫本作「千川」。②瀬，四庫本作「淵」。③濇濇，四庫本作「潏潏」。④殿，弘德集作「殷」。

【箋】

〔一〕據小序，該賦作於正德六年夏五月，作者赴官江西途中。明武宗實録卷七十二：正德六年（一五一一）二月，「（癸未，升）刑部郎中秦文、户部員外郎李夢陽俱爲按察司副使，原任御史劉玉、兵科右給事中蔡潮，俱爲按察司僉事。文，貴州；夢陽，江西」。四月接詔書，五月，夢陽自開封出發。先至武昌，繼而沿長江東下，南泛彭蠡之湖，前往豫章（今江西南昌）。此時仍爲五月。

〔二〕彭蠡，即今鄱陽湖。明一統志卷五十二南康府載：「彭蠡湖，在府東南，一名宫亭，一名揚瀾左里，一名鄱陽。闊四十里，長三百里，巨浸瀰漫，中有雁泊小湖。西接南昌，東抵饒州，北流入於江。禹貢，東滙澤爲彭蠡是也。」

〔三〕湖口，在今江西九江東，湖口縣治。資治通鑑卷一百四十四：南朝齊中興元年（五〇一），蕭衍命鄧元起攻江州，「元起將至尋陽，（陳）伯之收兵退保湖口」。胡三省注：「湖口，彭蠡湖入江之口也。」五代南唐置湖口縣。明屬九江府。明一統志卷五十二九江府：「湖口縣，在府城東六十里，本劉宋時湖口戍，上據大鍾，傍臨大江，齊、梁、陳皆爲鎮，後廢唐復置鎮，南唐升爲湖口縣，屬江州，宋元仍舊，本朝因之。」

〔四〕匡廬，即廬山，見寄兒賦（卷一）箋。

觀瀑布賦〔一〕

坌炎陽以北邁兮，遡敷原之上疆。遵嶽南而遐陟兮，廓晴流而志揚。日旋旋以景旟兮，嶄崎嶇乎微行。峰吞吐而迓余兮，嵐捭翕而颺路。超歸宗以翹盼兮〔二〕，覯開先之瀑布〔三〕。諗前記而髣髴之兮，眩飛空之孤形。誦銀河之逸句兮，精陟天而九征。挾巖潭以上氣兮，接神漢而並垂。積雲左右以傅彩兮，霞表裏而秀姿。沫霏霏之晝霧兮，崖丹翠滌而蕤蕤。光金黛而亘霄兮，浩呼洶之涌涌。龍朝帝以潮從兮，虹爲梁之總總。韡若華以西曜兮，東扶木兮倚明。星辰涵而布錯兮，岳瀆影之其中。絢練恍惚百怪潛兮，勢明晦而無恒。睇之若住忽奔噴兮，石雷壑而驟崩。經香爐以熨紫兮，破雙劍而冰攢。逾黃巖以珠迸兮，籠玉殿而金煙。濯炎女之玄髮兮，苔離根而永生。挂洞宫之羃羃兮，隱芝箭而懷情①。沸混混之爛爛兮，颯瑟馺而涼風。泉滚滚而安竭兮，孰尋源而卒窮。毖劃剨以繙紛兮，渥華巔②而分派。水簾谷簾亞之揚兮，靈終古而並戴。

巍嶔岭而上行兮，疑質違而性非。蒙井厥流常兮，譬鍼顛而血隨。吞日月以膏顏兮，震雲氛之翼翼。江海巨而昏墊兮，哀趨卑而罔直。體融陰而内陽兮，準坎離而向背。嚴不蓄類乃澤物兮，醜彭蠡之汪檅〔四〕。浮朱鳥之寒景兮，争龍騰而攄掣擊。高者韻斯宏兮，谷哨啄而坤坼。赫翩翩以倏昒兮，小雁蕩而不眂。霧霜霾而離離兮，處遼域而孰知？怒琫窄以思逞兮，石岞峈之崱崱。晴雷追之霆突兮，信駭觀而摇臆。猿纍纍以竊窺兮，倚石鏡而呶嘯。爝焯灼爟的皪恔兮，類至人之懸照。肸颯往③徠兮，翔太始而留耀。

歌曰：造龍池而印之兮，究瀑布之肇踪。巔涌而壑射兮，誠神靈之攸鍾。轟邇惑而遐瞑兮，壯二儀而永效。碏鬼怪避鑑鑒兮，微瀑孰以察逝者之高妙？伊動者必定兮，潭窅沕而淵峑。礅之灝而寧之清兮，厥金水之共質。

亂曰：相彼山泉，漸溶邅漩，匄谿朋漣。洵遵科以造海，竟隨流而泯瀾。睹厥瀑之靈詭，反群詑而背誹。吾苟砉天地以遺聲跡，亦奚暇校高下與狐疑？

【校】

①情，四庫本作「清」。②巔，四庫本作「顛」。③往，黄本作「𨓏」，似誤。按，「往」之異體作「迬」，形近。

【箋】

〔一〕該賦疑作於江西廬山。則此處所寫瀑布，指廬山瀑布。夢陽在江西任官期間多次登廬山觀瀑布，據文意，此賦似當作於夢陽初任江西提學副使時。按，夢陽提學江西分司題名碑（卷四十二）云：「正德六年夏六月，予奉敕提學江西，……」又，九江謁濂溪先生祠告文（卷六十四）曰：「維正德六年，歲次辛未，秋八月，中順大夫江西按察司副使後學關西李某，以巡視事至九江府。」是該賦當寫於正德六年（一五一一）八月，時夢陽已到任，視學九江，並初登廬山觀瀑布。廬山上有幾處瀑布，此指開先寺（今名秀峰寺）西之瀑布。即李白所望之「廬山瀑布」。

〔二〕歸宗，即歸宗寺，在今江西星子縣西。方輿勝覽卷十七南康軍載：「歸宗寺，在城西二十五里，即王羲之宅，墨池、鵝池存焉。」又，明一統志卷五十二南康府：「歸宗寺，在廬山西，晉王羲之故宅。時僧佛馱耶自西來，羲之施宅爲寺。」

〔三〕開先，即開先寺，在江西星子縣西十五里廬山南麓，本南唐李中主書堂，後爲寺，清康熙時改名秀峰寺，寺西有二瀑，世稱東、西二瀑。明一統志卷五十二南康府：「開先寺，在廬山下，舊傳梁昭明太子棲隱之地。」

〔四〕彭蠡，即今鄱陽湖。見泛彭蠡賦（卷二）箋。

【評】清陸棻歷朝賦格中集騷賦格卷二：「獻吉尚風節，不僅以文見長，王元美稱其騷賦上擬屈宋。讀此，益信風雅，自命不苟也。」

泊雲夢賦〔一〕

將超野猪之湖〔二〕，風西而阻。乙丙丁戊，兑颸飂飂，旬餘轉迅，問之老人，曰：「此南陽之風也。厥陰始生，應諸少陰之方。」

幼余紛以好覽兮，懷長風而浪濤。夏匯液之浩浩兮，阻雲夢之逆飂〔三〕。哀南紀之攸埶兮，包荆衡之衆山〔四〕。貫江漢以爲絡兮，勢朝宗而播瀾。翼潛沱之翩翩兮〔五〕，掖景陵之峨原。吞沔鄂之曾隰兮〔六〕，洸逶迤而淤漶。坻岉峞兮掩翳，横余前兮蒹葭紛而蔽天。

月重陰以繁雨兮，駭厥鶪爲之先鳴。邁大別以悠泝兮，遘少陰妒而用情。次大澤之巖隑兮，睇風雲之上征。惟彼斗酌而靡均兮，縱柔金以嘘吸。孤心昏以徒爛兮，趦西流之避及。覽萬情之翻覆兮，爰背坎而向離。指朝景以辨位兮，定星辰而訊期。極明晦之變態兮，晝洋澇之淫淫。倚舲窗以凝睞兮，數周圍之峻岑。勤伯禹之土乂，坤維奠而至今。情瀇滉以無依兮，聊晤昔而周章。慨五湖之見幾兮，詠孺音於滄浪。胡洞庭之險塹兮，三苗區而蕪滅。舳艫蔽江以來下兮，孰攘攘而非衣食。往者既不可追兮，吾寧俟時而矯心。掇陽滑之文貝兮，采芳芷於漢潯。龍擾余以負舷兮，珠夜游而光吐。憑烈性之難抑兮，淚浪浪隕而思古。

誦曰：昔有郊郢，厥惟楚都。實邊雲夢，百雉其郛。何材弗殖，寶玉明錯。魚鱉麢麃①。於牣訏訏，麌麌甫甫。齒革毛角，有茜有堊。各以類積，礲礲岳岳。服食之屬，苧枲絲葛。甘鹽苦酢，靈餌珍藥。觩弩勁簳，犀甲狼毒。王府充溢，宮室棺椁。商旅沓至，貿遷繹繹。漁牧諧足，鳴琴巷咢。國以富强，鞭撻晉秦。挾鄭狩獵，出入二藪。旌旗千里，戈船璘玢。金銀璨璀，倏眒忽閃。獸柴鳥墜，追者稱善。後王何道，游闕靡返。懷沙奮辭，邦墟憐惋。

【校】

①麃，四庫本作「麅」。

【箋】

〔一〕據文意，此賦似作於正德九年（一五一四）夏秋之際自江西歸開封途中。按，正德九年，因冒犯江西巡按御史江萬實等，夢陽被朝廷免去江西提學副使之職，攜妻由江西經武昌，又自武昌至襄陽，短暫停留，然後北返大梁（今河南開封）。據文中小序及文意，此賦當作於歸途中，約在湖北安陸、雲夢附近。

〔二〕野猪之湖，乃古時湖泊，在湖北安陸之西。雍正湖廣通志卷八山川志安陸府：「赤馬野猪湖、蘆洑長河湖，俱縣西南百二十里。」

〔三〕雲夢，即雲夢澤。見宣歸賦（卷一）箋。

〔四〕荆衡，荆山與衡山。荆山，在今湖北南漳西部。漳水發源於此。山有抱玉岩，傳爲楚人卞和得璞處。書禹貢：「導嶓冢，至於荆山。」孔傳：「荆山在荆州。」北魏酈道元水經注江水二：「禹貢：『荆及衡陽惟荆州。』蓋即荆山之稱，而製州名矣。故楚也。」衡山，書禹貢：「荆及衡陽惟荆州。」孔傳：「北據荆山，南及衡山之陽。」衡山，一名岣嶁山，又名霍山，古稱南嶽，爲五嶽之一。位於湖南中部，有七十二峰，以祝融、天柱、芙蓉、紫蓋、石廩五峰爲最著。歷代帝王南嶽祀典，除漢武帝遷祀安徽潛山外，均在此山。

〔五〕潛沱：潛，漢水支流，即今湖北潛江東南部之蘆洑河。書禹貢：「九江孔殷，沱潛既道。」沱，古水名。書禹貢荆、梁二州下，皆有「沱潛既道」之語。

〔六〕沔鄂，即沔，水名，見宣歸賦（卷一）箋。鄂，西周楚地。在今湖北鄂州。史記楚世家：「（楚王熊渠）乃立其長子康爲句亶王，中子紅爲鄂王。」裴駰集解：「九州記曰：『鄂，今武昌。』」張守節正義：「括地志云：『武昌縣，鄂王舊都。』」

漢濱賦〔一〕

余過解佩灘，憶交甫遇女之事〔二〕，於心感焉。作漢濱賦。

夫何二女之頎麗兮，遵蘭皋而並翔。順微風以鸞顧，曳文袿而交揚。躡雲鬱之華履，皎羅襪以雙步。凌漢潭之滺波，掇瑶草於芳露。態婉孌以窈窕，情同嬉而中乖。超妁灼以齊赴，忽含顰而怨偕。眉疑低而復伸，唇欲啟而羞面。瑳巧笑以回瞬，目盈盈而流盼。翩兮驚鴻，恍若梟電。

仰西方之纖月，悵邂逅於嘉夕。足將移以躑躅，魂已逝而聿役。怍多露於蔓草，矩漢廣之貞游。戒有粲之奔密，慕娥英於湘流。揮柔袂以掩涕，寄朋素於明璫。效鷄鳴之贈珮，厲霜心於鮫光。倏潛耀以莫覿，撫衝飆而懷形。睇征雲以西迅，裛飄芬而淚零。面三星以申詠，痗朝陽於首疾。伊綢繆之幸諒，詎穀焉而同室。

【箋】

〔一〕此賦寫作時間不詳，疑作於正德九年（一五一四）自江西歸開封途中。按，正德九年，朝廷免去夢陽江西提學副使之職，六月，攜妻由九江至武昌，七月，由武昌至襄陽，停留二月後，北歸大梁。據文意，此賦似當作於襄陽附近漢水之濱。漢濱，即漢水之濱。夢陽歸途，溯長江自武昌至沔陽，復溯漢水至襄陽。萬曆襄陽府志卷三十九載：「（夢陽）竟落職閑住，卜居襄陽凡四年，忽漢水溢，懼有後艱，仍返大梁，所著有漢濱賦。」此記「凡四年」有誤。筆者以爲夢陽居襄陽僅二月有餘。按，夢陽封宜人亡妻左氏墓志銘（卷四十五）有明確記載：「是年，李子官復罷，道潯陽就左氏。泝江入漢，至於襄陽，將居焉。會秋積雨大水，堤幾潰。左氏曰：『子不心大梁，非患水邪？夫襄、汴奚殊矣，且蘇門、箕潁之間可盡謂非丘壑地哉！』李子悟，於是挈左氏歸。」夢陽正德十年作有嘯臺重修碑，寫於返開封後，續通志卷一百六十九藝文略：「修嘯臺記，李夢陽撰並書。正書。正德十年。輝縣。」

〔二〕交甫，即鄭交甫。據韓詩外傳：「鄭交甫過漢皋，遇二女，妖服佩兩珠，交甫與之言曰：「願請子之佩。」二女解佩與交甫，而懷之，去十步，采之，即已亡矣，回顧二女，亦即亡矣。

李夢陽集校箋卷三　賦三

放龜賦〔一〕

畜有二龜李坪驛〔二〕，俯長江之流，目發育之溶溶，怛然有傷於二物。復思趙抃放龜事〔三〕，千載同懷，爰放二龜於江潭。已作斯賦比興諸義，聊抒鬱志，非諷一而勸百者擬也，喻兒子亦作。

精絪緼以游魂兮，各含和而構形。何兹物之詭異兮，獨神超而藴靈？凖麟鳳之隱見兮，呼吸陰陽而卷舒。善伸縮以遠患兮，匹神龍而水居。歎賦命之多蹇兮，遇且網而見執。蒙君子之珍視兮，戒航舟而並畜。仁人細弗棄兮，乃伊欽余之素貞。曰雕龍豈林游若兮，爰偉賢哲而用情。譬機羈之願脱兮，慮曳尾及而遲暮。俯洪波以余縱兮，瞪長江而徑步。

歌曰：醜混混以流形兮，孰厥龜而副嘉。外負介以昭武兮，内文柔而静遐。體穹窿以則乾兮，履坤方而祛慝。鄙饕餮之諛世兮，寧吞浮而飲息。沐澄泠以棲寂兮，戢潭荷而保身。文於列以布象兮，色蒼古而玢璘。景至人之赴義兮，將刳中以效誠。怨穆卜之靡諧兮，懼捐軀而莫明。

賡歌曰：江滔滔以東下兮，蒹葭莽而波濤。幸已縻而終逝兮，劃順泛而長逃。念曩昔以中愓兮，數惟拘縱之所殊。思范檝以依徙兮，願附孔而海桴。烏故林以悲鳴兮，獸躑躅於前丘。軫宿豢以迴逶兮，躍瀠溟而涕流。

亂曰：聖欽元龜，戒朵頤兮。十朋四靈，榮以時兮。淵潛罔沕，出斯縻兮。求仁見夢，厥無惑兮。刳腸灼蠵，爰奚益兮。謚兮麗兮，齊天地徜徉兮。

【箋】

〔一〕據小序，此賦似作於正德九年（一五一四）自江西歸開封途中。按，正德九年六月下旬，夢陽結束江西官旅生涯，由九江乘船逆長江至武昌，七月，溯漢水至襄陽，九月中旬歸開封。小序云：「畜有二龜李坪驛，俯長江之流，……」此在黃州江邊思宋趙抃放龜之事，於李坪驛放二龜於江潭，並與其子李枝同題而賦。

〔二〕李坪驛，嘉慶重修大清一統志（四部叢刊初編本，以下稱清一統志）卷三百四十一湖北統部黃州府載：「李坪驛，在黃岡縣北五十里，本名蘱草坪，宋賈似道奪還元俘，卒於此。明置驛。」

〔三〕趙抃放龜事，見宋趙善璙自警篇卷二，云：「趙清獻公初任成都，攜一龜一鶴以行，其再任也，屏去龜、鶴，止一蒼頭，執事張公裕學士送以詩云：『馬諳舊路行來滑，龜放長河不共來。』

大復山賦〔一〕

夫大復山者，荆徼之名山，淮實出焉。淮過桐柏始著，於是禹道淮，桐柏始。淮山二精，發於何生，産諸申陽，何生於是自稱「大復子」，實非遺淮，要有攸先焉爾。余珍其人，爰造斯賦，不煩諦瑣，義意畢矣。然辭猥調邇，知音君子諒有識焉。或曰此山胎簪，亦其名云。

噫吁戲，厥山峻崛崩兮，填鴻龎而導九川。爾其巘巒嵬嵬，崆巃巍皦，增岑重崒，合沓蔽日，曲勃焉安連。巉巉而棧棧，乃有危峰七十。嶯嵽①岳岳，崝嶼崿岞，松柏蒙焉。千里望之，蟺蜒飛飛兮，若鬬龍之附於天也；頫而察之，萬山駢戢，劍森戟攢，爛若踴蓮。下則無底之谷，呷坤維而曳玄淵。

昔盤古氏作，兹焉用宅，是以濁清判，三紀揭，澒洞開明劃日月，厥山既形餘乃發，故爾上冠星精，下首地絡。聚膏以爲崇，滲津以成川。竅若浮肺，萬谷濞旋，神瀑涌焉，飛流崩嵯。走壑蹴石，噴雪釘鐘，礲砰鏗訇，迅霆擊虹，震于太空。若其勢磄磅逆折，狀若胎簪。嵩首殿其北〔二〕，荆沔包其南，右標熊耳之嶺〔三〕，左朝桐柏之山。其陰則凝冰積雪，晦明倏忽，翠篠丹澤；其陽遊飆吸歘，重黎攸宮。東有日華之林，陽榮之風；西則涼霏素露，淒淒清清，珠樹粲英。若爾材林浮雲，寶藏蕃興，騰氣簸氛。至其觸膚寸而起也。欐欐乎波駭山靡，不終朝而天下雨也。

於是生人立，禽獸伏，草木殖，靈芝秀宮闕，醴泉噴其側。於上則神鵲威鳳，翺翔吸甘華，百鳥從之，振翰若雲。中有玄熊緑羆，騶虞游麟，猿猱麚麔，百千爲群。樵采牧獵之子，唱歌出林，響振峽谷，咸躄躠迸逸，不見踪跡。於下則長淮發源，配天迪坤；混混沄沄，江河並尊；受珪上帝，疏穢錫存。乃有祈靈丐禧，梯航而來；沉玉瘞璧，闐塞路逵。若爾幽嵓之棲真兮，三三兩兩，御飆轂，抗霓旌；左控白鹿，右翳紫莖。嫽兮若將逝，邅延立迴風。淹留兮攀林薄，逍遥兮山中。

於是稱曰：春草兮萋萋，思公子兮傷悲。君處叢篁兮終幽險，虎豹暮咆兮蛇虺舔啖。公子兮歸來，雲冥冥兮石瀨潺潺。

【校】

①岫，原作「咖」，據黄本改。

【箋】

〔一〕據小序及文意，此賦似作於正德九年江西罷官北歸開封途中，地點疑在南陽附近。按，大復山，在今河南桐柏東。後漢書郡國志南陽郡：「平氏桐柏大復山，淮水出。」注引荆州記曰：「桐柏淮源涌發，其中潛流三十里，東出大復山南，山南有淮源廟。」又水經注淮水云：「淮水出南陽平氏縣胎簪山，東北過桐柏山。」注引風俗通曰：「南陽平氏縣桐柏，大復山在東南，淮水所出也。」引爾雅曰：「淮爲滸，然淮水與醴水同源俱導，西流爲醴，東流爲淮。潛流地下三十許里，東出桐柏之大復山南，謂之陽口，水南即復陽縣也。」此賦乃爲何景明而作。景明字仲默，號大復山人，或大復子，有大復集傳世。詳見送何舍人齎詔南紀諸鎮（卷二十）箋。景明有得獻吉江西書（大復集卷二十六），曰：「近得潯陽江上書，遥思李白更愁予。天邊魑魅窺人過，日暮黿鼉傍客居。鼓柁襄江應未得，買田陽羨定何如。他年淮水能相訪，桐柏山中共結廬。」可見二人感情篤深。夢陽在正德九年因與江西巡按御史江萬實等相攻訐而被誣下獄，幸得何景明相救。李空同先生年表載：「會巡按江御史萬實不諳憲度，公疏其罪，江亦奏訐。上命大理寺卿燕忠往勘，由是上下承濠風旨，罪且不測，獨何公景明上書冢宰楊公一清，乞爲申解，公遂得閑住。」故夢陽與何子書二首其二曰：「自僕罹此難，友朋多不復通書問，結交在急難，徒好亦何益！僕交游遍四海矣，赤心朋友，惟世恩、德涵與仲默耳。」

〔二〕嵩首，即嵩山，在河南登封北，爲五嶽之中嶽。古稱外方、太室，又名崇高、嵩高。其峰有三：

東爲太室山，中爲峻極山，西爲少室山。

〔三〕熊耳，山名。在湖南境内。史記封禪書：「南伐至召陵，登熊耳山以望江漢。」司馬貞索隱引荆州記：「耒陽、益陽二縣東北有熊耳，東西各一峰，狀如熊耳，因以爲名。」

河中書院賦 有序〔一〕

鄉人吕氏，以諫官謫蒲〔二〕。蒲故有廟娥眉①側，祠太山也。吕至，移文廢焉，曰：「山川之神，祭不逾境，非鬼而祭，孔門諂之。某職叨佐邦，靡敢弗經也。」以問其守，守曰：「敢不惟程。」問之校，校官若士曰：「程敢不承。」察諸民，民翕翕欣若有興也。于是廢其廟，稱書院焉，而祠有虞氏于内。曰：「蒲，舜都也。」配以夷、齊，從以王、薛，左之名宦，右之鄉賢，量宇聚徒，區田祀養，考鐘伐鼓，視履迪業。李子聞之曰：「善哉，吕氏！知教本矣。」夫驅邪以端，拔怪以常，伐慝以昭，破淫以義，是故君子之于邦也，不患不從而患弗躬。躬義布昭，敷常表端，以是而教，鮮不率矣。何也？四者其本也。然又斷之以獨，協之以同，行之以勇，乃奚往不濟矣。夫淫祠罔福，故鐘巫禍隱，神降亡虢，往鑒具燭。然河投娶婦，祠毁妒女，世每罕聞，何也？怯者怵于利害，疑者沮于異同，庸者安于習俗，才者憚于改格。故曰：非勇何行？非同何助？非斷何成？三者既獲，四本乃立，然後經定程堅，教斯興矣。是故君子不争而醜莫不同，不煩而衆莫不從，標立而影隨，近聲而遠應，凡以是爾。李子曰：「余爲吕作賦，將以比音擿調，泛弦流管，俾大者歌，小者哦，觀者采焉。陳之太師，爰知蒲政。」賦曰：

帝炎氏之蟬聯兮，厥岳四而布分。龍九川以蘊根兮，中敷葉而竟芬。翊華蓋以陟降兮，邁白日之既夕。岔攙②槍以抗言兮，帝乃怒而遐斥。攬余轡以周游兮，登峨眉③而縱觀。睇巍廟而增欷兮，慨下淫而上殘。曰巖巖魯所瞻兮，嗒胡爲平蒲之壤。非其鬼而祭之諂兮，曾謂泰山不如林放。

惟時俗之詭譎兮，恒造怪而亂真。日隱求以僥福兮，狃惑群而誤民。宇巇嶂以嶽立兮，巖廊翼而雲構。既竊號以據要兮，復創形以之鐫鏤。内泥苴而樗惡兮，外猙獰而儼嚴。冒衣冠而土食兮，燁朱楹而繡簾。龍蚴蟉以梁騰兮，獸夾隅兮躨跜。鈴答臘以簷鳴兮，幢繽紛而旖旎。執命柄以消息兮，握陰陽而運樞。怒之雷霆悦春陽兮，役鬼神與豹貙。生吾生而死吾死兮，謂苦樂死而遽殊。苦桎梏以孱憊兮，樂羽葆而輧輿。衆駭心以摇目兮，伊誰辯渠之假真。民溷溷以朋從兮，憧情迷而喪身。蹇彳亍以攬涕兮，哀斯人之無知。軫聖者之故都兮，蓬蒿鞠而徑岐。山四雲以波涌兮，日晼晚而就沉。河洶洶以趨下兮，松柏暮而風吟。班余馬以北首兮，望九天而魂征。招飛虬駟而上訴兮，閶闔閴而晝扃。余回駕以東指兮，薄日觀而聊憩。顧釋誣以袪穢兮，岱謝余以弗哲。沛蒼野以遼邁兮，即重華而跽暾。靈總總以騰陟兮，爛北逝而後先。臨舊京以邅延兮，倏若去而中留。颯拂巘以明滅兮，右涉瀨而夷猶。

埽除兮蕩滌，清宫兮供張。風泠泠兮入牖，神陸離兮果降。羅桂漿兮椒食，琴瑟作兮鏘佩玉。恍彷彿兮莫親，工祝告我兮顯則，曰：「俗不可户説，道不可塗求。端物者端己，治人者自修。」二氣推蕩，禍福倚伏。時罔常泰，日中乃昃。王革以義，霸救以力。巡守廢歟，明堂載黜。爾乃七十二君，封禪侈矜，玉符金檢，顛崖是登。夫習沿於襲，勢積於成。昭縮以獨，愚淪以朋。逾分之祀，匪今則承。立經斥妄，言諄志勤。爰惟政本，氓哉爾欣！

【校】

①娥眉，四庫本作「峨嵋」。　②攙，李本、四庫本作「欃」。　③蛾眉，李本、四庫本作「峨嵋」。

【箋】

〔一〕據文意，此賦似作於正德九年（一五一四）作者自江西罷官後至嘉靖元年前閒居開封時。

〔二〕吕氏，指吕經，寧州（今甘肅寧縣）人，爲夢陽同鄉，正德三年進士，授吏科給事中，後遷吏科都給事中。嘉靖慶陽府志卷十四鄉賢有傳。雍正山西通志卷三十六學校蒲州府：「河中書院，在州治東三里峨嵋原上，舊爲東嶽祠，明正德間，吏科給事中吕經，出佐蒲州，改祠爲書院。」又韓邦奇苑洛集卷三河中書院記曰：「吕子者，嘗爲吏科都給事中，舉劾無所避忌，而留中不出，人所不及，知者尚多。至於甲戌之疏，指陳時事略盡，尤非人所敢言。丙子冬，中者出爲蒲州同知。吕子毁東嶽祠爲書院也，乃在明年五月云。」丙子，即正德十一年。據此，該賦當作於正德十二年（一五一七）五月，時夢陽正閒居大梁。

蒲，即蒲州。治所在蒲坂縣（今山西永濟西南蒲州鎮）。唐改河東郡，金設河東府，明洪武二年置蒲州。

朱槿賦〔一〕

司陽兮煽烈，涉秋兮逾熾。覽逝兮中藴，游物兮揄志。躔庭木之榮麗，閔含芳之不修。傾朝曦以擢華，夕景至而隕枯。伊賦形之靡移，諒天道而奚私。幸見標於哲典，厥登詠於删詩。何有性而易遷？恒隨所而盤據。條荏苒而孔弱，葉縈陰而繁布。蒙薰風之拂披，爰修妍而運縟。既抽鉛以剖絳，遂希芬而效馥。濡溥露以膏韻，藉垂光於杲日。熨炎陽之静彩，褒絶代之英質。態疑層而遽損，媚若斂而復出。光飄灼而靡定，怳若流霞過茂草，爛若慶雲遊春沼。宛戀窈窕，㹕㺃縹緲。或爾托文堂之隙寓，奉君子之榮輝。側朱陛以敷蔭，競葵榴於赤墀。屈纖枝於皓腕，徵瓠齒而清歌。歎形微而寵重，屢回笑而增酡。天暮日夕，顔銷華落。辭高埶卑，飄蕪汎濁。檻塵池緯，撲簾繽幙。或委空曲，或飛土苴。颭叢迴波，蹂踏坐隅。觴停鐙昏，主倦客煩。舄履無序，折釵碎鈿。几席狼籍，命駕歸旋。

於是棄媵擯嬙，愁女怨姬。出幽房，步苔階，搖金扃，吟殿月。掩團扇而涕零，徙長門而望闕。攀斯木以凝盼，掇賈蕚而中熱。足將進而踟躕，立長廓之肅陰。軫蘭臺而首疾，咎增城而痛襟〔二〕。思惝怳以攢内，泗交頸而淫淫。嗟容色之難恃，慨歡慢而異營。佩薰芳以順委，庶生榮而没寧。

【箋】

〔一〕此賦創作時間不詳，據文意，似爲作者在京任户部主事或户部員外郎時遭受打擊而感失意之作。夢陽在京任官時間在弘治十一年（一四九八）至正德二年（一五〇七）之間，此間曾遭受兩次打擊：一爲弘治十八年上書言事，並彈劾二張而下獄，幸得孝宗保全，僅以罰俸結束。夢陽寫有秘録（卷三十九）一文，可證。另一是在正德二年因與韓文彈劾劉瑾而致仕，歸鄉，正德三年春復被矯旨逮之京城，下錦衣衛獄，此年八月得釋。

〔三〕增城，漢宮名。漢班固西都賦：「後宮則有掖庭椒房，后妃之室，合歡、增城，……鴛鸞、飛翔之列。」漢張衡西京賦：「後宮則昭陽、飛翔、增成、合歡。」

感音賦〔一〕

夕杪春之嘉月，美桃李之芳陰。躡飛陛之微霜，仰天漢之横參。切逸弄而駭顧，識六孔之流音。起於緑波之濱，翔乎綺旎之林。芊緜乎縹緲，放肆而繽紛。激櫨軒、遏行雲。遘迴風以中絶，鬱哽咽而斷續。詳乍浮而乍沉，度情回而思曲。積憤迅發，金鐵齊鳴。壯士怒而髮竪，砉石裂而崩驚。逐臣歎而彳亍，孤子呻而竊憐。爰抑節以徐訴，信悠怨而誰宣？類慕仇之隻禽，悵山危而海深。離虬舞而不持，嫠婦啼而夜吟。託黄鐘以根奏，旋少陰而寂寥。衆掩泣而不忍，精憀懰而魂銷。思躡跡以寄歡，軫天路之昏邈。苟浮雲之足攀，願假翼而申約。誦春陽以增欷，懷沖調而鍼心。情氤氲以中結，神恍惚而外婬。外婬兮躑躅，若臨水兮將别。遵大路以翱翔，摻垂條而采折。期布志於情親，懼馨香之易歇。詠落梅以自明，幸傾筐之在挈。誠蘭質之見珍，畢余身以長訣。

【箋】

〔一〕此賦創作時間不詳，疑作於正德二年春潛迹大梁時。按，夢陽於正德元年（一五〇六）參與户部尚書韓文彈劾劉瑾案，正德二年正月，降山西布政司經歷，繼勒致仕，遂歸鄉。賦中「逐臣歎而彳亍，孤子呻而竊憐」，亦可證作於失意之時。夢陽潛虬山人記（卷四十八）云：「夫詩有七難：格古、調逸、氣舒、句渾、音圓、思沖、情以發之，七者備而後詩昌也。」又結腸操譜序（卷五十一）：「乃其爲音也，則發之情而生之心者也。」又同卷梅月先生詩序云：「情動則會，心會則契，神契則音，所謂隨寓而發者也。」當與此賦同讀，亦足見夢陽對於「音」之關注。

噎賦〔一〕

人秉陰陽，皮毛肺兮。六淫相薄，風斯噎兮。彼我牽念，噎亦至兮。靈往精徙，固以類兮。逐臣兮江濱，放子兮辭疆。思鬱抑兮内結，嚴飆慘而肌傷。愬懷沙於夕風，履中野之晨霜。涕噴迅而染鼻，洟交頸而浪浪。疾有幸而甘心，情有離而中還。歎終風以踟躕，爰託聲於願言。步巖殿之蕪苔，曳迴飇而影旋。幸回光而一噎，倘顧笑而中歡。痛華絲兮衆進，懼黄裳而永捐。

【箋】

〔一〕此賦創作時間不詳，據文中「逐臣兮江濱，放子兮辭疆」句，似爲作者在京任户部郎中時遭受劉瑾打擊而感失意之作。按，夢陽於正德元年（一五〇六）參與韓文彈劾劉瑾案，正德二年正月，降山西布政司經歷，繼勒致仕，遂歸鄉。次年春復被逮之京城，下錦衣衛獄。夢陽寫有離憤詩五首（卷九），小序曰：「正德戊辰年五月，閹瑾知劾章出我手，矯旨詔獄。」並作獄中詠物詩八首（卷三十四）。幸得好友相救，此年八月得釋。

鳴鶴應鐘賦〔一〕

惟懸金之奏響，或宣晨而報夕。既朋趨以典列，爰計晷而旋服。何兹禽之抱慧，矯圓吭而振羽。驤回飆以衎衎，跂浮雲而望翥。應昕昏以引唳，暢幽積于清吟。衆喧闐以畢日，孰詳忱而撫音。步疏樾以延志，歷堂陰而俯啄。怨情遐而跡凡，恐霜儀之永濁。豈余居之未擇，諒時命之靡齊。悵玄圃以孤逝，匹文鸞而接飛。

【箋】

〔一〕此賦創作時間不詳，據文意，似作於正德元年（一五〇六）十月，時作者參與彈劾劉瑾案，不意事敗。按，詩小雅鶴鳴：「鶴鳴于九皋，聲聞于野。」應鐘，指十月。古人以十二律與十二月相配，每月以一律應之。應鐘與十月相應。禮記月令：「（孟冬之月）其音羽，律中應鐘。」鄭玄注：「孟冬氣至，則應鐘之律應。」漢書律曆志第一上：「應鐘，言陰氣應亡射，該臧萬物而雜陽閡種也。位於亥，在十月。」據明史、國榷、李空同先生年表等文獻：正德元年九月，户部尚書韓文等上代劾宦官狀疏，事敗，劉瑾矯詔黜劉健、謝遷、韓文等四十八人，榜爲黨人。十月，夢陽作送河東公賦，小序曰：「正德元年冬十月，河東公以讒放還，屬吏郎中李夢陽作賦送焉。」河東公，即韓文。又作去婦辭，小序曰：「正德元年，户部尚書韓文暨内閣師保等咸相繼去位，李子作此詞也。」正德二年正月，劉瑾知奏疏出夢陽之手，遂矯詔奪官，降山西布政司經歷，勒致仕。「豈余居之未擇，諒時命之靡齊」一句，略表作者當時情緒。

觀禁中落葉賦〔一〕

飂翏戾以寥肅兮，廓宇静而蕭條。覽宫木之隕零兮，哀貴賤而並凋。辭珍柯而永絶兮，遘回風而吹舉。撼金鋪以摵颯兮，排紫闥而求侶。爲長飆之所接兮，倏激響於青雲。襲日月之末耀兮，攢玉階而委身。譬賤士之利賓，效琛贄而熙載。離鄉土而遠適，心縈思而摇旆。忽兮若聚，儵兮分散。儻碩果之見知，即萎離其何惋！

【箋】

〔一〕此賦創作時間不詳。據文意，似作於弘治年間或正德初年在户部任官期間。按，禁中，也作「禁内」，古代帝王所居之宫苑。因不許普通人進出，故稱。據明史李夢陽傳、李空同先生年表等文獻：夢陽於弘治六年（一四九三）春中進士，不幸八月母高氏在京病卒，旋扶柩歸開封，八年，父李正病卒，即扶二柩歸葬慶陽（今甘肅慶城）老家。直至弘治十一年守孝結束方歸京城，即授户部山東司主事。此間五次外出公差：弘治十二年，奉命監收通州國儲；十三年，奉命犒榆林軍；十四年，監税三關；十五年，榷税河西務；十六年，餉軍寧夏。十八年（一五〇五），進户部員外郎，正德元年，進户部郎中，正德二年初，因劉瑾案致仕，歸鄉。自此，作者再未於朝中任職。

惡鳥賦〔一〕

厥何區之蕞醜，爰賦形而不淑。毛拳跼而頸豎，秉陰陽之奸濁。體癰腫而截瓠，惟鈎喙而鬼目。誠昏譎而妖穢，枉氣化而生育。恒聞聲而罕見，畏衆鳥之追搏。懼杲日之融顯，羌宵征而晝伏。棲託軀於惡幹，浴刷羽於污流。嗟餲腐之是飽，棘墓門而巢幽。既寒炎而罔識，詎孝友之能服。群磔母而始習，雌同卵而求匹。昧歡嘉之美音，乃前凶而豫祲。集何方而不惡，鳴吉違而承斉。君子獲而外咎，小人遭而中鑠。恃詭秘而靡覿，愈騰驕而翔虐。上帝握令，神明予奪。豈曰不知，庇此沴族。無因獲災，賢弗有祥。過遺之音，夜誰可防。周鴞哀訴，賈鵬歎傷。

帝曰：人命有初，禍福不爽，禽得氣先，終豈女戕。

【箋】

〔一〕此賦創作時間不詳，據文意，似作於正德三年（一五〇八）受劉瑾迫害入獄之後或正德九年江西任官遭遇巡按御史江萬實等誣陷打擊之時。文中將劉瑾或江萬實之類比作惡鳥，「周鴞哀訴，賈鵬歎傷」一句，借古喻今，感歎自己遭際及懷才不遇。

鵲賦〔一〕

有翽翽之珍鳥，秉陽剛而含哲。擇喬幹而託處，信于飛而頏頡。性靈達而好静，恒相時而豫移。知多風之害患，則徙巢於下枝。善傳祥而遞音，類明士之幾悟。遠林巖之遐闃，遊庭松而棲寓。虞矰弋之見尋，於君子乎是依。飲九霄之曙露，啄嘉實之離離。黄鐘厥月，天地閉藏。雪霰紛其交下，烈風嚴而雨霜。群植寥乎未拆，諸動潛于深密。羡斯鳥之前覺，獨銜槁而營室。窿象天體，方則地矩。義備晦明，智敵風雨。諳擊衝之玄括，背太歲而啓户。諒綢繆之軫心，黯拮據而誰語。慨春陽之未臨，聊俟時而共嬉。感主人之隆篤，戒彈矢而罔欺。步玉除以俯啄，微風跂而自閒。冀融景以驤躍，昂清雲而拂旋。激神化以耀德，逢印赦而幻還。庶遺安於衆鳩，順天命而自然。

【箋】

〔一〕此賦創作時間不詳，據文意，似作於正德三年（一五〇八）受劉瑾迫害下獄，遇赦將歸之時。按，鵲，又稱喜鵲，民間以爲鵲鳴意味著有喜事來臨。文末「庶遺安於衆鳩，順天命而自然」，表明作者此時之心跡。

螺杯賦〔一〕

左參議屠君宴客〔二〕，出螺杯焉。天然厥形，精瑩異常。屠君曰：「螺，江物也。得諸漁人，托之以金，可注可飲，稱杯焉。」右使黄公見之〔三〕，喜不自勝。黄素於酒澀，於是則連飲數螺，螺迴，酒不輒釂也，黄便仰唇傾，務盡之，許詩贈螺。李子作賦，賦曰：

何物詭形？旋尾敞口。厥腹彭亨，藏深廣受。若仰復翹，匪方匪圓。珠姿瑩澈，質脆精堅。五色文錯，素浮擅焉。扣之金聲，玉避其温。含華結液，海鱗疊紋。苔潤浸積，幽光吐吞。昔嬉大洋，今佐貴尊。違彼龍窟，媚我綺席。枯殼不捐，主人優渥。鑠金靡熱，墮指罔裂。天然湜殊，焉雕焉斫。凝如竅璧，映猶飄雪。公輸無所措其巧，王爾秪自慚其拙。

舄履雜遝，堆腥蹂鮮。瑶爵登几，飛觥四筵。醲不及寫，揮斝啾諠。螺於其時，傾之不醻。頓之靡安，心焦意煩。宜瓶罍所笑，而觴觶居前也。才會俊集，風榭月夕，崇潔進高，揮鏤擯琢。蚪彼黄流，螺以壽客，目悦情愛，悟義推德。

納洪舉輕，類有餘兮。飲不輒罄，藏若愚兮。屢傾屢至，來徐徐兮。非藉弗安，相厥處兮。外瑩内虚，以授爲容兮。旋形錯彩，潛友龍兮。吸月之華，奴蛣蜯兮。翔于瀴溟，瑞由江兮。委身君子，俟時庸兮。

【箋】

〔一〕該賦創作時間未詳，疑作於正德八年前後夢陽任江西提學副使時。按，小序曰：「左參議屠君宴客，出螺杯焉。天然厥形，精瑩異常。……右使黄公見之，喜不自勝。」據明武宗實録卷六十八：正德五年十月，「升署郎中屠奎爲江西布政司左參議」。屠奎於正德五年起任江西左參議，後未再出仕。又明武宗實録卷九十一載：正德七年八月，「升浙江布政司右參政黄瓚爲江西右布政使」。又卷一百零八：正德九年正月，「升江西布政司右布政使黄瓚、福建右布政使鄒文盛，……俱爲左布政使。瓚，湖廣；文盛，雲南，……」是黄瓚任江西右布政使在正德七年八月至九年正月間。該賦當寫於此時期。

〔二〕左參議屠君，即屠奎。按，據雍正浙江通志卷一百三十一選舉九：屠奎爲浙江平湖人，弘治五年中鄉試舉，弘治十二年中進士，曾任江西左參議。又據雍正江西通志卷四十七秩官，屠奎於正德中任江西左參議。檢明凌迪知萬姓統譜卷十三上平聲：「屠奎，字文奎，勛從子，清介有文，與弟垚皆爲御史，有直聲。奎在江右，剪戢宸濠黨與，復累疏其不軌，終江西參議，垚終山東副使。」明武宗實録卷六十八載，正德五年十月，「升署郎中屠奎爲江西布政司左參議」。

〔三〕右使黄公，疑即黄瓚，成化十六年（一四八〇）進士，正德中曾任江西右布政使。雍正江西通志卷四十七秩官載：黄瓚，揚州儀真人，進士，正德間任江西右布政使。明凌迪知萬姓統譜卷四十七下平聲：「黄瓚，直隸儀真人，正德間以都御史撫治山東，節用賑恤。值武廟南巡，調度有方，民恃不擾。性鯁直，嘗面斥人過，官僚肅然。平生以清苦自持，比歸家，無蓄貲，士論重之。」

貢禽賦〔一〕

異乎翩哉，黄旗南來。海奇越珍，鳴舞伊軋。戲船繽紜，毛羽絢爛。走飛繙繙，美妙極臻。步止異常，巨細情態。駭人鳥①則秦吉了〔二〕，畫眉山鶘，五色鸚鵡，番鷄孔雀。緑鳩火鳩，白鷳紅鴞。猿則金絲通臂，猱狖獮猴，小大什伍。有朱喙丹距，玄體白趾，絳冠翠衿，黼黻相倚。蒼黄文錯，頸繡練尾，紺目巑額，金花鐵觜。旋如雪迴，並猶錦聚，詭質慧心，巧舌人語。清若笙簧，睍睆滑瀏。

爾其選山澤，設長羅，搜妍迹，捕流影。購工懸賞，效獻思逞，祖禡皆②作，劇閑齊警。萬人波逐，千騎林騁。下無跧獸，上無康翮。十百獲一，地摇天仄。於是飾雕籠，裝寶絡，戒虞官，慎水食。有山林之所未有，食人之所未食。而乃辭島邦，别瘴隅，道蒼梧，逾番禺，入江湖，歷荆徐，艱難萬里，達于京都。域有濕燥，氣有涼炎，春行秋至，温不敵嚴。毛鬣尾鎩，鮮落瘁添。經城吏懼，邁野民憂。幸其過速，斂錢而賕。

至則昂天軒，覿豪門，振紫庭，浴漢潭。美豢宫坊，殿縱上林。豢者如浮，縱者若沉。味不升俎，毛革不御。此何物者，而蒙是榮遇？拔微登賤，永棄風③土。於是歌曰：

聖王卻珍，禽獸靡哉。貴賢游德，麟遊鳳儀。役神遐異，厥民之厲。白狼以歸，荒服不至。

【校】

①鳥，弘德集、黄本、曹本、李本、徐本均作「哉」。　②皆，曹本、李本作「偕」。　③風，黄本、李本作

「方」。

【箋】

〔一〕明武宗喜好禽鳥野獸，屢令各地進獻。此賦即有感而發。明武宗實録卷二十九：「正德二年八月，「鎮守浙江太監劉璟題：近奉旨收買果品及捕羅禽鳥輸送京師，其裝載器具乞如宣德、成化年例，量取人腳價以備置造。從之。」于是采邏四出，東南騷動矣」。又，卷一百二十二：「（正德十年三月，）禮部尚書劉春以廣東左布政使羅榮、按察使陳雍及安慶知府馬文來朝，各陳言守臣進貢之害，因覆奏舉累朝停革貢獻詔旨，且言：召公之告成王曰：珍禽奇獸不育于國。又曰：不寶遠物則遠人格。唐太宗嘉李大亮不獻名鷹，明皇納倪若水罷采鵁鶄，……前史載之，至今以爲美談。今四方水旱頻仍，盜賊充斥，……而乃輒稱舊例，采取珍禽異獸，苛索軍民，騷擾道路，貢於上者甚微，而害於下者實大，乞一切停免，……報曰：『此事朝廷自能酌處。』」此賦似作於正德九年罷官閒居開封以後。

〔二〕秦吉了，鳥名。亦稱了哥、吉了。因産於秦中，故名。唐李白自代内贈：「安得秦吉了，爲人道寸心。」

水車賦〔一〕

厥甃有輪，一側一覆。覆者旋左，側承以屬。各有犬牙，錯銜摩軋。象彼兩儀，環周樞斡。有百其戽，牽聯承乘。必嘘斯降，有挈乃升。成功者退，四序之旨。行息棘紓，于厥輪視。嘘者受一，受者在中。長槽引之，無寫弗通。受曰含弘，通曰流形。默濡旁溉，支洄源渟。其動也時，其静也虚。一氓操之，與造化競驅，夫其惟水車乎！

【箋】

〔一〕此賦創作時間不詳，據文意，似作于正德六年（一五一一）至九年任官江西時。按，太平御覽引魏略曰：馬均居京都，有地可爲園，患無水以灌，乃作翻車，令童轉之而灌水，自覆更出更入，其巧百倍于常，水車之制昉此。據舊唐書敬宗紀二：正式之水車始創於唐大和年間。然而其普及使用却在宋代。雍正江西通志卷七十六人物十一吉安府載：「蕭麟字耕道，廬陵人，開禧進士，知仁化縣。教民爲水車救旱之具，爲民奏田缺賦存之害，卒於官，民肖像祀焉。」宋王安石有水車詩：「取車當要津，膏潤及遠野。與天常斡旋，如雨自瀿泄。置心亦何有，在物偶相假。此理乃可言，安得圓機者。」蘇軾有無錫道中賦水車：「翻翻聯聯銜尾鴉，犖犖确确蜕骨蛇。分畦翠浪走雲陣，刺水緑鍼抽稻芽。洞庭五月欲飛沙，鼉鳴窟中如打衙。天公不見老農泣，喚取阿香推雷車。」據文獻記載，宋元二代水車普及於江南，因水道多，故水車之使用較盛，明中期以後漸傳入北方黄河沿綫。據此推測，該賦似作於正德八年前後作者在江西任官時期。

四友亭賦〔一〕

夫物有情契，事有偶同，人有大觀，氣有流通。故一本而視，同體之義存焉；體物著用，因心之懿宣焉。命友以四，倫數之天。天定物合，事之奇也；闡名設亭，訓之推也。故塤篪之音暢於家，而後孝弟之風行於國，何則？敦薄銷鄙，非久弗著也。故詩曰：「和樂且湛。」久莫要於不變，不變莫如松、竹、梅、柏，人友其一而亭其間，而盤而桓，所謂事同情契可以大觀者歟！矧吾一氣也，乾父坤母，物不吾異也哉！於是賦之。賦曰①：

緊許氏之爲亭也，左崇嶺，右大江。架盱豁，軒紛龎。占巨域，符名邦。上納巑岏，下壓濤瀧。屹鐵城之東圻，割勾吴之西封。圍之以金、焦之秀，標之以芝山之峰。爾其經始也，召班爾，謀詹咸；諦璇曆，證虎鈐。伐直材於太古之谷，礱文石於千仞之巔。慎陶鍛而兼美，雖鏤雕而務堅。既測圭以定景，復銓辰而考躔。信抱形以回勢，亦負阜而面川。懼室閉之傷順，則以則大壯以弘義，乃取乎上棟下宇，法三才而樹本，故使之下方上圓。懼宀閉之傷順，則以之四洞八達；惡巧麗之賊久，斯尚夫樸厚渾全。孤立乎曠闊之囿，俯瞰乎蔫緜之阡。而乃藻常②棣而爲梁，糅紫荆而爲牆；雜之以蘭夷椒桂，繪之以玉碧文章。苞忠厚以爲基，準虚明而開窗。仰穹窿而體健，俯静直而效方。遵扃啟於昕暮，式向背於陰陽。於是則徙嶰谷之梢，運徂徠之幹；拔新甫之奇挺，收孤山之芳玩。水潤火晅，義培仁灌；沖和融結，寒暑變换；倏華歘實③，俄聚乍散；玉琤雲鬱，素飄蒼爛。或偃蹇牖户，或昂藏霄漢；或巍若大夫，或瘠若君子；或如幽崖緑裳翁，或如空谷白駒士；或岳岳而立，或娟娟而倚。判體合④藴，殊狀詭形。輪困離奇，剾剞娉婷。望之溟濛，就之竛竮。日爲之視，風爲之聽；雨爲之沐，雷爲之醒；煙爲之韻，神爲之冥。兹四物者，非所謂天下之至靈歟！而奚萃吾亭也。乃有蘭昆玉季，雁行雙雙，攀勁拊修，振英掇穠，人取其一，稱爲四友。

乃於是召上客，呼戚儔；敞翠帟，羅珍羞；膾江鮮，剥吴牛；進楚舞，徵齊謳；飛兕觥，列清壺。益之越錯，侑之海腴。解帶傾庶羞，促節紛高倡。組伐木之亂，賡閟牆之章。欽友于之嘉懿，悲粟布之見戕。調琴瑟於既具，沸塤篪之遺響。已而樂希顔酡，主賓共起，徘徊於四靈之下，衍遊於葱蓊之傍。吸霜柯之明雪，飲蒼玉之浮涼。拾香鈴以爇鼎，采寒葩而泛觴。掣懸茗於上枝，散啅雀於叢芳。避松徑以行丹鶴，護竹實而需鳳凰。

於是各命侍兒，遞節緩歌，出歈入趨，絲肉相和⑤。

松兒歌曰：「若有人兮佩鳴環，修蒼髯兮抗冰顔，抗冰顔兮吾之友，心莫逆兮萬斯壽。」

竹兒賡之曰：「有美一人，其修如玉；翩翩翠袖，日暮空谷。暮空谷兮憺忘歸，居有朋兮我心怡。」

梅兒賡曰：「子醜妍兮華我惡，於子游兮元之素。元素本無垢，歲寒願相守。」柏兒賡曰：「冠峨峨，劍陸離，緑髮毿毿褐葳蕤。葳蕤靡時改，中路莫疑悔。」

歌畢，主人乃還。客入亭，復坐引觥，而各不自覺其頹然醉矣。客則强起婆娑舞，其歌斷續弗調，似亦賡前歌也。

歌曰：「吴江落楓，洞庭下橘。朔風有嚴，玄冥變律。霧霧溟溟，憀兮而慄。龍蛇以蟄，百卉蕭瑟。堅者隕榮，脆者銷質。」是時也，不有此四友者於斯亭也，孰與壯天地而光月日哉！

【校】

①曰，黄本、曹本作「也」。②常，李本作「棠」。③倏華欻實，黄本、徐本作「倏華欻華」，曹本、李本均作「倏葉欻華」。倏，同「倏」。④合，四庫本作「而」。⑤和，四庫本作「好」。

【箋】

〔一〕該賦創作時間不詳，據小序及文意，似作於正德九年至嘉靖元年間閒居開封時。按，此賦開首曰：「緊許氏之爲亭也，左崇嶺，右大江。架盱豁，軒紛麗。占巨域，符名邦。上納巑岏，下壓濤瀧。屹鐵城之東圻，割勾吴之西封。」邊貢有四友亭詩，小序曰：「鎮江之墟，有亭峙焉。左松右竹，前梅後柏，許氏四兄弟之所居，而友之者也。」王廷相亦有四友亭詩（載王廷相集王氏家藏集卷十四），小序曰：「松竹梅花，古稱三友，堅柏凌冬，遺而不録。南司馬省左隙有亭，松竹梅柏，森然交茂。三原王公嘉柏之操，用稱四友，刻辭亭背。余暇日登亭臨眺，四君拱立，復爲余友。追念昔賢，慨然有作。」三原王公，即王恕，正統十三年進士，官至吏部尚書。正德二年卒，贈太師，謚端毅。國朝獻徵録卷二十四、國朝列卿紀卷二十五及明史卷一百八十二有傳。又，夢陽此賦中曰：「圍之以金、焦之秀，標之以芝山之峰。」邊貢四友亭詩亦曰：「鎮江之墟，有亭峙焉。」可知此四友亭當在鎮江。據堯山堂外紀卷九十二國朝載：正德至嘉靖初年，徽州歙縣許氏四兄弟許松、許棟、許楠、許梓經商致富後，在鎮江建四友亭，王恕爲之命名。左植松，右植竹，前植梅，後植柏，供文人詠唱。夢陽此賦及邊貢、王廷相詩似皆受許氏家人或朋友之托而作。

冬遊賦〔一〕

仲月之交，役車既休。草木變落，水涸不流。於時駕車命侶，辭閫涉防。斥①長阡以横目，眇煙藪之蒼蒼。零露下而草濕，清霜飛而柏傷。浮雲翼其四起，高鳥止而復翔。詫途隅之鴻構，忽危榭而重樓。破千金以營域，錮九泉而爲丘。歎狐鼠之無忌，覽榛棘而懷憂。爰息輪以陟崇，眺城觀之霏靄。日陰陰以向暝，雲肅肅而歸海。念皇衢之如砥，懼前路之中改。冀蓄陽以發春，凖四節而成載。

【校】

①斥，弘德集作「泝」。

【箋】

〔一〕此賦創作時間不詳，據文意，似作於正德九年（一五一四）後至嘉靖元年前作者閒居開封時期。按，首句「仲月之交，役車既休」，周禮春官巾車：「大夫乘墨車，士乘棧車，庶人乘役車。」夢陽於正德九年秋自江西經襄陽歸開封，直至嘉靖八年冬去世，一直寓居開封，但常與友人、弟子遊歷周邊地區。明史李夢陽傳載：「夢陽既家居，益跅弛負氣，治園池，招賓客，日縱俠少射獵繁臺、晉丘間，自號空同子，名震海内。」據筆者考證，夢陽自號「空同子」在正德三年前已有，明史本傳此說不確。以上二十六首賦，均收於弘德集卷一、卷二中。

李夢陽集校箋卷四　風雅什

禋社〔一〕

禋社，紀成也。今上肇禮于社，臣夢陽以户部員外郎從而賦禋社。

元年仲春〔二〕，吉日維戊。天子肇修于社，式對二后，協于百辟，既祇既戒。其日丁巳，三星彗彗。

百辟至止，萃于皋門。三星在隅，乃辟乃闔。有渰其雲，有零其雨。赤舄蹌蹌，于壇之所。

八佾剡剡，百燎盈庭。左金右石，鏞鼓孔行。帝命元臣，曰戎朕代。式虔式穆，厥維朕載。

元臣受命，爰肅其躬。月出則光，三星在中。磬管喤喤，有萬斯舞。爰配二辟，犧尊維俎。

于神來格，殷殷番番。龍旂載揚，雷霆啍啍。明明對越，肅肅奔走。神既醉飽，錫辟之祐①。

遹皇纘業，配天于京。三辰允禎，曰雨曰暘。皇降嘉實，來牟黍秫②。敷文戢戈，克紹冢土。

禋社六章，章八句。

【校】

①祐，原作「祜」，據韻脚與文意，作「祐」是，據改。②社，四庫本作「稌」。

【箋】

〔一〕從「今上肇禋于社，臣夢陽以户部員外郎從而賦禋社」句及「元年仲春，吉日維戊」可知，此詩作於正德元年（一五〇六）正月。本月，夢陽由户部員外郎升任户部郎中。

〔二〕元年仲春，即正德元年農曆二月。

辟雍〔一〕

辟雍〔二〕，紀視學也。

天子至止，于彼辟雍。和鸞央央，其來雍雍。象輅金衡，有蒼其龍。光于廟宫，是依是崇。

吉日維申，脩我元祀。皇祝設樂，鏞鼓萬舞。有筐有篚，以享以祀。群執肅肅，秉德弗渝。

誰①其觀者，三氏孫子②。其冠峨峨，來忻來止。翩彼鳳鳥，集于東林。繹其觀者，其爛如雲。

自門徂基，辟儼若思。青衿濟濟，以辟以師。爰命祭酒，司業拜手。訏哉嘉謀，作民元后。帝若曰都，戎言式弘。匪道何程，匪猷曷承。載弼元理，維協乃有。衆拜稽首，天子萬壽。旟旐旆旆，淵淵伐鼓。皇發辟雍，用惠下土。自天降休，豐年穰穰。藹藹王多吉人，四國用③康。

辟雍六章，章八句。

【校】

①誰，弘德集、黃本、曹本、徐本作「維」。　②孫子，原作「子孫」，不協韻，據黃本、曹本、李本改。

③用，四庫本作「是」。

【箋】

〔一〕據「吉日維申，脩我元祀」，可知此詩當作於正德元年任户部郎中時。元祀，大祭天地之禮。書洛誥：「記功，宗以功，作元祀。」孔傳：「有大功則列大祀。」文選張衡東京賦：「元祀惟稱，群望咸秩。」薛綜注：「元，大也；祀，祭也；稱，舉也。謂大祭天地之禮，既舉群嶽衆神望以祭祀之，皆有秩次。」「修我元祀」，即舉行祭祀，後文描寫祭祀場面，云：「皇祝設樂，鏞鼓萬舞。有筐有篚，以享以祀。群執肅肅，秉德弗渝。」明史武宗本紀：正德元年正月「己丑，大祀天地於南郊」。「三月甲申，釋奠於先師孔子」。

〔二〕辟，通「璧」。本爲西周王所設大學，校址圓形，圍以水池，前門外有便橋。東漢以後，歷代皆有辟雍，除北宋末年爲太學之預備學校（亦稱「外學」）外，均爲行鄉飲、大射或祭祀之禮的地方。漢班固白虎通辟雍：天子立辟雍何？所以行禮樂、宣德化也。辟者，璧也，象璧圓，又以法天，於雍水側，象教化流行也。北魏酈道元水經注穀水：「又逕明堂北，漢光武中元元年立。尋其基構，上圓下方，九室重隅十二堂，蔡邕月令章句同之，故引水於其下，爲辟雍也。」

甘露〔一〕

甘露，紀異也。元年冬至，甘露降于陵樹。

于辟是興，皇用錫祉。苞有八業，俟茂俟采。
填填墉壑，有嚴廟宫。湛彼露斯，既霑既降。
湛彼露斯，于松于柏。是塈是掇，罔匪澤澤。
菀彼陵樹，有爛其華。盈盈蓁蓁，光于邦家。
蕩蕩上帝，降監在兹。維辟時格，豈曰匪時。
其時伊何，厥陽載升。爰液乃濡，惠我孔明。

其昭伊何，曰帝攸績。靡濫靡僭，甘澍斯獲。

明明昊天，是歆是臧。臣作誦言，告于萬方。

甘露八章，章四句。

【箋】

〔一〕從「元年冬至，甘露降于陵樹」，可知此詩作於正德元年（一五〇六）冬至。時夢陽任户部郎中。

觀牲〔一〕

觀牲，大儀也。

赫赫明明，天子攸行。以修肇禘，以對于上帝。

天子至止，觀牲于郊。龍旂交交，馬鳴蕭蕭。

帝至于郊，於赫有臨。載穆載欽，曰歲事是歆。

帝降于圉，犧人脱楅。羊牛鹿豕，儦儦濯濯。濯濯牲牲，翔帝之圉。其牲孔碩，甫甫麌麌。

城人伐鼓，帝至郊所。干旄渒渒，虎士孔武。乘彼大路①，八鸞與與。昭于②萬邦，光于皇祖。

觀牲五章，三章章四句，二章章八句。

【校】

①路，四庫本作「輅」。②于，原作「千」，據黄本改。

【箋】

〔一〕據詩意，當作於作者在户部任官時，時間大約爲正德初年。

效五子之歌〔一〕

五子歌，正德年效作①。

大禹曰咨，咨太康，女何樂于田？十旬弗返，百姓離逖。女厥緒用殄，洛汭湯湯，流于冀方。曷歸曷歸，我心憂傷。

大禹曰咨，咨太康，敬哉有土。毋荼毒下民，毋曰民小，毋我崇尊，天自我民明威。

大禹曰咨，咨太康，天命難忱，慎德者昌。維帝克堪，奄有萬方。乃罔攸序，上帝殛罰女。②

大禹曰咨，咨太康，毋遊于盤，毋荒于田，毋小人是庸，嗜貨靡不顛。毋曰予一人，天下予何，天方降爾瘥。

大禹曰洛，洛太康，彼曰不臧，是謀是從；此曰既經，是戾是戕。不念爾祖，獨不念爾土？嗚呼敬哉敬哉！天罔私隋女。

五子歌五章，二章章九句，一章八句，二章章六句。

【校】

①正德年效作，弘德集、曹本作「正德年作」。②第三章七句，疑「二章章六句」數字誤。

【箋】

〔一〕五子之歌：即尚書五子之歌。五子，指夏太康昆弟五人。離騷：「不顧難以圖後兮，五子用失乎家巷。」朱熹集注：「五子，太康昆弟五人也。」

有鴟〔一〕

有鴟，諷也。

有鴟有鴟，集于喬林。征夫遑遑，以北以南。居人之子，我是用覃。東人之子，衣服粲粲；西人之子，車馬有爛；中人之子，噂噂衎衎。誰屋室潭潭？誰教猱有冠？誰遇人艱難？誰瘖寐永歎？

爾視爾友，令色令儀。弗視爾友，靡臧靡嘉。爾視爾友，予德予哲。背姻背婭，罔不愆蔑。朔日日虧，十月其雷。山川震崩，星辰逆行。二三君子，匪疚匪疾。曰時則然，匪我敢逸。燕雀在堂，翩翩其羽。鱍鱍魴鱮，在于河渚。弗念弗畜，孰獲爾所。小子作詩，誨言式女。

有鴟六章，二章章六句，三章章八句，一章四句。

【箋】

〔一〕據詩意，疑當作於正德二年前後遭劉瑾陷害而潛跡開封時。

青青者莆

青青者莆，感遇也。

青青者莆，生于污池。旟旐有翩，君子攸悲。

有蕩者道，其木喬喬。有鳥嘵嘵，女有巢漂搖。

有石巉巉，在于中泉。我思漑罍，畏子不前。

青青者莆三章，章四句。

有兔

有兔，閔獵稗也。

有兔有兔，其來趚趚。有罝㲋㲋，虞人之縛。有兔綏綏，瞻子傷悲。豈女有母，我子無所。爾粟爾糜，爾有猫狸，云胡樂而。

有兔三章，二章章四句，一章三句。

河之楊

河之楊，怨離也。

河之楊，其葉幡幡。子之歸矣，誰與我晤言。河之湍兮，我心慱兮，庶見子旋兮。

河之楊二章，一章四句，一章三句。

我行

我行，思也。

采蘊采蘊，于彼中野。我行思子，瞻望伊阻。我有籩有俎，湑湑我酟。坎坎我鼓，反反我舞。有筵有几，我有桃李。不見子都〔一〕，實維憂矣。

我行三章，章四句。

【箋】

〔一〕子都，古美男子名。詩鄭風山有扶蘇：「不見子都，乃見狂且。」毛傳：「子都，世之美好者也。狂，狂人也。」孟子告子上：「至於子都，天下莫不知其姣也。」

始雷〔一〕

雷于辰，宜也。然懼其弗施也，弗威也，又弗廣也，作始雷。

雷之磕兮，西山之陽兮。翕兮張兮，發坤藏兮，闡而昌兮。雷之升兮，列缺光兮，驅罔象①兮，劃幽匿兮。維民之福兮。雷虩虩兮，民愬愬②兮。施甘雨兮，昌下土兮，登我稷黍兮。

始雷三章，章五句。

【校】

①「象」下，弘德集有小注「叶平」。②「愬」下，弘德集有小注「叶入」。

【箋】

〔一〕按，以上十一首四言詩，均收於弘德集卷四。似作於弘治末或正德初年。

我出城闉①〔一〕

我出城闉，閔水也。嘉靖甲申秋，久雨水涌，陸地行舟。

我出城闉，浩浩其流。我車我馬，登彼方舟。昔也長薄，乃今舟之。滔滔波塗，昔也疇之。嗚呼蒼天，雨無其極。淤我良田，浥我稼穡。賣牛買船，賣鉏買楫。夕之朝之，濟有深涉。彼負者子，涉寒號咷；彼輦者子，陷泥中濤；彼車者子，馬顛濡毛，彼往來者誰子，冠蓋而遊遨。

我出城闉三章，章八句。

【校】

①嘉靖集每詩前有「一」、「二」、「三」字樣。

【箋】

〔一〕該詩，朱安洸李空同先生年表以爲作於嘉靖四年乙酉（一五二五），「公年五十四歲。……是秋，苦雨，水涌，陸地行舟，公作我出城闉詩」。誤。按，嘉靖集收此詩。該集所收詩限嘉靖元年至三年，又小序有「嘉靖甲申秋」字樣，故該詩當作於嘉靖三年，時夢陽閒居大梁。

河之渚〔一〕

河之渚，送鮑氏也。

河之渚，鳧雁與與。我駕我車，載言送汝。河水瀰瀰，汝舟淠淠。冬十有一月，甲申者歲。河之沙，浩浩其霜。人廬人處，子也獨行。廬匪不懷，茲非我邦。豈無念處，旋我舊鄉。舊山有廬，溪則有魚。有車馬驅，有琴瑟笙竽。烈風旆旆，寒日冰瀨。汝征汝邁。

山有栲，亦或有栳。魚潛于淵，或在于沼。芻蕘之言，君子敬聽。慎爾威儀，擇爾友朋。

河之渚四章，三章章八句，一章七句。

【箋】

〔一〕詩中「冬十有一月，甲申者歲」，甲申，爲嘉靖三年（一五二四），時夢陽閒居大梁家中。鮑氏，指寓居開封之歙人鮑演或鮑漖，與夢陽有交遊，見梅山先生墓志銘（卷四十五）。

型範

型範，省躬也。

器土必型，器竹必範。綏則有蟬，冠則有范。哲人畏威，爰矜爰業。省之察之，春冰是涉。帝命攸畀，而胡罔嘉。忽心乘之，厥玉斯瑕。聖戒罔念，賢省日三。輿則倚之，立則如參。淵魚負水①，谷鳥嚶嚶。賢豈在貴，愚匪無榮。維彼賢人，省躬靡疚。彼愚何人，外華中垢。

型範三章，章八句。

【校】

①水，原作「冰」，據四庫本改。

歸壽

歸壽者，李子爲東墅子作者也〔一〕。東墅子年六十，其子經自大梁馳而歸壽焉，于是作歸壽。

春日既熙，有繁其梅。爰啟我堂，我尊我罍。穆穆其賓，揖讓先後。介我眉壽，飲我清酒。

爾生之辰，爾子遄馳。何以獻之，玉斗金巵。春華載殷，舞衣斕斑。庭樹青葱，鳥鳴關關。

又何獻之，嵩高之松。翠蕤屈枝，盤盤如龍。又何獻之，維河之鯉。玉鬐曜陽，金鱗泚泚。

歸壽三章，章八句。

【箋】

〔一〕東墅子，不詳。

李夢陽集校箋卷五　樂府一

琴操〔一〕

衛女操〔二〕

舊説衛有賢女，趙王聞其賢，請聘之，未至而王薨。太子曰：「吾聞齊桓公得衛女而霸，今衛女賢，欲留之。」大夫曰：「不可！若賢，女必不我聽；若聽，必不賢，不可取也。」太子遂留之，果不聽。拘於深宫，思歸不得，援琴而歌，曲終自縊而死。

有狐綏綏兮，在彼河梁。我欲濟之兮，河無航。瞻彼故丘兮，淇水淺淺。懷我父母兮，不能奮翻。嗟嗟！不能奮翻，予安用存兮。

【箋】

〔一〕琴操，傳爲漢蔡邕所創。分上、下兩卷，記述四十七則古琴曲故事，是解説琴曲標題的首部著作。北魏酈道元水經注河水五：「昔趙殺鳴犢，仲尼臨河而歎，自是而返，曰：『丘之不濟，命也夫！』琴操以爲孔子臨狄水而歌矣。」

〔三〕衛女操，夢陽自擬樂府詩題，爲衛女而作。衛，古國名。前十一世紀周公封周武王弟康叔於衛。先後建都於朝歌（今河南淇縣）、楚丘（今河南滑縣）、帝丘（今河南濮陽）和野王（今河南沁陽）等地。前二〇九年爲秦所滅。左傳隱公元年：「鄭人以王師、虢師伐衛南鄙。」據詩意，似作於弘治年間作者在户部任職時。

漆室女操

漆室女〔一〕，魯人也，倚柱悲吟。鄰人問曰：「欲嫁乎？」女曰：「吾憂國傷人，心悲而嘯，何言欲嫁乎？」遂自經而死。

父母不聽女言，女義不至公門，嗟嗟奈何！朝倚柱而吟，暮倚柱而歌。知我者謂我心憂，不知我者謂我求爲家。予寧爲地上之茂草，誠不忍負巖墻而生。

【箋】

〔一〕漆室，春秋魯邑名。魯穆公時，君老太子幼，國事甚危。漆室有少女倚柱而嘯，憂國憂民。見漢劉向列女傳漆室女。後用爲關心國事的典故。按，夢陽於弘治十四年奉命監三關税，不意觸犯外戚、宦官利益而遭下獄。後得釋復職。該詩似作於此時。

慧蛾操〔一〕

李子中庭而立，有蛾窘於爵〔二〕，入襜而避之。李子傷之，作此操也。

翼之漸漸兮，入我襜兮。慧遠賊兮，信彼黠兮，寧爾獲兮。

【箋】

〔一〕慧蛾操，夢陽自擬樂府詩題。據詩意，似作於弘治年間。

〔二〕爵，同「雀」。

哀鳳操〔一〕

哀鳳操，爲漢中張子作也。張子三十而夭，予傷其孤貧無歸也，援琴而哀之。

鳳之來兮爾胡爲兮，牛有皁兮雞有棲。鳳兮鳳兮今何歸？傷哉命兮我心悲。

【箋】

〔一〕李空同先生年表載：「户部員外郎張公鳳翔卒。張有異才，時人以子安、文考擬之，年甫三十歲，母七十餘，子七齡，一妻一妾，號於旅邸，過者無不心酸淚下，公作哀鳳操以傷之。復倡諸部僚經理喪事，始得歸葬洵陽。」張子，名鳳翔，字光世，號伎陵子，洵陽（今屬陝西漢中）人，弘治十二年（一四九九）進士，曾任户部主事，與夢陽爲同僚。有張伎陵集七卷。夢陽撰有張光世傳（卷五十八），述其生平。據詩意，此詩作於弘治十七年任户部主事時。

月星操〔一〕

元年冬十有一月，其日己卯，月在寅位，金宿來襲，李子見之而憂，作此操也。

陰陽舛錯，亦孔之遌。斤斤其月，有星薄之。嗚呼！天高高在上，意安若兮。

【箋】

〔一〕據小序，此詩作於正德元年（一五〇六）十一月，夢陽時任户部郎中。武宗即位之初，劉瑾等「八虎」横行，夢陽憂之而作。

楚調歌〔一〕

天門開〔二〕

天門開兮冥冥，沛余乘兮上征。雷車兮電旗，斑陸離兮四馳。陽昭昭兮在下，女翩翩兮媵予。交不周兮易離，路超遠兮徒自苦。涉海兮揚靈，揖陽侯兮貝宫。采珊瑚兮嶼間，折三秀兮水中。望佳人兮不來，吹洞簫兮絶浦。聊盤旋兮戲娱，時不可兮再有。

【箋】

〔一〕楚調，楚地的曲調，常與吴弦、燕歌對舉。後爲樂府相和調之一。唐陶翰燕歌行：「請君留楚調，聽我吟燕歌。」參樂府詩集相和歌辭一解題。

〔二〕「（嘉靖）五年丙戌（一五二六），公年五十五歲。……作楚調歌天門開。」（李空同先生年表）此説誤。據詩意，該詩似作於赴官江西途中，時間爲正德六年夏。

貽女〔一〕

龍旌兮玄牲，重闕兮紫府。夫君兮不可以見，女躑躅兮徒自苦。衝風起兮河曾波，巖嵂崛兮桂蘿。折瓊蕊兮貽女，媒不通兮怨嗟。若有人兮乘游龍，佩蒼景兮御清風。陟帝左兮右降，又翺翔兮極中。君游兮崑崙，又夕宴兮王母。緩節兮永歌，紛佾兮繁舞。望遥浦兮御舸，吹參差兮愁予。

【箋】

〔一〕貽女，楚辭天問：「簡狄在臺嚳何宜，玄鳥致貽女何喜。」王逸章句云：「簡狄，帝嚳之妃也。玄鳥，燕也。貽，遺也。言簡狄侍帝嚳於臺上，有飛燕墮遺其卵，喜而吞之，因生契也。」此詩亦似作於正德六年，赴官江西途中。

捐袂

捐袂兮沙裔，遺褋兮澧浦〔一〕。御重華兮九疑，觀潺湲兮容與。神之來兮六龍，翳瓊枝兮翠葆。驅豐隆兮挾百靈，來如雲兮去冥冥。來躡霞兮去乘霓，韃連蜷兮復葳蕤。山之桂兮江之楓，雲颯颯兮吹秋風。班予馬兮延佇，美要眇兮中渚。

【箋】

〔一〕澧，源出湖南西北與湖北鶴峰交界處，向東南流經桑植，再向南向東經大庸、慈利、石門、澧縣、津市，再向南流入七里湖。書禹貢：「岷山導江，東別爲沱，又東至於澧。」楚辭九歌湘君：「捐余玦兮江中，遺余佩兮澧浦。」澧浦，澧水邊。此詩作時似同上。

懷鄉〔一〕

伐辛夷兮采芳芷，葺荷屋兮蔭蘭渚。佳人去兮不歸，靈連蜷兮愁望予。涉世徑兮歷險阻，駕玄驂兮又文牡。歲冉冉兮既不我留，悵懷鄉兮汨夷猶。葛藟離離兮石間，雨冥冥兮山之幽。旋予馬兮故阿，陟堂址兮搴女蘿。霜露交下兮亭皋，秋風夕兮洞庭波。山何爲兮巃嵸？木何爲兮蒙密？公有亭兮何不日鼓瑟？日鼓瑟兮復吹龥，憎娱樂兮萬福來。

【箋】

〔一〕此詩略仿屈原九歌中之作品，藉以表達詩人身在他鄉之惆悵心境。據詩意，似作於正德九年

（一五一四）秋由江西經襄陽罷歸開封途中。

君夷猶〔一〕

登樓兮送君，日盈盈兮將落，曖萬鬱兮①帶長薄，君夷猶兮吹間並去作。巢燕兮既辭，又鳴兮蟪蛄。紛軒蓋兮總總，君胡爲兮南都。若有人兮被杜衡，帶薜蘿兮蕙纓。中有懷兮荃不知，臨修路兮悵天涯。悵天涯兮望煙渚，信予美兮誰與？龍城兮貝闕，君暮趨兮朝謁。采芳芷兮江中，寄佳人兮天北。

【校】

①兮，原作「乎」，據弘德集、黄本、曹本改。

【箋】

〔一〕夷猶，屈原九歌湘君：「君不行兮夷猶，蹇誰留兮中洲？」夢陽弘德集收此詩。據李空同先生年表，嘉靖三年甲申，「以所作古今詩刊而傳之，命爲弘德集。公自爲序，述曹縣王叔武之論甚詳」。據詩意，似作於正德七年前後在江西任官時。

騁望〔一〕

送佳人兮江渚，嫋嫋兮雲氣下。鳥翩翩兮戾止，蟬暮吟兮獨苦。余邅迴兮隱軫，睿中洲兮偃蹇。心相親兮口難言，目不睹兮日以遠。風濤兮浩蕩，涉浦兮騁望。蘭被汀兮葳蕤，杜參差兮夕漲。君棁楫兮前坻，復容與乎中渚。惝恍兮將從，憺淹留兮誰與？

【箋】

〔一〕騁望，屈原九歌湘夫人：「登白蘋兮騁望，與佳期兮夕張。」此詩作時疑同上。

雩旱①〔一〕

望君兮曾波，雨霾兮兩河。驂豐隆兮駕馮夷，蹇將至兮風薄之。吹笙兮擊鼓，絙弦兮會舞，君不來兮使我心苦。雲冥冥兮晝晦，神靈惠兮甘雨。我稷兮我黍，穀之兮士女。編龍兮堂墠，禽蜥蜴兮水際。吐雲兮上下，使鳩鳥兮騰逝。紛總總兮神欲下，猋爲駕兮龍爲馬。君誰須兮不來，日將莫兮怨思。

【校】

①詩題，弘德集、黄本、曹本、徐本作「雩旱歌」。

【箋】

〔一〕該詩似作於正德八年（一五一三）前後在江西任官時。

祀白鹿先生迎送神辭〔一〕

迎神

吹玉簫兮眺帆浦，横蔽江兮美無舸。謇躑躅兮旋望，宛窈窕兮山之左。陟山左兮降右，忽而來兮倏而去。跨白鹿兮導兩螭，色含笑兮心莫知。既登兮山椒，復南涉兮石瀨。日冥冥兮欲暮，風飄飄兮吹蕙帶。

降神

緑蘿兮紫萸，桂生兮羅户。風颯颯兮若有望，神驅雨兮泉浪浪。躒我階兮坐我几，以彭郎兮挾匡父〔二〕。蘭殽兮椒醑，日中兮萬舞。美孰怒兮飄忽逝，雲離離兮怨余。

送神

迹不偕兮心相疑，歡雖諧兮愁易離。君荷衣兮蕙帶，逍遥山中兮桂爲蓋。天門兮既闢，騰而上兮雲之際。石有澗兮山有峰，心相慕兮交不逢。稅吾車兮縶馬，願褰衣兮從子。

【箋】

〔一〕白鹿先生，指唐人李渤。雍正江西通志卷二十二書院二南康府載：「白鹿書院在南康府北廬山五老峰下。唐貞元中，洛陽人李渤與其兄涉隱居九江，讀書於此，嘗畜一白鹿自隨，人稱爲白鹿先生。」據詩意，當作於正德六年（一五一一）八月任江西提學副使視學九江時。

〔二〕彭郎，江西彭澤縣南岸有澎浪磯，隔江與大、小孤山相望，俚因轉「孤」爲「姑」，轉「澎浪」爲「彭郎」，云「彭郎者，小姑壻也」。後遂以此相傳。見宋歐陽修歸田録卷二。

步虛辭〔一〕

被霞衣兮芝蓋，藹沛騰兮彯長帶。魂遻遻兮天門，奄周章兮雲際。吹參差兮槃舞，燈繁紛兮不歌以鼓。水以陸兮濟鬼，福鼇泐兮冀望苦。

【箋】

〔一〕樂府詩集卷七十八：樂府解題曰：「步虚詞，道家曲也，備言衆仙縹緲輕舉之美。」

芝山子辭〔一〕

山之芝兮葳蕤，子出遊兮不歸。子不歸兮翳薜蘿，謇余獨兮山之阿。山阿兮望子，芝爛爛兮莖紫。從子兮齋房，帝座兮顯清。天門兮不易通，子歸來兮山中。石磊磊兮路修，日暮兮不我聊。

【箋】

〔一〕芝山子，即王金。雍正河南通志卷七十一方伎：「明王金字芝山，陝西西安人。年十七，遇道人墮水，救歸，嚴事之。已而道人攜入終南，授以奇秘，試輒有驗。時世廟好方伎，金以白衣召見，言三元大丹，稱旨，與陶仲文、邵元節並稱榮寵，歷官太常，出入禁闥二十年。依新鄭高文襄以居，遂爲鄭人。李夢陽贈以芝山子辭云。」則此詩當作於正德中後期。按以上十二首「楚調歌」均收於弘德集卷五中。

鐃歌曲〔一〕

雷之奮

雷之奮，翕兮張。山之陽，發坤藏。闢哉昌，群龍載浮列缺光。列缺光，烜中土。惠甘雨，介稷黍，聖人垂衣民歌舞。民歌舞，袪禍災。饑而食，飽斯嬉，厲鬼潛滅維福基。

鳳之升

鳳之升，附龍雲。儀萬方，昭帝文。昭帝文，承宗禋。安如山，翕如坤。兩宮豫，協天神。帝臨朝，奏雲門。戛鳴球，笙鏞振。昭四方，明萬民。萬民愉，庶物亨。陰陽熙，乾道成。乾道成，皇業昌。軼周姒，纘塗戎。臣稽首，歌雲龍。

月如日

月如日，光如輪，輪五色，繽哉紛。貫紫霓，揚風翎，抶太乙，侵紫庭，化爲白氣干天經。張我弧，挾我矢，袪祲滅妖天下理。

【箋】

〔一〕鐃歌曲，軍中樂歌。傳黄帝、岐伯所作。漢樂府中屬鼓吹曲。馬上奏之，用以激勵士氣，也用於大駕出行和宴享功臣以及奏凱班師。南朝宋何承天朱路篇：「三軍且莫喧，聽我奏鐃歌。」按，此三首「鐃歌曲」，弘德集卷八皆有收録，均作於同時。據詩意，似作於弘治末年任職户部時。

詠史

賦大隧〔一〕

賦大隧，兒賦隧中母隧外。母思啟段段已舉，不及黄泉是何語？潁人不來其奈汝。潁人不來猶之可，俎上分羹痛殺我。

【箋】

〔一〕該詩寫鄭莊公擊敗其弟共叔段，在潁考叔勸説下，與其母武姜在隧道相見而賦的事。見左傳隱公元年。

公儀休〔一〕

園中豈無葵，相公奈何饑。相君即無衣，不愛室中機。相君千萬歲，請治相君棲。桓公霸諸侯，管氏有三歸〔二〕。

【箋】

〔一〕公儀休，周魯國人。史記循吏列傳公儀休傳：「公儀休者，魯博士也。以高弟爲魯相。奉法循理，無所變更，百官自正。使食禄者不得與下民争利，受大者不得取小。客有遺相魚者，相不受。客曰：『聞君嗜魚，遺君魚，何故不受也？』相曰：『以嗜魚，故不受也。今爲相，能自給魚；今受魚而免，誰復給我魚者？吾故不受也。』食茹而美，拔其園葵而棄之。見其家織布好，而疾出其家婦，燔其機，云：『欲令農士工女安所讎其貨乎？』」

〔二〕三歸，一般以爲即娶三姓女子之意。論語八佾：「管氏有三歸。」何晏集解引包咸曰：「三歸，娶三姓女也。婦人謂嫁曰歸。」漢書地理志下：「（管仲）身在陪臣而取三歸。」顏師古注：「三歸，三姓之女。」宋蘇軾東坡志林七德八戒：「管仲之相桓公也，……使家有三歸之病，而國有六嬖之禍，故桓公不王，而孔子小之。」關於「三歸」解釋尚有數説，此不贅。

青陵臺〔一〕

兩山當中開，露出青陵臺。北山雖張羅，南山鳥不來。我在南山自有匹，馬牛之風豈相及。吾頸可斷志不易。

【箋】

〔一〕李亢獨異志卷中引晉干寶搜神記：「宋康王以韓朋妻美而奪之，使朋築青陵臺，然後殺之。其妻請臨喪，遂投身而死。王令分埋臺左右。」太平御覽卷一百七十八引郡國志：「鄆州須昌縣有犀丘城青陵臺，宋王令韓憑築者。」後因以青陵臺爲詠愛情堅貞之典故。

射潮引①〔一〕

錢塘八月潮水來，蛟龍奮怒濤爲雷。天旋地拆不可止，此中云有鴟夷子〔二〕。何不張爾弓、挾爾矢，射殺鴟夷潮可止。君不見，潮水年年八月來，萬弩射潮終不回。

【校】

①上海博物館藏詞林雅集圖收録李夢陽手書錢唐詩，曰：「錢唐八月潮水來，萬弩射潮潮不回。使君臨江看潮戲，越人行潮似行地。捷我鼓，旌我旗，君不樂兮君何爲？投爾旗，輟爾鼓，射者何人爾停弩。濤雷殷啟蛟龍怒，中有烈魂元姓伍。」

【箋】

〔一〕射潮，吴越王錢鏐曾射潮築塘。宋史河渠志七：「浙江通大海，日受兩潮。梁開平中，錢武肅王始築捍海塘，在候潮門外。潮水晝夜沖激，版築不就，因命彊弩數百以射潮頭，又致禱胥山祠。既而潮避錢塘，東擊西陵，遂造竹器，積巨石，植以大木。堤岸既固，民居乃奠。」

〔二〕鴟夷子：范蠡自號鴟夷子皮，省稱鴟夷子。史記越王句踐世家載：「范蠡事越王句踐，既苦身戮力，與句踐深謀二十餘年，竟滅吴，報會稽之恥，北渡兵於淮以臨齊、晉，號令中國，以尊周室。句踐以霸，而范蠡稱上將軍。還反國，范蠡以爲大名之下，難以久居，且句踐爲人可與同患，難與處安，爲書辭句踐曰：……乃裝其輕寶珠玉，自與其私徒屬乘舟浮海以行，終不反。於是句踐表會稽山以爲范蠡奉邑。范蠡浮海出齊，變姓名，自謂鴟夷子皮，耕于海畔，苦身戮力，父子治産。」司馬貞史記索隱曰：「范蠡自謂也。蓋以吴王殺子胥而盛以鴟夷，今蠡自以有罪，故爲號也。韋昭曰：鴟夷，革囊也。或曰生牛皮也。」

汝爲我楚舞〔一〕

汝爲我楚舞，吾爲若楚歌，黄鵠翼成將奈何。黄鵠一舉横四海，君王豈有四海羅？君無四海之羅安用此，殃君美人毒君子。

【箋】

〔一〕此詩當爲詠劉邦與其妾戚夫人而作。史記留侯世家：「戚夫人泣，上曰：『爲我楚舞，吾爲若楚歌。』」

博浪沙〔一〕

博浪沙中掔椎走，鴻門帳前撞玉斗，誰謂張良貌如婦。赤帝子起鞭赤龍，臣也請歸從赤松。赤松子，在何許？君不見朝烹狗、暮縛虎。

【箋】

〔一〕博浪沙，地名。在今河南省原陽縣東郊。張良與力士狙擊秦始皇於此。史記留侯世家：「良與客狙擊秦皇帝博浪沙中。」此詩當爲詠張良而作。

左袒行〔一〕

陵曰不可平曰可，安劉者誰勃與我。産①不信，禄不入。軍右②袒，計安出？

【校】

①産，弘德集作「奇」。盧文弨書李空同詩鈔後（抱經堂文集卷十四）謂當作「寄」，曰：「文弨謂别本作『寄不信』者是，易有『言不信』，謂不見信也。寄之言不見信於禄，禄不入寄之言，似當如此解。」當是，可從。　②右，詩綜作「左」。

【箋】

〔一〕此詩當爲詠西漢周勃與曹參而作。漢高祖劉邦死後，吕后擅政，大封吕姓以培植勢力。吕后死，太尉周勃謀誅諸吕，行令軍中曰：「爲吕氏右袒，爲劉氏左袒。」軍中皆左袒。事見史記吕太后本紀、孝文本紀。

【評】

清汪端明三十家詩選初集評：朱近修云：「此仿西涯樂府而作。」

申屠嘉[一]

鄧通小臣敢皇侮，錯也何人毁廟堵。臣欲戮通帝弗許，請收錯誅帝罔與，含血自殲報皇祖。

【箋】

〔一〕申屠嘉，梁人，從漢高祖擊項籍。文帝時任御史大夫、丞相，封故安侯。景帝時因晁錯而卒，謚爲節侯。史記卷九十六有傳。鄧通，漢文帝寵臣。

轅下駒[一]

鄭當時[二]，轅下駒。韓安國[三]，兩首鼠。秃老翁，竟斬汝。廷臣不語淮陽語。君不見金家婦、王家女[四]，一言殺兒還殺母，何況區區老秃且。

【箋】

〔一〕轅下駒，謂人境界狹小，做事畏首畏尾。史記魏其武安侯列傳：「今日廷論，局趣效轅下駒。」

張守節史記正義引應劭曰：「駒馬加著轅。局趣，纖小之貌。」杜甫別蘇徯詩：「贈爾秦人策，莫鞭轅下駒。」

〔二〕鄭當時，字莊，陳人。漢景帝時爲太子舍人，漢武帝時爲右内史，好黄老之言，不喜聚財，做事首鼠兩端，被武帝喻爲「轅下駒」。史記卷一百二十有傳。

〔三〕韓安國，字長孺，梁成安（今河南汝州）人，後徙睢陽。嘗受韓子、雜家説于騶田生所。事梁孝王爲中大夫。七國之亂，孝王使安國爲將扞吴兵。吴楚破，安國由此顯名。建元六年，爲御史大夫。後參與打擊匈奴戰争，不利，元朔二年（前一二七）卒。平生貪財，但善於舉薦人才。事見史記韓長孺列傳。

〔四〕金家婦、王家女，指漢景帝劉啓之孝景皇后、漢武帝劉徹之母王娡。事見史記外戚世家。

栗太子〔一〕

燕燕，汝今銜泥向何縣？遮天蔽日過長安，堆泥作塚高如山。飛來未央宫，銜取梁上土。黄口見母來，啞啞張吻索蟲哺。

【箋】

〔一〕栗太子，名劉榮，漢景帝與栗姬之子，前元四年（前一五三）立爲太子，後廢。

赤鳳曲〔一〕

前赤鳳，後雙燕。頭岑岑兮尾涎涎，組幘郎君夜相見。相見騎白馬，驚起城上烏。城上烏，據巢食兒夜相呼。

【箋】

〔一〕赤鳳，傳説中之神鳥。北周庾信道士步虛詞：「赤鳳來銜璽，青鳥入獻書。」漢成帝皇后趙飛燕所通宫奴名赤鳳。舊題漢伶玄趙飛燕外傳：「后所通宫奴燕赤鳳者，雄捷能超觀閣，兼通昭儀。」後常以喻指情夫。唐李商隱可歎：「梁家宅裏秦宫入，趙后樓中赤鳳來。」後爲樂曲名，即赤鳳皇來。按，以上「詠史」十一首，均收録於弘德集卷八，可見爲弘治、正德時期所作。

短調歌

子夜四時歌〔一〕

共歡桃下嬉，心同性不合。歡愛桃花色，妾願桃生核。

其二

柳條宛轉結，蕉心日夜卷。不是無舒時，待郎手自展。

其三

獨夕玉階側，仰看三星爛。畏熱不歸房，徘徊夜將半。

其四

鶩棹出驚流，回橈戲清沚。擘破芙蓉花，中有雙蓮子。

其五

涼風吹玉樹，團扇置不理。儂亦有涼熱，何況戴冠子。

其六

摘葉裹流螢，應手葉先落。本無牢根蒂，虚怨秋霜薄。

其七

郎住西水頭，妾住東北滸。何能冰遂合，永免風波苦？

其八

雪飄悵難行，室邇阻相覓。不畏風色嚴，畏此雪上跡。

【箋】

〔一〕子夜四時歌，南朝樂府有子夜四時歌，係據子夜歌變化而成。亦省作子夜。據詩意，似作於弘治末年任職户部時。

【評】

其六，明詩歸卷三：譚元春云：喻己孤立於朝。

又，鍾惺云：本欲逐奸，反爲奸逐，寓意深婉，忽作六朝姿態，可見大手筆，無所不可。

車遥遥

車遥遥〔一〕，遥遥復邁邁，望見秋塵起。不見車輪轉，知在秋塵裏。

【箋】

〔一〕車遥遥，車行遥遠貌。南朝梁車遥遥詩：「車遥遥兮馬洋洋，追思君兮不可忘。」樂府詩集雜曲歌辭名有稱車遥遥者。唐孟郊、張籍、張祜等均有此一題目的樂府詩。

【評】

明楊慎李空同詩選：可入漢調。

幽蘭〔一〕

幽蘭敷紫莖，羅列生堂基。逾時君不采，隔情當怨誰。

【箋】

〔一〕幽蘭，即蘭花。離騷：「户服艾以盈要兮，謂幽蘭其不可佩。」古琴曲名亦稱幽蘭。宋玉諷賦：「臣援琴而鼓之，爲幽蘭、白雪之曲。」南朝宋謝惠連雪賦：「曹風以麻衣比色，楚謡以幽蘭儷曲。」

掌上舞〔一〕

晨遊憩陽館，夕宴戲風臺。盈盈掌上舞，飛飛素雪迴。

【箋】

〔一〕相傳漢成帝之后趙飛燕體態輕盈，能爲掌上舞。見白孔六帖卷六十一。後指體態輕盈的舞蹈。南史羊侃傳：「儛人張浄琬腰圍一尺六寸，時人咸推能掌上儛。」梁書羊侃傳作「掌中舞」。按，以上「短調歌」十一首，弘德集卷八有收録，似作於弘治年間任官户部時。

李夢陽集校箋卷六　樂府二

雜調曲一

擬前緩聲歌〔一〕

萬水東流，魚西上游。不虞彼有漁子，置我於其鈎。魚告漁子：「女曷太荼，寬大福厚，不見是圖。」漁乃傴僂伸鈎，我脱身以游。漁起揮手謝，天命各有由。此魚銜明珠，來報當日漁。

【箋】

〔一〕前緩聲歌，古樂府題名，收入樂府詩集雜曲歌辭五。緩聲，謂歌聲柔緩。古辭僅存前緩聲歌一首。晉陸機、南朝宋孔寧子與謝惠連、梁沈約均有擬作。亦省作「緩歌」。劉勰文心雕龍明詩：「至於張衡怨篇，清典可味；仙詩、緩歌，雅有新聲。」周振甫注：「張衡的仙詩和緩歌已無考。緩歌是緩聲歌，樂府古辭有前緩聲歌。」

擬烏生八九子〔一〕

烏生八九子，八九子，餵飼兩老烏，乃在城墻高樹頭。兩老烏，拮據爲巢，心中實毒荼，晝夜餵飼八九子。八九子，長成各自飛，不來顧老烏。巢風雨，巢漂摇，今年有巢處，來年哺子何處所？猛虎能食人，尚復有子之親；螻蟻極細小蟲，奉事長上，禮若君臣。何得朋友如路人？上車逢所知，下車稱别離，淚下如雨眼迷離。來時不知南、不知北，我去何勞問東西。車輪班班轉，老烏飛飛啄赤莧。

【箋】

〔一〕烏生八九子，古樂府相和歌辭題名之一。宋郭茂倩輯樂府詩集卷二十八相和歌辭相和曲下：「樂府解題曰：『古辭云：「烏生八九子，端坐秦氏桂樹間。」言烏母子本在南山巖石間，而來爲秦氏彈丸所殺；白鹿在苑中，人得以爲脯；黄鵠摩天，鯉在深淵，人得而烹煮之，則壽命各有定分，死生何歎前後也。若梁劉孝威「城上烏，一年生九雛」，但詠烏而已。』又有城上烏，蓋出於此。」

【評】明陳子龍、李雯、宋徵輿評點皇明詩選卷一：宋轅文曰：音節殊古。李舒章曰：蒼蒼崛奇，不落漢以後。

郭公謡〔一〕

布穀，江西人呼爲「郭公」，民間有謡云①：

赤雲日東江水西，榛墟樹孤禽來啼。語音哀切行且啄，慘怛若訴聞者悽。静察細忖不可辯，似呼郭公兼其妻。一呼郭公兩呼婆，各家栽禾栽到田塍，誰教㯳取螺。公要螺炙，婆言攝客。攝得客來，新婦偷食。公欲駡婦，婆則嗔婦。頭插金，行帶銀。郭公脣乾口燥救不得，哀鳴繞枝天色黑。

【校】

①小序，原無，此據弘德集補。

【箋】

〔一〕郭公，布穀鳥之别稱。布穀鳴聲如呼「郭公」，故稱。清徐珂清稗類鈔動物布穀：「布穀，一名鴡鳩，又名郭公，絶類杜鵑，而體較大。」明高啟同杜徵士寅過南渚赴朱七丈招飲詩：「果熟皆梅子，禽啼盡郭公。」金檀注：「禽經：『郭公，鳥名，即布穀也。』」該詩據江西民歌改編，故似作於正德六年（一五一一）至九年任官江西時。

【評】

明潘之恒校刻空同子集箋曰：李子曰：「世嘗謂删後無詩。」無者謂雅耳！風自謡口出，孰得而無之哉！今録其民謡一篇，使人知真詩果在民間。於乎！非子期孰知「洋洋」、「峨峨」哉？

豆娘子〔一〕

豆娘子者，蜻蜓之細也。輕盈側媚，群游而寡忌，李子見之傷焉，作豆娘子。

汝何者物？小而輕盈，妁約悠揚。朋從寡畏，緗衣紺裳。或翠其衿，或朱而黄。嬉戲長莪，窈窕水旁。餐膏浴滋，飲露吞香。才不我知，謀寧自臧。兒童撲弄，姬媵憐傷。豆卿子卿，娘子豆娘。百卉隕零，北風雨霜。弱不敵威，蚱蜢同戕。肅肅鴻鵠，雲海翺翔。巇巇者鳳，覽輝梧岡。微末之蟲，何勞短長。

【箋】

〔一〕豆娘子，昆蟲名，又名燈心蜻蜓。形狀比蜻蜓略小，静止時兩對翅直立於背上，常在水邊或草地上飛翔，吃小蟲。據詩意，似作於弘治時期詩人入朝任官前。

榆臺行　其事在弘治乙丑年。〔一〕

榆臺高高，風吹樹梢都搖搖，臺下黃羊走黃蒿。山頭看，看日落，觱篥四面吹，軍中白旗身姓誰。向前看，有河河水深，彼不怕死，我亦人，力能拔虎尾。人虎或兩存，歸爲鬼雄榮爾魂。

【箋】

〔一〕榆臺，也稱虞臺，即虞臺嶺。清一統志卷二十四宣化府：「虞臺嶺，在萬全縣西北新河口堡東北十二里。」談遷國榷卷四十五：弘治十八年（一五〇五）五月，「戊申，虜大舉寇宣府，由新開口至虞臺嶺，屯牛心山黑柳林，列營二十里。巡撫李進、總兵張俊令分兵軍新河柴溝，凡萬五千人。已，虜毀垣入，左參將李稽迎戰，副總兵白玉、黃鎮，萬全右衛游擊張雄，大同游擊將軍穆榮，各拒於虞臺嶺，虜縱數千騎嘗我軍，玉置營高阜，虜笑曰：『彼自處乾地，可立敗也。』乃合營圍我，絕汲道，止留隘地一偶，張俊不知其計，以三千人至萬全右衛城左，墜馬傷足，援兵都指揮曹泰至應州鹿角山，玉等被圍，絕飲食，掘井十餘丈，不得泉，飲馬溲而咀其矢。會大雨雹，以救解入後營，稽、玉亦潰圍而出，獨雄、榮阻山間遇害，喪卒二千　百六十五人，失馬六千五百餘匹，他物稱是。俊等退，虜躡其後，僅得入萬全右衛城，告急，命都指揮陳雄、張澄俱爲右參將，各率京營二千人往，又告急，復命都督李俊、神英充參將，各二千人往，人賜二金、布二。時虜至宣府城下，出懷中餅及麻布冠示人曰：『此何物也？』蓋虜諜入京得之，關禁不嚴如此。」此詩題注曰：「其事在弘治乙丑年（按，即弘治十八年）。」詩蓋敘寫此役。時夢陽任户部員外郎。

白毛行 甲申元日作。〔一〕

元日地動生白毛，發春當暖風蕭騷。天時尚然有錯迕，老夫何怪兒童曹。君不見猛虎失勢，人寢其皮，惜也豈復能咆哮！我歌白毛，比之董逃。

【箋】

〔一〕白毛，指白色霉菌。明史卷三十五行志三：「成化十三年四月，甘肅地裂，生白毛。十五年五月，常州地生白毛。十七年四月，南京地生白毛。」嘉靖集收此詩。甲申元日，爲嘉靖三年（一五二四）正月初一，時作者閒居開封。

【評】

楊慎李空同詩選：「老夫何怪兒童曹」一句，評曰：好句法。

長歌行〔一〕

籠中鴨望水中鴨，一鳴一答。「汝雖有羽翼，不如我汎渌波、食魚鰕。奔蘋拍藻入煙浦。」籠中之鴨心徒苦。

【箋】

〔一〕樂府詩集卷三十相和歌辭平調曲：「古今樂録曰：王僧虔大明三年宴樂技録，平調有七曲：一曰長歌行，二曰短歌行，三曰猛虎行，四曰君子行，五曰燕歌行，六曰從軍行，七曰鞠歌行。」又同卷長歌行題解：「樂府解題曰：『古辭云：「青青園中葵，朝露待日晞。」言芳華不久，當努力爲樂，無至老大乃傷悲也。魏改奏文帝所賦曲西山一何高，言仙道茫茫不可識，如王喬、赤松，皆空言虚詞，迂怪難信，當觀聖道而已。若陸機「逝矣經天日，悲哉帶地川」，則復言人運短促，當乘間長歌，與古文合也。』崔豹古今注曰：『長歌、短歌，言人壽命長短各有定分，不可妄求。』按古詩云：『長歌正激烈。』魏武帝燕歌行云：『短歌微吟不能長。』晉傅玄豔歌行云：『咄來長歌續短歌。』然則歌聲有長短，非言壽命也。唐李賀有長歌續短歌，蓋出於此。」

【評】

楊慎李空同詩選：古調警語。

禽言〔一〕

泥滑滑，車馬不得安，何不停車縶馬待泥乾？

其二

行不得哥哥。東有木公西王婆，南面設罾北張羅。行不得哥哥。

其三

姑惡姑惡，小姑刺齪姑不樂。新婦早煮餔，低聲奉小姑。

其四

提壺盧，壺盧提，盛酒背母私餉妻。妻可再得，母恩罔極。

其五

瘦兒瘦兒，汝爲上留田，汝爲尹伯奇。獨行哀叫心内饑，日逐緣樹啄蟲蟻，汝父汝兄寧得知。

其六

不如歸去，南山豆熟，北山有黍。

【箋】

〔一〕禽言，指以禽鳥爲題，將鳥名隱入詩句，象聲取義，以抒情寫態。宋梅堯臣作有禽言詩四首，蘇軾有禽言詩五首。宋胡仔苕溪漁隱叢話前集陳亞：「『禽言詩』當如『藥名詩』，用其名字隱入詩句中，造語穩貼，無異尋常詩，乃爲造微入妙。……禽言詩云：『喚起窗全曙，催歸日未西。』『喚起』、『催歸』，二禽名也。梅聖俞禽言詩如『泥滑滑』『苦竹岡』之句，皆善造語者也。」

【評】

楊慎李空同詩選：以童謠、諺語作禽言，最得體。六首取四，冠絶今古矣。

猛虎行〔一〕

猛虎本居深山，我可不入，彼來亦難。誰令爾，今來市中遊？盡日攫人食，撐腸拄腹無歇休。我欲擊之，刃不在手。欲往告泰山之君，陸無車，水無舟。猛虎聞言向我怒，我命在天匪虎懼。嗟嗟！虎尚有時，鴟鴞遺音寧爾知。

【箋】

〔一〕猛虎行，樂府平調曲名。樂府詩集卷三十一相和歌辭六猛虎行題解：「古辭曰：『飢不從猛虎食，暮不從野雀棲。野雀安無巢，遊子爲誰驕。』」後人作此題者，或寫客行，或寫勸勉，或寫功業未建之苦悶，或以猛虎喻貪暴苛政，題旨不盡相同。晉陸機猛虎行：「渴不飲盜泉水，熱不息惡木陰。惡木豈無枝，志士多苦心。」杜甫送顧八分文學適洪吉州：「烈士惡苟得，俊傑思自致。贈子猛虎行，出郊載酸鼻。」清仇兆鼇注：「戒其失身於所往，見朋友相規之意。」此詩之猛虎，似有所指。或作於弘治末年任職户部遭外戚迫害時。

董逃行〔一〕

涉江登彼西山，下看城郭鬱盤。城中閣殿斑斕，嘉樹一何紛綸。上有鳴鳥，旦暮間關。遥望我心浩歎。一解

闤闠寂闃，民生何艱！終朝缺突無煙，胡彼來往翩翩。綺衣車馬可憐。二解

誰家起樓造天？歌鐘舞管喧闐。剥羊宰牛列筵，何但一食萬錢。倏忽日薄重淵。三解

明燈熒熒爛堂，繡幃雞舌流黄。樂人調瑟未央，千年萬歲奉觴。豈知老至悲傷。四解

日月逝矣不我留，精銷時往，霜霰交流，繁華零落山丘。心歡意愛，爲他人收，哀哉，胡不德求！五解

【箋】

〔一〕樂府詩集卷三十四相和歌辭董逃行題解：「崔豹古今注曰：董逃歌，後漢遊童所作也，終有董

卓作亂，卒以逃亡。後人習之爲歌章，樂府奏之，以爲儆誡焉。……樂府解題曰：古詞云：『吾欲上謁從高山，山頭危險大難言。』言五嶽之上皆以黄金爲宫闕，而多靈獸仙草，可以求長生不死之術，令天神擁護君上以壽考也。若陸機『和風習習薄林』、謝靈運『春虹散彩銀河』，但言節物芳華，可及時行樂，無使徂齡坐徙而已。晉傅玄有歷九秋篇十二章，具叙夫婦别離之思，亦題云董逃行，未詳。」

【評】

楊慎李空同詩選：六言亦彷彿漢調，但不純耳。

秋胡行〔一〕

鸞鳥不可爲鴟，爾胡不思顔淵掇壓、尼父見疑。我今乃何，敢望聖賢人，心中憤悶徒苦悲。智見萬里，水清終見底。一解

高高山上臺，彼居者何誰？厥狀蜿蜒，伺人意欲牽纏。汝雖見其形，不見汝情，乃胡營營相煎。豈不聞「我命在天」！二解

直道古難容，樹喬風集顛。周公有何疵愆，乃爲四國流言。伯奇掇蜂，不爲父憐。跡有涉

疑，惟賢知賢。三解

潔色爲妒媒，危言良見災。讒説久自明，非時麟聖哀。孤松摧爲之薪，水東西流，欽猶鬼神。四解

【箋】

〔一〕秋胡行，樂府詩集卷三十六相和歌辭秋胡行題解：「列女傳曰：魯秋潔婦者，魯秋胡之妻也。……樂府解題曰：後人哀而賦之爲秋胡行，若魏文帝辭云：『堯任舜、禹，當復何爲？』亦題曰秋胡行。廣題曰：曹植秋胡行，但歌魏德而不取秋胡事，與文帝之辭同也。」據詩意，約作於江西任官受挫時。

君馬黄〔一〕

君馬黄，臣四驪。飛軒駊騀交路逵，錦衣有曜都且馳。前徑狹以斜，曲巷不容車。攘臂叱前兵，掉頭麾後驅，毁彼之廬行我輿。大兵拆屋梁，中兵摇楣櫨，小兵無所爲，張勢罵鑾奴：「爾慎勿言諜者來，幸非君馬汝不夷。」

【箋】

〔一〕君馬黄，漢樂府鐃歌名。以歌辭首句「君馬黄」而得名。樂府詩集卷十六鼓吹曲辭漢鐃歌君馬

黄：「君馬黄，臣馬蒼，二馬同逐臣馬良。」後有仿作。李白君馬黄詩：「君馬黄，我馬白，馬色雖不同，人心本無隔。」據詩意，約作於正德初年，作者有感於武宗帥宦官江彬等四處横行而作。

【評】

皇明詩選卷一：李舒章曰：以古題諷近事，能不落度。

吴騏吴日千先生評選空同詩卷一：以新事入古調。

又：諜者，指廠衛緝事人，俗所稱「番子手」是也。

歙歌行〔一〕

虎狼不可群，日短途路長。魚瘠稻復澀，蔬芝雞鳳凰。篤之無恩澤，背面輒詆戕。錙銖苟不平，持刃起相傷。剽悍復譎詭，水土性輕揚。哀哉兹土民，詠歌以難忘！

【箋】

〔一〕歙歌行，作者自擬詩題。歙歌，楚辭招魂：「吴歈蔡謳，奏大吕些。」據詩意，似作於任官江西時期。

阪田行〔一〕

阪田𦶟離離，子母長寒饑。昨聞接京軍，征夫曷時歸。特生阪田樹，下有往與來。黻裳四牡雖榮，不如與妾共餔糜。網魚不施網，孰能制魚死。征夫歸來歸來，不見靈寶公、安陸子〔二〕！

【箋】

〔一〕詩小雅正月：「瞻彼阪田，有菀其特。」高亨注：「阪田，山坡上的田。」阪田行，作者自擬詩題。

〔二〕靈寶公，疑指許進，字季升，靈寶人。成化二年（一四六六）進士。除御史。歷按甘肅、山東，皆有聲。弘治中，任右僉都御史巡撫甘肅，土魯番阿黑麻攻陷哈密，執忠順王陝巴去，進奉命帶兵討伐，時「薄暮大風揚沙，軍士寒栗僵卧。進出帳外勞軍，有異烏悲鳴，將士多雨泣。進慷慨曰：『男兒報國，死沙場幸耳，何泣爲？』將士皆感奮。夜半風止，大雨雪。……冒雪倍道進。又六日奄至哈密城下。牙蘭已先遁去，餘賊拒守。官軍四面並進，拔其城，獲陝巴妻女。……録功，加右副都御史。明年移撫陝西，歷户部右侍郎，進左。十三年，火篩大舉犯大同，邊將屢敗。敕進與太監金輔、平江伯陳鋭率京軍禦之，無功。言官劾輔等玩寇，並論進，致仕去」。正德五年卒，謚襄毅（明史卷一百八十六本傳）。安陸子，疑指周憲，安陸人。弘治六年（一四九三）進士。除刑部主事，進員外郎。正德初，任江西按察司副使，正德七年（一五一二），平定地方山民叛亂，壯烈犧牲，「贈按察使，予祭葬，謚節愍」（明史卷二百八十九本傳）。據詩意，似作於正德七年後，時或仍在江西。

豫章篇〔一〕

晨出南浦橋〔二〕，不見橋上樓。但見火燒骨，橋下水不流。北風吹枯樹枝，無一人來遊。妖鳥群啄鳴啾啾，汝何不此地重起樓？吴監①大舶來，越珍銜舳艫。豫章之火心大茶。

【校】

①監，疑作「鹽」。按杜甫客居：「蜀麻久不來，吴鹽擁荆門。」又夔州歌十絶句：「蜀麻吴鹽自古通，萬斛之舟行若風。」

【箋】

〔一〕豫章，古郡名，治所在今江西南昌。明一統志卷四十九江西布政司南昌府：「漢始置豫章郡，屬揚州，王莽改曰九江，東漢復爲豫章郡，……宋復爲洪州，宣和中於此置安撫使，隆興初升隆興府，元置隆興路，本朝初改洪都府。」豫章篇，夢陽自擬詩題。疑爲夢陽初任江西提學副使時所作，時間爲正德七年前後。

〔二〕南浦，在江西南昌西南，章江至此分流。唐王勃滕王閣詩：「畫棟朝飛南浦雲，珠簾暮捲西山雨。」南浦橋，清一統志卷二百三十八南昌府：「在南昌縣南塘灣之西南，通蓼洲路，明洪武初都督朱文正建，永樂中御史石篪重造。」

仙人篇〔一〕

何者一老翁，耳垂兩肩緑瞳方，來此芙蓉峰〔二〕。招我同行，聳身即老翁。授我玉柈丹，攜手遊洪濛，東至泰山顛。飛瀑揚膏波，清①松蔭石關。饑嘰掇瑶草，渴飲玉屑泉。晨朝吸沆瀣，夕憩若木間。俯視九區内，傷心淚汍瀾。

【校】

①清，弘德集作「青」。

【箋】

〔一〕仙人篇，樂府曲名。宋鄭樵通志卷四十九樂略第一神仙二十二曲有「仙人篇」。曹植即作有仙人篇詩。據詩意，疑作於正德八年任官江西受挫時。

〔二〕芙蓉峰，廬山山峰之一，夢陽遊廬山記（卷四十八）：「寺據廬山絶頂，奉敕建者也。鐵瓦而畫廊，有銅鐘、象鼓，悉毁於火。殿前有池，仰出而弗竭，稱天池焉。是日晴晝秋高，下視四海，環雲若屯絮，望岷峨江南北，諸山皆見，然江與湖益細小難觀矣。僧爲指石鏡、鐵船、獅子、芙蓉諸峰。」

升天行〔一〕

九州非我居，我思遊冥荒。飾輿驂玉虬，乘氣切天翔。朝餐發匡廬〔二〕，日①暮嵩華陽。上謁帝座側，回旗拂天昌。牽牛擊河鼓，織女方七襄。

其二

扶桑躍陽彩，海氣騰瑶光。六龍抗斗樞，九帝開雲閶。振衣躡仙蹤，飛轡驂鸞翔。仰身操天瓢，手勺沆瀣漿。朝嬉太乙館，夕憩玉女堂。馳情覽八極，縱目窮遐荒。環運無恒存，逝代多隱傷。回旌拂九曜，捷步登文昌。進謀芝蓋側，待問紫玉房。群靈贈大藥，諸御傳神方。無惜一粒分，遂令民壽康。

【校】

①日，弘德集、黄本、曹本、徐本作「夕」。

【箋】

〔一〕升天行，樂府曲名。通志卷四十九樂略第一神仙二十二曲有升天行一題。第一首作於正德年間。嘉靖集收此詩第二首，該集所收詩限於嘉靖元年、二年、三年，故第二首當作於嘉靖元年，時夢陽正閒居大梁。

〔三〕匡廬，即廬山，見寄兒賦（卷一）箋。

洛陽陌〔一〕

嚴飆卷枯藿，霜隼厲秋翮。翩翩騮馬子，意氣亦何赫。朝馳上東門，暮遍洛陽陌。臂彎兩角弓，寶刀雪花白。借問此誰子？無乃漢相如。昔挈一束書，今乘駟馬車。虎士爲執鞭，縣令皆前驅。傾城莫不歎，觀者填路衢。舉手謝鄉人，榮耀但區區。丈夫樹名勛，所志在唐虞。揚袂徑北去，萬里誰能拘？

【箋】

〔一〕洛陽陌，樂府曲名。通志卷四十九樂略第一都邑三十四曲有「洛陽陌」。嘉靖集收此詩，詩云「朝馳上東門」，指戰國魏都城的東門。該詩當作於嘉靖元年（一五二二），時夢陽正閒居大梁。

丹霞行〔一〕

毁譽榮辱至，海波何時平。海中有仙山，仙人築爲城。金銀爲室闕，桂樹羅階生。鸞鳥翔且舞，美女稱飛瓊。偓佺擁我蓋，王子左吹笙。踟蹰聊戲娱，餐芝玩西傾。

【箋】

〔一〕丹霞行，夢陽自擬詩題。

雨雪曲〔一〕

冬十一月，阻舟徐汊〔二〕，朔風北來，雨雪紛下。禽鳥凍寂，洲村肅夜。纜夫來言，衣單腹餓。波流洄洄，促船難駕。我心悽惻，羽翼儻假。一解

七月熯土，今幸雨雪。往者難追，來春可沃。我雖波阻，心則怡懌。購蔬城市，貸米逾澤。原阪蕭條，雁鴻輯集。貧士罔懷，一陽環復。二解

青青者衿，涉江我求。大澤寒冥，胡子能來。鷺鷥難飛，潭網頓集。網收魚跳，閲忘寢食。

荒岑險艱，豈我能處。南紀凍肅，返北於土。三解

【箋】

〔一〕本集卷二十四有徐汊風阻雨雪四首、徐汊阻舟七日，卷三十七有徐汊即事四首，均作於同時。當作於正德六年（一五一一）至八年夢陽在江西任提學副使時。前首丹霞行作時亦同。

〔二〕徐汊，在鄱陽湖附近，係鄱陽湖支汊之一。宋楊萬里舟次西徑詩：「夜來徐汊伴鷗眠，西徑晨炊小泊船。蘆荻漸多人漸少，鄱陽湖尾水如天。」

【評】

楊慎李空同詩選：直逼漢、魏。「洲村肅夜」尤奇，所謂「横空排硬語」也。

陽鳥篇〔一〕

陽鳥攸居，於渚於野。飲啄紆徐，行步閑雅。我舟觸驚，振翰若雲。飛之有序，還集成群。陽生豫知，延頸跂望。舉翼萬里，雲羅空想。

【箋】

〔一〕陽鳥，鴻雁之類候鳥。尚書禹貢：「彭蠡既豬，陽鳥攸居。」孔傳：「隨陽之鳥，鴻雁之屬。」唐孔穎達疏：「此鳥南北與日進退，隨陽之鳥，故稱陽鳥。」唐梁獻王昭君詩：「一聞陽鳥至，思絶漢

宫春。」據詩意，似作於正德七年前後任官江西時，詩有思鄉之情。

湖吟行〔一〕

魚游於水，游於水而。鳥游於水，飽之去斯。雲昧湖窈，冬序憭慄。竟日無人，草莽冥寂。百怪嗚叫，原隰誰主。有一罾夫，荒濱守罟。疑非恒人，問之弗言。「汝胡者人？單到此間」？

【箋】

〔一〕湖，似指鄱陽湖。據詩意，疑爲夢陽於正德七年（一五一二）左右任江西提學副使時所作。湖吟行，作者自擬詩題。前首陽鳥篇作時同。

【評】

皇明詩選卷一：宋轅文曰：起四句意甚精奥，言魚嘗於水而鳥不嘗於水也。殊得比興之旨。陳卧子曰：結能自作古。

虎欲齧人不避豪賢篇〔一〕

吾之於人，誰毁誰譽。貌失子羽，言失宰予。知我者天，君子洗心。行不愧影，寢不愧衾。何樹嶷嶷，於眕之特。有撓俾鳴，僾風者惑。漢中黨人，宋嚴僞學。冥鴻逝豫，轅駒局促。非林何棲，非淵何潛。駟馬憂患，貧賤德音。富而可求，其從如雲。徐子起欽，顯者蔑聞。

【箋】

〔一〕正德六年（一五一一）五月，朝廷任夢陽爲江西提學副使。正德八年秋，夢陽上疏彈劾巡按御史江萬實及左布政使鄭岳，同時朝廷也得到江萬實等對夢陽的彈劾奏疏，言其「陵轢同列，挾制上官」，「參政吴廷舉亦與夢陽有隙，上疏論其侵官」（明史李夢陽傳）。朝廷遂命大理寺卿燕忠往江西勘審，「還奏夢陽欺凌僚屬，挾制撫按」（清毛奇齡列朝備傳李夢陽傳，載西河集卷八十一），罪名成立，夢陽「冠帶閒住」。正德九年正月，入廣信（今江西上饒）獄受審。該詩疑作於此時。

獨漉篇〔一〕

獨漉獨漉，棄田求屋。其屋雖大，其人則餓。小人在旁，譬如蠭蝎。恩之雖勤，莽之則螫。葳葳艷陽，桃李吐英。未曾結實，誰辯苦蜜。錦繡圍廁，過者掩口。珠玉委途，奚異塵土。

臨淵趣輪，臨壑振綏。人孰不聞，亦孰不知。綦約之美，不以爲纇。身尊道高，名爲雋傑。

【箋】

〔一〕獨漉篇，古樂府中東晉、南朝齊拂舞歌辭名。宋書樂志四作獨禄篇，南齊書樂志作獨禄辭，樂府詩集舞曲歌辭三晉拂舞歌作獨漉篇。另見樂府詩集舞曲歌辭四齊拂舞歌。

苦熱行〔一〕

蘊隆焚如，二儀爲爐。赤曦鑠天，塵沙沸途。居奚諱袒，行弗擇憩。魚伏於淵，鳥張其喙。何物爲炭？誰乎爲工？槖之鼓之，金流石鎔。閶風之顛，瑶沼之陰。飆輪扇涼，冰壑嶔崟。下踏層雪，上攀琪樹。仙人緑髮，逍遥箕踞。俯闞人世，溷熱交毒。我欲從之，安得羽翼？

【箋】

〔一〕該詩作時不詳，弘德集收録於卷六，似作於正德年間。與前首獨漉篇及次首雞鳴篇似爲同期作。

雞鳴篇〔一〕

雞鳴月落，飄風振宇。駕鵝曳陸，翔鳥雲舉。曜靈初出，浮雲翳止。驅馬東行，倏其慨止。

【箋】

〔一〕雞鳴篇，屬樂府相和歌辭之相和曲。樂府詩集卷二十八相和歌辭：樂府解題曰：「古詞云：『雞鳴高樹巔，狗吠深宫中。』初言天下方太平，蕩子何所之，次言黄金爲門，白玉爲堂，置酒作倡樂爲樂，終言桃傷而李仆。喻兄弟當相爲表裏，兄弟三人近侍，榮耀道路，與相逢狹路間行同。若梁劉孝威雞鳴篇，但詠雞而已。」

朝吟行〔一〕

亭毒既周，明星有爛。羲和授鞭，九宇將旦。寐者欲覺，寤者慨歎。巉巉檜柏，覆我中庭。雞鳴於顛，微霜夜零。閶闔未啟，九闈尚扃。馳神紫極，振珩闕庭。

【箋】

〔一〕朝吟行，夢陽自擬詩題。據詩意，似作於正德初年任職户部時。

玄熊篇〔一〕

猛士守四方，四方塵不揚。玄熊在深山，百獸皆遁藏。一解

獵火舉四澤，虞羅亘長雲。毒矢積如蝟，玉石誰能分？二解

熊皮充下御，肉亦登君庖。豈若犬與猔，即死無咆哮。三解

【箋】

〔一〕玄熊篇，夢陽自擬詩題。玄熊，即黑熊。文選載王延壽魯靈光殿賦：「玄熊舑談以齗齗，却負載而蹲跠。」

游子篇〔一〕

游子在他鄉，所願親壽考。水①犀游於淵，惟願水長好。磵石雖孤處，不羨風中沙。葛藟能纏綿，不如絲與麻。

【校】

①水，原作「冰」，據文意改。

【箋】

〔一〕宋吕南公灌園集有游子篇，明人多作有此題。據詩意，似作於正德七年（一五一二）前後任官江西時。

豫章行〔一〕

黄河雖大川，所嗟源不清。千里能一曲，不如直道行。王允輔京室，李杜垂其名。介休巾角折，乃爲時所傾。

【箋】

〔一〕豫章行，樂府相和歌之清調曲題名，曹植作有豫章行詩。疑爲正德六年（一五一一）作者初任江西提學副使時所作。

析薪

析薪如之何？爰以析其理。結交如之何？相要在終始〔一〕。女蘿施松柏，女蘿千尺長。結交不知心，結交安得常。

其二

列曜垂四隅，燦燦冒中土。箕星乃好風，畢宿復欣雨。汎觀愚哲士，戚戚各有營。哲夫計千載，愚者終一生。

【箋】

〔一〕詩齊風南山：「析薪如之何？匪斧不克。取妻如之何？匪媒不得。」按，以上除洛陽陌、升天行其二外，「樂府雜調曲」三十三首均收録於弘德集卷六，皆作於弘治、正德年間。

李夢陽集校箋卷七　樂府三

雜調曲二

公無渡河〔一〕

盤螭作川梁，功奇勢難久。魴鱮尾屣屣，天吴戴九首。

其二

公無渡河，河深不可渡，中有白石，齒齒嶄嶄兮峨峨。蛟龍九頭戴角，峥嶸崟磕兮。水鱗鱗兮衝素波。公無渡河，吹沙暮多風。河伯築梁結兩螭，汝無羽翼墮水中。涉水雖可樂，不如登山阿。噫！嗟嗟公無渡河。

【箋】

〔一〕公無渡河，樂府題名。樂府詩集録於相和歌辭箜篌引下。四言四句，以歌辭首句「公無渡河」而名。晉崔豹古今注音樂：「箜篌引，朝鮮津卒霍里子高妻麗玉所作也。子高晨起刺船而濯，有一白首狂夫，被髮提壺，亂河流而渡，其妻隨而止之，不及，遂墮河水死。於是，援箜篌而鼓之，作公無渡河之曲。聲甚悽愴，曲終自投河而死。霍里子高還，以其聲語其妻麗玉。玉傷之，乃引箜篌而寫其聲，聞者莫不墮淚飲泣焉。麗玉以其曲傳鄰女麗容，名曰箜篌引。」

空城雀〔一〕

雙雀下空城，縠穗黃離離。二雀跳踉鼓翼啄縠穗，其朋千百咸來集，小者啾啾是其兒。誰者翁媼，被髮曳鞵來打雀。雀薨薨，飛上城，嘈嘈鳴。兩人恰欲抽身，雀便復集。回頭罵雀：「辛苦長得禾，汝忍飽之我無粒。」手中乏利彈，又蔑網羅，天旋日昏，奈爾雀何？

【箋】

〔一〕空城雀，樂府詩集雜曲歌辭名。南朝宋鮑照代空城雀詩：「雀乳四鷇，空城之阿。朝食野粟，夕飲冰河。高飛畏鴟鳶，下飛畏網羅。」後比喻亂世災民。李白空城雀詩：「嗷嗷空城雀，身計何戚促！」

野田黄雀行〔一〕

樂樂其所，自生禽獸，過其故丘悲鳴。黄雀游野田，焉得①鴻鵠高舉情。鳳凰靡世見，生長丹山依。玉禾白於脂，飽之忽來飛。仲尼逢子西，乃被接輿譏。

【校】

①得，弘德集作「知」。

【箋】

〔一〕野田黄雀行，漢樂府民歌，屬相和歌。宋書卷二十一樂志三：「箜篌引亦用此曲。」曹植野田黄雀行詩：「高樹多悲風，海水揚其波。利劍不在掌，結友何須多。不見籬間雀，見鷂自投羅。羅家得雀喜，少年見雀悲。拔劍捎羅網，黄雀得飛飛。飛飛摩蒼天，來下謝少年。」

石城樂〔一〕

盈盈窈窕女，當門是誰家？十三學畫眉，十五擅琵琶。邑中有盧家，此女名莫愁。向前問此女，女聞雙淚流。二十嫁夫郎，重門①阿閤房。臨窗種桐樹，五年如②身長。自渠下揚州，置妾守空樓。悔不快剪刀，斷水不東流。

【校】

①門，弘德集作「城」。②如，弘德集、黄本、曹本、徐本作「妾」。

【箋】

〔一〕石城樂，南朝樂曲，屬清商曲。通志卷四十九樂略：「宋臧質所作也。石城在景陵，質爲景陵太守，於城上見群少年歌詠之樂，因爲此辭。其辭曰：『生長石城下，開門對城樓。城中美少年，出入相依投。』」又載：「莫愁樂，出於石城之作。石城有女子名莫愁，善歌謡，故石城之外復有莫愁。古又有莫愁，洛陽女，非此古辭云『莫愁在何處，莫愁石城西。艇子打兩槳，催送莫愁來』。」

大堤曲〔一〕

漢水白離離，月落山黑時。堤頭石不平，走馬誰家兒？儂住襄門西，而在漢水北。浮橋不着纜，郎詎得儂識？大舶何處來，落帆向儂滸。高鞾白帢子，識是真州估。

【箋】

〔一〕大堤曲，樂府西曲歌名。與雍州曲皆出襄陽樂。梁簡文帝雍州曲有以大堤爲題者，爲唐大堤曲、大堤行所本。宋張孝祥醉落魄詞：「桃花庭院光陰速，銅鞮誰唱大堤曲。」見樂府詩集清商曲辭五襄陽樂解題。大堤，地名，在襄陽。宋隋王誕爲襄陽郡，聞諸女歌，因爲詞曰：「朝發襄陽城，暮至大堤曲。大堤諸女兒，花豔驚郎目。」

據詩意，本詩疑作於正德九年（一五一四）秋作者自江西北歸，途中欲隱襄陽時。按，夢陽封宜人亡妻左氏墓志銘（卷四十五）記曰：「甲戌，……左氏自徙於潯陽。是年，李子官復罷，道潯陽就左氏。泝江入漢，至於襄陽，將居焉。」

【評】

皇明詩選卷一：李舒章曰：佻而質，是楚人語。宋轅文曰：勁於本辭。

吴騏吴日千先生評選空同詩卷一：語外有情。

襄陽謡〔一〕

一灘高一尺，十灘高一丈。湍急石巉，魚何由上。棹戕櫓折，俾我心愴。順風沿水，舉帆千里。

【箋】

〔一〕萬曆襄陽府志卷四十四録有該詩。據詩意，當作於正德九年秋詩人自江西歸大梁途經襄陽時。

白銅鞮〔一〕

誰家池？高陽池。日暮歸，倒接羅。醉如泥，汝爲誰。拍手歌，襄陽兒。

【箋】

〔一〕白銅鞮，亦稱白銅蹄，南朝梁歌謡名。隋書音樂志上：「初，武帝之在雍鎮，有童謡云：『襄陽白銅蹄，反縛揚州兒。』識者言，白銅蹄謂馬也；白，金色也。及義師之興，實以鐵騎，揚州之士，皆面縛，果如謡言。故即位之後更造新聲，帝自爲之詞三曲。」唐李涉漢上偶題詩：「今日漢江烟樹盡，更無人唱白銅鞮。」萬曆襄陽府志卷四十四録有該詩。據詩意，當作於正德九年秋詩人自江西歸大梁途經襄陽時。

襄樊樂〔一〕

立檣如麻，卿來誰家。新燕營巢，風中滚沙。鵁鶄逐鴛鴦，金井石榴黄。珍寶丘山積，擅名黑門廂。

【箋】

〔一〕襄樊樂，夢陽自擬詩題。萬曆襄陽府志卷四十四録有該詩。據詩意，當作於正德九年秋自江西歸大梁途經襄陽時。

【評】

皇明詩選卷一：宋轅文曰：氣色奇。

襄陽浣婦行〔一〕

彼誰者嫗，吾家浣衣。新寡寒賤，鬢髪霜飛，體無完衣，十日九饑。態度則殊，辯是知非。嫗泣答言：「妾襄宫女，少小入宫，荷主憐顧。四十始出，嫁爲民婦。灌田采薪，奄就貧寞。舞裳綻汙，形容改故。夫死男孺，藜藿靡救。」嘔咽復言：「侍襄定獻，幾三十年。王有義辭，皇嘉特宣。父子俱覲，妃嬪如煙。鈿箳載路，龍旂飄翩。御使絡繹，珍車班班。漢峴同清，天歌播焉。衮舄南還，層城言言。鳥春日妍，桂宮有延。傑臣觴壽，玉娥奉筵。王既捐世，變來罔度。聞見駭異，古殿寂寞。」嘔勿更言，萬類咸爾。厥亦天道，安之則已。

【箋】

〔一〕據詩意，疑作於正德九年（一五一四）秋自江西歸大梁途經襄陽時。

雁門太守行〔一〕

雁門太守汝何人？治邦三月稱明神。我有牛羊，賊不來掠；我有禾黍，人不敢割。昔我無衣，今有袴著。我思禮拜太守，太守不見憐。但聞太守身姓邊，紫髯廣額聳兩顴。太守出門，四牡騤騤，後擁皂蓋，前導兩麾。行者盡辟易，居者不敢窺。旁問太守胡所之，云訪城南皇甫規。

【箋】

〔一〕雁門太守行，漢樂府民歌，屬相和歌。通志卷四十九樂略：「後漢孝和時洛陽令王涣也。涣嘗爲安定太守，有安邊恤民之功，百姓歌之。然此則雁門太守，若非其事，偶相合，則是作詩者誤以安定爲雁門。」

【評】

楊慎李空同詩選：純似古樂府，漢、魏以下，絶無僅有。

皇明詩選卷一陳卧子曰：樸處得樂府之神。

吴日千先生評選空同詩卷一：以此作應酬，是猶如脱俗。

渡河篇〔一〕

小麥黄，黄河波。君奈何，今渡河。昔君游此，思君一見。經旬累月，不君一面。君今渡河，乃往何縣？跂予望之，淚下如霰。汀有凫兮沚有蘭，枝相亞兮居不單。人生心事豈有殫，君慎動静加君餐。

【箋】

〔一〕渡河篇，夢陽自擬詩題。似作於正德間閒居開封時。

【評】

楊慎李空同詩選：極古極雅。作楚辭二句接，賦比興皆盡。

黄鵠篇〔一〕

黄鵠游四海，倦言還故邦。中路失其雌，三年乃有雙。鴛鴦毛羽縟哉工，凰儔鶴匹渠豈同。嫵婉歡娱殽酒豐，琴鳴瑟奏芳夜中。樂極思來内忡忡，驗新追故悲悔叢。人生萬事，慎勿輕易。貍鼠之能，詎逮騏驥。車鞏美期，谷風興刺。我心自知，聿斯語誰？

【箋】

〔一〕漢書西域傳下烏孫國：「昆莫年老，語言不通，公主（江都王建女細君）悲愁，自爲作歌曰：『……居常土思兮心内傷，願爲黄鵠兮歸故鄉。』」唐李德裕討回鶻制：「太和公主居處不同，情義久絶，懷土多畏，亟聞黄鵠之歌，失位自傷，寧免緑衣之歎，念其羈苦，常軫朕心。」杜甫留花門：「『公主歌黄鵠，君王指白日。』」後以「黄鵠」指離鄉遊子。

煌煌京洛行爲曹縣王子賦〔一〕

時風布陽和，韡韡華春木。清朝富才賢，藹藹冠蓋屬。努力競高路，鷄鳴起相逐。白日耀飛轡，流雲翼行轂。同里多彙薦，一門有聯躅。蹶彼曹南士，雙雙皎如玉。聚鳴各當晨，連翮一何急。煌煌京洛内，濟濟英妙集。二郎紳委蛇，三四錦翕熠。大郎雖未官，俯身拾班級。入室談仁義，出與卿相揖。聲名既烜赫，性行復剛執。見者勿徒羨，青雲貴自立。

【箋】

〔一〕煌煌京洛行，古樂府，宋書樂志：「園桃、煌煌京洛行，文帝詞。」曹縣王子，當指王崇文，字叔武，號兼山，曹縣（今屬山東）人。弘治六年（一四九三）進士。曾與夢陽同官户部主事、郎中，正德三年（一五〇八）任江西提學副使，後任四川副使、山西參政。正德十二年，進河南右布政使，「躬歷省中各地，均無徭役」。正德十四年遷河南左布政使，居四月，升右副都御史巡撫保定等處，兼提督紫荆等關。正德十五年卒，年五十三。有兼山遺稿。事見明武宗實録卷一百八十三及國朝獻徵録卷六十一。夢陽詩集自序云：「李子曰：曹縣蓋有王叔武云，其言曰：『夫詩者，天地自然之音也。今途咢而巷謳，勞呻而康吟，一唱而群和者，其真也，斯之謂風也。孔子曰：「禮失而求之野。」今真詩乃在民間，而文人學子顧往往爲韻言，謂之詩。夫孟子謂「詩亡，然後春秋作」者，雅也。而風者亦遂棄而不采，不列之樂官。悲夫！』」此王叔武，即王崇文。據詩意，似作於弘治末年作者任職户部時。

南山篇〔一〕

南山何巖巖，上有孤鸞凰。佳偶永相失，日飛夜悲鳴。遺腹生雛，哺之良艱。晨采竹實，暮取琅玕。吁嗟，哺之良亦艱。雛成被九采，翱翔覽四海。四海睹光儀，阿母亦榮輝。峨峨相公門，屹與南山齊。自有鸞鳳來，綽①楔增崔嵬。相逢且莫言，聽我南山篇。

【校】

①綽，原作「棹」，據弘德集改。

【箋】

〔一〕明人多作此題。該詩似作於正德初年作者在户部任官時，或有寓意。

仙人好樓居〔一〕

律律①海中洲，峨峨白玉樓。上曾結浮雲，下戴神鰲遊。前檐蔭白榆，青龍守門樞。上有無始公，餐霞煉金腴。飛瓊鼓玄橐，浮丘扇其隅。清閑覽八表，出入服氣輿。日月跳兩珠，迴旋但須臾。萬年永福昌，竊言莫相忘。

其二

謁帝華蓋側，沐髮咸池旁。巖巖雲中樓，文杏㬥爲梁。黄金走闌干，銀闕前相望。聳身若輕翼，登之窮四洋。四洋乢荒沕，波瀾浩揚揚。九州一何拘，斂顔歸洞房。屑玉煉精魄，用神無何鄉。萬年永福昌，竊言莫相忘。

其三

乾鵲知來風，靈人炳先幾。超世構巍峨，上與飛雲齊。舉手拂天河，白石寒離離。牽牛不服箱，織女棄支機。孤鳥銜若華，東來欲誰詒。海水淺以清，俯之嗟歎咨。眷兹勿輕道，翩翩衆鳩馳。萬年永福昌，竊言莫相忘。

【校】

①律律，原作「津津」，據黄本改。

【箋】

〔一〕仙人好樓居，出自史記孝武本紀，曰：「公孫卿曰：『仙人可見，而上往常遽，以故不見。今陛下可爲觀，如緱氏城，置脯棗，神人宜可致。且仙人好樓居。』於是上令長安則作蜚廉桂觀，甘泉則作益延壽觀，使卿持節設具而候神人。乃作通天臺，置祠具其下，將招來神仙之屬。」詩似作於弘治末任職户部時。

白馬篇〔一〕

白馬紫金羈，揚鞭過市馳。萬人皆辟易，言是賣珠兒。生長本倡門，結交蒙主恩。寢食玉榻側，獨聆優渥言。取金大長秋，徵歌李延年。家住十重樓，珠簾白玉鉤。綺繡裁襦裳，妖艷無匹儔。片言即賜第，意氣凌五侯。

【箋】

〔一〕白馬篇，古題樂府，魏曹植有作。據詩意，似作於弘治十八年（一五〇五）前後，以刺外戚張鶴齡兄弟。夢陽上孝宗皇帝書稿，應詔陳二病、三害、六漸之弊，並彈劾二張，後入獄受刑，幾遭不測。夢陽述憤小序（卷九）曰：「弘治乙丑年四月，坐劾壽寧侯，逮詔獄。」

將歸篇〔一〕

對面有乖絶，千里長相思。登高望來車，入門賦將歸。驚風何飄飄，獸兔莽間啼。群鳥各有趨，他鄉難獨依。獨依令人惑，悠悠浮雲馳。悠悠尚可道，霜露隕百草。

【箋】

〔一〕據詩意，似作於正德三年（一五〇八）秋出詔獄自京城歸大梁前。

答客〔一〕

子去有何見？來之奚所聞？願客且寧坐，爲子請敬陳：「丈夫志四方，出門轍同輪。人心投合諧，匪必鄰里親。長風會枯蓬，飄飄逐飛塵。既東忽復西，聿誰究其因。引觴就岐路，有懷庶能伸。」

【箋】

〔一〕南朝鮑照有答客詩。

擬燕歌行二首〔一〕

花稀葉豔蘗蕪芳，皇皇溥原修且將。陽浮野曠雲飛揚，風沙眯目熿氣黃。禽獸阻饑狐在梁，興言送君還故鄉。牽袂欲別立徬徨，延視極騁中自傷。締交心違隔肝腸，爾去孰予共杯觴？蘭橈桂枻文荔檣，逝哉汗漫凌洪洋。安能假翼東南翔，何人①贈君紫玉璫？又何贈之雲錦裳，永言嗣茲無我忘。

其二

銀河耿耿秋夜長，牽牛織女限河梁。終日弄杼不成章，延頸北望涕沾裳。自君別我之他方，錦衾燦兮獨空牀。北風發發天雨霜，鴻鵠垂翅不能翔。谿谷天寒林樹蒼，道路欲歸多虎狼。人煙斷絶乏資糧，爲君憂愁斷肝腸。思策良馬逝君旁，中道失路河無杭。攬衣踟躕夜未央，願爲浮雲歸故鄉。

【校】

①人，弘德集、百家詩作「以」。

【箋】

〔一〕據詩意，似作於正德三年（一五〇八）至五年間，時作者在開封賦閒。

【評】

楊慎李空同詩選：「又何贈之雲錦裳」一句，評曰：用毛詩語，真奪胎换骨。

吴日千先生評選空同詩卷一：（其二）此等題患在用筆輕倩，必如此堅重始近古。

芳樹二首爲上海陸氏賦〔一〕

陸出東坡故硯、姑蘇全肩筆，索予面賦，一字起，十字止①。

嗟！天運，春奄暮。翩翩者鳥，集于芳樹。芳樹生路隅，車馬一何多。朝看桃李華，夕看桃李柯。爰登高丘以望，遥見長安綺樓。樓中美人彈瑟，如聞三歎未休。客乘白馬繫樓下，秉燭置酒娱夜遊。美人贈我錦繡辭，把玩不異珊瑚鈎。林陰溥露羅袂薄，明月照闌那可留。嗟乎人生何不共努力，君不見城鴉哺子忽生翼。

其二

前缺八字句，此篇足之。

猗！君子，道爲貴，貪夫所欽，駟馬高蓋。東家雖椎牛，不如西家齏。雖有文馬千駟，不如西山啜薇，猗嗟富貴良何爲。瞻彼青青兮陌上林，穠華灼灼兮一何早。涼風有時漂摇來吹汝，坐見淒淒白露滿芳草，願采青松寄情親於遠道。

【校】

①小序後，弘德集有小注：「陸名深，字子淵。」

【箋】

〔一〕唐中期有一字至七字詩，白居易分司東都時與張籍、元稹等有作。宋史藝文志有吴蜕一字至七字詩二卷，宋文同有一字至十字詩，屬雜言體。陸氏，指陸深，字子淵，上海人，弘治十八年（一五〇五）進士，選庶吉士，授編修。歷國子司業、山西提學副使、四川左布政使。嘉靖十六年（一五三七）爲太常卿兼侍讀學士，後任詹事府詹事，致仕，卒謚文裕。陸深擅書法，工文章，著有儼山集。明史卷二百八十六有傳。按，陸深儼山集卷二十五「詩話」云：「丙寅歲，與李員外夢陽夜坐，以『芳樹』爲題作一字至七字詩。蓋唐已有此體矣。」丙寅，爲正德元年（一五〇六）。該詩當作於此時，時夢陽正任户部員外郎。

鳴雁行

鴻鵠高舉摩天飛，渴飲沆瀣餐靈芝。翅拂日月雲爲衣，即有矰繳安能施。下遊滄海高河漢，我思與爾時相見，羽短毛長何足辯。

【評】

皇明詩選卷一：李舒章曰：語不必可解，而使人可思。

知足吟〔一〕

衡門可棲，藜藿可飯。錦綺雖麗，韋布自暖。車馬雖貴，豈若仰偃？下覽林皋，上陟巒巘。静倚垂虹憩，目送行雲返。

【箋】

〔一〕據詩意，疑作於正德三年（一五〇八）返大梁閒居之後。

直如弦〔一〕

「直如弦，死道邊」。相逢且勿諠，敬聽古人言：「子雖抱良璧，暗投誰爲惜。掇蜂尚見疑，何況不相知！種桑爲得衣，種穀爲得飽。結交不得心，不如絶交早。」

【箋】

〔一〕范曄後漢書卷七孝桓帝紀：李賢引續漢志曰：「順帝之末，京都童謡曰：『直如弦，死道邊；曲如鈎，反封侯。』『曲如鈎』謂梁冀、胡廣等。『直如弦』謂李固等。」據詩意，似作於弘治末年上書孝宗斥二張獲罪事，或爲正德八年江西任官期間得罪御史江萬實獲罪事。夢陽性格剛直，故以「直如弦」自況。

采菇曲

衆星欲没月糢糊，人家河上起相呼，相呼相唤采秋菇。問渠早起緣何事，「此草日出化作田中枯」。采菇采菇君早歸，霜寒露重濕人衣。藍田白玉非無種，不似商山好蕨薇〔一〕。

其二

白如白玉簪，香如玉田禾。行人且莫行，聽我采菇歌。儂家住在黄河曲，一日波濤怨殺河。河來有魚去有麥，麥下秋霜菇菜多。不求河向城南去，只願年年河不波。

【箋】

〔一〕商山，在今陝西商縣。因秦末漢初商山四皓而有名。見桂巖行（卷十八）箋。

雙燕篇〔一〕

雙燕來故室，不見阿母語。穿窗入幕尋阿母，哀鳴欲棲還復舉。喃喃止翠桁，徘徊拂素幃。浮塵積玉珈，斷蘚生畫衣。雙燕年年春社來，阿母阿母何時歸？

【箋】

〔一〕正德十一年五月，夢陽妻左氏卒，此詩或爲此作。見封宜人亡妻左氏墓志銘（卷四十五）。按，以上「樂府雜調曲」三十一首，均收入弘德集卷七，可知皆作於弘治、正德年間。

【評】

皇明詩選卷一：宋轅文曰：古秀。

吴日千先生評選空同詩卷一：輓詩避俗。

賦得古别離送龍湫子①〔一〕

盈盈楊白花，汎汎緑波水。化爲浮萍草，乃與人相似。飄泊無根蒂，隨風任流止。今日歡聚客，明日倏千里。千里異鄉縣，有時復相見。心情豈固殊，所嗟形色變。一見復一别，少壯頭盡雪。老大未足傷，願言崇令芳。

【校】

①詩題，曹本作「古别離送龍湫子」。

【箋】

〔一〕龍湫子，指王綖，字邃伯，號龍湫子。開州（今河南濮陽）人。據明雷禮國朝列卿紀卷九十一王綖行實：王爲弘治十八年（一五〇五）進士，曾官户部主事、郎中。正德間，升河南衛輝知府。嘉靖時，官至大理寺卿、山西右參政。傳見嘉靖開州志、明過庭訓本朝分省人物考卷十、清萬斯同明史卷二百四十八、雍正山西通志。據韓邦奇通議大夫大理寺卿龍湫王公墓誌銘（苑洛集卷五）：嘉靖初，王綖以副使起復河南，曾參與平定進入河南的王鏜起義。嘉靖二年（一五二三），升山西右參政，又夢陽嘉靖集録此詩，故當作於嘉靖元年前後，時作者閒居開封。

【評】

清朱琰明人詩鈔正集卷五：一句一轉，自飲馬長城窟行來。

史烈女〔一〕

史烈女者，杞史氏之女也，未嫁而死其夫，是逾禮以守信、破經而成仁者也。李子曰：史氏女有激俗之功焉，然予聞其言矣，於是乎述。

梨花如雪霜，鴛鴦不成雙。我心明如鏡，我心清如水。鏡明有塵時，水覆無收理。古昔華山畿，行人下馬拜。春風兩蛺蝶，緑草揺衣帶。

【箋】

〔一〕史烈女，開封女子。萬曆開封府志卷三十四載：「史烈女墓，在杞，史秉仁長女，許聘生員孔弘業，未嫁而弘業死，史以身殉，事聞，詔旌其門。」即此女。據此，該詩當作於嘉靖初年詩人閒居開封時。

【評】

楊慎李空同詩選：若無後四句，便宋人可及耳。

皇明詩選卷一：陳卧子曰：麗情幽迹，亦復雋古。

孤鵠篇壽程生大母〔一〕

有孤者鵠毛羽蒼，靈氣勃勃吞秋霜。饑餐玄圃禾，渴飲瑶池漿。朝從金母遊，夕挾飛瓊翔。生有二子，二子生八雛。雙雙崑崙之巔，漱芳茹膏飱玉腴。上下嬉紫虚，青鳥爲伴文鳳俱。俯視鵲鴉鶬鷃，何啻萬萬輩，喈喈啾啾啄腥穢。

【箋】

〔一〕程生，指程誥，字自邑，號泭溪山人、霞城山人，徽州（今安徽歙縣）人。著有霞城集。四谷山人侯一麐撰程山人傳：「山人程氏，歙人也，世家臨河之上。名誥，字自邑。幼負奇氣，不肯爲諸生，……人從而稱之湝溪湝溪云。……於是泛錢塘，道吴門、淮南，以歷宋、魯之都，却棹荆郢，泝沅湘，經粤與閩以歸，卧山中。久之，又起適汴，西抵秦晉，登太華賦詩，出大梁，持謁空同李先生，一見語合。先生曰：『子之詩異時，以散置名家不别矣。』自是海内士争序論山人詩，而山人亦益縱横作者之場矣。」（明文海卷四百零七）光緒重修安徽通志卷二百二十四有傳。又，列朝詩集丙集程山人誥傳載：「仗策游華山，從李獻吉游，酬和於繁、吹兩臺之間。黄勉之諸人北學於空同者，皆以自邑爲介，然其詩殊有風調。」按，夢陽寫於嘉靖七年（一五二八）之致黄勉之尺牘其三曰：「自邑往傳五嶽言欲刊鄙作於吴中。」則程誥與夢陽交遊當在江西解職歸鄉之後，該詩似作於嘉靖年間（八年之前）。

大母，祖母。墨子節葬下：「其大父死，負其大母而棄之，曰鬼妻不可與居處。」漢書濟川王劉明傳：「李太后，親平王之大母也。」顔師古注：「大母，祖母也。共王即李太后所生，故云親祖母也。」此爲程誥祖母生日祝壽所作。

李夢陽集校箋卷八　樂府四

雜調曲三

塘上行〔一〕

蒲生何離離，過時采者稀。莫言采者殊，盛衰自有時。一解

昔與君相見，不謂行當變。讒言使交流，水清石自見。二解

孔雀東南飛，十步一徘徊。羅鸗羽翼短，安可作雄雌？三解

今日樂相樂，飲酒行六博。蒲生枝葉多，中心亦不惡。四解

【箋】

〔一〕塘上行，樂府詩集相和歌辭清調曲。樂府詩集卷三十五有曹操塘上行五解，又本辭一曲。因

首句爲「蒲生我池中」，故又稱「蒲生行」。

【評】

皇明詩選卷一：李舒章曰：雖不及古人，亦自見意。宋轅文曰：直而古。

艷歌行〔一〕

杲①日出扶桑，照我結綺窗。綺窗不時開，日光但徘徊。一解

通阡對廣陌，柳樹夾樓垂。上有織素女，歎息爲誰思？二解

步出郭東門，望見陌上柳。葉葉自相當，枝枝自相糾。三解

【校】

①杲，原作「昃」，據弘德集改。

【箋】

〔一〕艷歌行，古樂府曲名，簡稱艷歌。樂府詩集相和歌辭十四艷歌行宋郭茂倩題解：「艷歌行非一，有直云艷歌，即艷歌行是也。若羅敷、何嘗、雙鴻、福鍾等行，亦皆艷歌。」

甄氏女詩

予讀魏記〔一〕，見甄氏女失身以讒被誅〔二〕，即其絶鳴之音，至慘慼不可讀，而竟以讒死，悲夫！然卓氏女亦奔相如，作白頭吟，何所遇懸絶也？陳思王浮萍詩或稱託風於甄氏，比之長門，成敗異矣，豈非事人者之永鑒哉！

種樹高堂下，枝葉何留留。辭家奉君子，置我青雲樓。一朝意乖別，棄妾忽如遺。昔爲同溝水，今向東西流。獨守結心脾，夕暮不垂帷。明月鑒玉除，清風一何悲。曳約立中庭，仰見明河湄。明河光不回，念妾當何依。沉思仰天歎，淚下如斷縻。

【箋】

〔一〕魏記，史書名。舊唐書經籍志史録雜史類著録：「魏記三十三卷，盧彦卿撰。」新唐書藝文志史部雜史類著録：「盧彦卿後魏紀三十三卷。」雍正畿輔通志卷七十九文翰載：「彦卿，涿人，有學，撰後魏紀三十卷。貞觀中，官東宫學士。」書已佚。

〔二〕甄氏女，白居易白氏六帖事類集卷十九葬殤：「魏鄧原字根規，有女早亡，太祖愛子蒼舒亦没，祖求合葬，原辭曰：『非禮，明公所以待原，以每能守訓典，若聽明公，是妄庸也。』祖乃取甄氏女合葬也。」或指魏文帝曹丕之妻、明帝曹睿之生母、文昭皇后甄氏。

師曠歌二首 詳見樂書。〔一〕

玄鶴歌

宮筵肆兮哀弦拊，玄鶴降兮鳴且舞。呼煙侶兮嘯雲友，誰能爲此師曠子？

白雲歌

招白雲兮會天鬼，雨冥冥兮風不止。君好音兮徒自苦，民悲嗟兮離棄女。

【箋】

〔一〕師曠，春秋晉國樂師。善於辨音。孟子離婁上：「師曠之聰，不以六律，不能正五音。」

五仰詩五首①〔一〕

余懷五嶽尚矣，婚嫁未畢，頗有向平之歎。太史公曰：「高山仰止，景行行止，即未能至，心竊嚮往之。」於是作五仰詩焉。

我所仰兮在華山，側身西望阻秦關，蓮嶺阻修徒離歎〔二〕。仙人贈我白瓊丹，翳三秀兮吟葛覃。我欲從之途路艱，西望咸陽涕潺湲。

其二

我所仰兮在衡山，側身南望阻荆關，祝融岧嵉心悲酸〔三〕。仙人贈我赤瓊丹，婆娑桂樹山之間。我欲從之途路艱，南望洞庭涕潺湲。

其三

我所仰兮在泰山，側身東望阻齊關，南有龜蒙東肅然〔四〕。仙人贈我緑瓊丹，招我東游扶桑間。我欲從之途路艱，東望河濟涕潺湲。

其四

我所仰兮在恒山，側身北望阻燕關，飛石岑巉不可攀。仙人贈我黑瓊丹，帶星辰兮佩鳴環。我欲從之途路艱，北望雁門涕潺湲。

其五

我所仰兮在嵩山，側身遥望阻韓關，企余望之良匪難。仙人贈我黄玉丹，手持金光翳華營。我欲從之途路艱，遥望緱城涕潺湲〔五〕。

【校】

①詩題，原作「五仰詩五詩」，據弘德集、黄本、曹本改。

【箋】

〔一〕此組詩似作於正德十四年（一五一九）作者閒居大梁時。按，夢陽「築別墅於梁園吹臺之側，登臺四眺，緬懷五嶽」（李空同先生年表）。

〔二〕蓮嶺，即蓮花峰。今陝西華陰南華山之中峰。清一統志卷二百四十三同州府：「華嶽志：嶽頂中峰曰蓮華峰。有上宫，宫前有池爲玉井，生千葉白蓮華，服之令人羽化。亦謂之玉女洗頭盆。唐杜甫詩：『安得仙人九節杖，拄到玉女洗頭盆。』蓋峰之最高處也。」

〔三〕祝融，即祝融峰，在今湖南衡陽市南嶽區西北部。爲南嶽衡山最高峰。傳説上古祝融曾遊息於此，故名。清一統志卷三百六十二衡州府：「祝融峰，在衡山縣西北三十里，乃七十二峰最高者。上有青玉壇，方五丈。湘水環帶山下，五折而北去。峰巔有風穴，東有望日臺，西有望月臺。」

〔四〕龜蒙，龜、蒙二山的合稱。在今山東新泰南和蒙陰西南一帶。自西北而東南，長約八十餘里。其西北一段名龜山，東南名蒙山。詩魯頌閟宫：「奄有龜蒙。」即此。論語季氏：「昔者先王以爲東蒙主。」尚書禹貢：「蒙，羽其藝。」皆指蒙山。後人以龜山當蒙山，蒙山爲東蒙，龜山之名遂湮。主峰龜蒙頂在今山東蒙陰縣西南。

〔五〕緱城，史記集解引徐廣曰：「一云緱氏城。」緱氏縣，秦置，屬三川郡。治所在今河南偃師東南府店鎮北二里。因山爲名。西漢屬河南郡，隋大業元年（六〇五）移於今緱氏鎮東南十里。唐屬洛州，治所在今緱氏鎮。北宋熙寧八年（一〇七五）廢。

淋池歌〔一〕

翩翩黄鵠，玉距金衣。飛引兩雌，來下我池。肅我徒，駕我舟，折荷花兮棹中流。女揚歌，龍豹馴，陽阿雜進齊謳陳〔二〕。會鼓擊，樂未央，皇家萬壽民阜康。

【箋】

〔一〕淋池，漢代池名，遺址在今陝西西安附近。晉王嘉拾遺記前漢下：「昭帝始元元年，穿淋池，廣千步，……及乎末歲，進諫者多，遂省薄游幸，堙毁池臺，鸞舟荷芰，隨時廢滅。今臺無遺址，溝池已平。」據詩意，似作於弘治年間任職户部時。

〔二〕陽阿，古之名倡，善舞，後因以稱舞名。淮南子俶真訓：「足蹀陽阿之舞，而手會緑水之趨。」高誘注：「陽阿，古之名倡也。緑水，舞曲也。」曹植箜篌引：「陽阿奏奇舞，京洛出名謳。」

招商歌〔一〕

荷爲蓋，水爲車，女豔豔兮繡帶舒。辟陰館，坐陽渠，招涼風兮吹玉竽。吹玉竽，感心志，晝卷夜舒蕩人思。榮景沉，凝霜零，仰首太息沾我纓。

【箋】

〔一〕招商歌，古樂府曲名。明陸時雍古詩鏡卷三十一録招商歌一首：「涼風起兮日照渠，青荷晝偃葉夜舒，惟日不足樂有餘。清絲流管歌玉鳧，千年萬歲嘉難逾。」

順東西門行〔一〕

慨人生，七十稀，來日苦奔去難追。賢子孫，富家資，耳聰眼明心寡悲。酒既清，殽核時，首春禽鳴梅滿枝。人道成，世運熙，乃今不樂當待誰？召同姓，請鄉耆，鼓瑟飲醇祝期頤。

【箋】

〔一〕順東西門行，古樂府曲名。通志卷四十九樂略相和歌瑟調三十八曲有順東西門行。據詩意，似作於作者閒居開封時。

妾薄命〔一〕

蘭房宵宴燭舒明，今者不樂歲其征。豈伊異人惟友生，金杯玉盤殽雜呈。恃容驕愛各極情，任心屬歡密意傾，美人顧予獨目成。舄履雜蹂香澤傳，頷瞬目語中意宣。主稱千壽客萬年，攬衣起舞體仙仙。燕翻雪迴臻極妍，羅濡縠潤汗沾顏。履遺珮絶立未安，滿堂稱能燈屢前。金爵弱腕未勝持，相擎袖遮情語微。促尊前席影齊移，繡裾珠衱光透迤。耳後懸瑱何纍纍，皎若芙蓉出緑池。贈我彤管親所將，車疑馬停仍罄觴。德音愛深結肝腸，醉沉獨言猶不忘。歸室自解鳴玉鐺①，九華流蘇雞舌香。合眼宛在君之旁，覺來微月鑒空牀。起視北斗長闌干，踟躕露晞日上山。義成愛施良獨難，悲思歎息淚汍瀾。佳人絶代惜玉顏，情會恩離摧我肝，願託錦衾終此歡。

【校】

①鐺，弘德集作「璫」。

【箋】

〔一〕妾薄命，漢樂府曲名。樂府詩集録之雜曲歌辭中，其録樂府解題曰：「妾薄命，曹植云：『日月既逝西藏。』蓋恨燕私之歡不久。梁簡文帝云：『名都多麗質。』傷良人不返，王嬙遠聘，盧姬嫁遲也。」據詩意，似作於弘治年間在户部任職時。

苦哉行〔一〕

從軍北，到長城，長城草枯窟不平。十月風發霜霰零，人鬚馬尾①冰結成。東歸太行踐羊腸，斫冰煮糜巖谷旁。攀枝掩淚瞻故鄉，紅顔搗素怨夜長。悲離恨阻斷肝腸，破鏡何時飛上蒼。

【校】

①尾，弘德集、黄本、曹本、百家詩作「毛」。

【箋】

〔一〕苦哉行，樂府題名，多寫戍邊題材。唐戎昱有苦哉行詩五首。據詩意，疑作於弘治十三年（一五〇〇）奉命犒榆林軍時。

嗟哉行〔一〕

人言高樹多風，群鳥巢其顛。勁幹從來易折，弱者永其年。蘭蕙雖異衆草，秋至同一零。君子不愛其身，身屈名乃成。

【箋】

〔一〕嗟哉行，樂府題名。宋陳師道作有嗟哉行詩。據詩意，似作於弘治末或正德初遭遇權貴迫害時。以下朱榴篇、行路難作時同。

朱榴篇〔一〕

朱榴雖擅名，不與衆草争春陽。炎天衆草死，朱榴吐豔何揚揚。縟瓣攢葩不結實，可憐此物終抛擲。

【箋】

〔一〕朱榴篇，疑爲作者自擬詩題。

行路難〔一〕

錦笙翠蛾心莫疑，色銷言忤情遽離。偶投嚮諾山嶽移，背面詆訾孰復知。川塗憂風備其舟，彼風①東西流，波翻浪側時不休。泊船倚岸纜樹根，彼何者鳥翻然喧，願置此曲令心煩。

【校】

①風，四庫本作「水」，近是。

【箋】

〔一〕行路難，樂府詩集雜曲歌辭名。内容多寫世路艱難與離情别意。原爲民間歌謡，後經文人擬作，采入樂府。鮑照擬行路難十九首及李白所作行路難三首較著名。

白紵詞三首〔一〕

鐙繁月明夜何長，華袿鳳髻曳鳴璫，裊雲流影歸洞房。引商刻徵斷人腸，金鞭騮馬立傍徨。解衣酣酒歌未央，夜闌雞鳴不下堂。

其二

天河爲橋一水長，雙星怨夜遥相望，玉簾金茀衢路旁。塵暗鐙殘芬秀揚，轉眸明月低西方。墮靨流鈿飄碎光，馬停車駐空斷腸。

其三

五更月微含素波，飛霧英英没絳河，桂宫蘭室棲玉娥。外極金鰲萬象羅，萬人齊和一人歌。生丁福運民太和，竟日爲歡豈足多？

【箋】

〔一〕白紵詞，一作白苧詞。樂府吴舞曲名。鮑照代白紵曲之一：「古稱渌水今白紵，催弦急管爲君舞。」新唐書禮樂志下載清樂三十二曲云：「白紵，吴舞也。」宋張先天仙子公擇將行詞：「瑶席主，杯休數，清夜爲君歌白苧。」按，以上「樂府雜調曲」二十一首，均收入弘德集卷八，可知皆作於弘治、正德年間。

【評】

皇明詩選卷一：李舒章曰：詞堪與本調伯仲。陳卧子曰：獻吉樂府氣調雄古，言不盡意。宋轅文曰：獻吉樂府，古勁有秀色，然自漢以下，其神始合。

古調歌

河之水歌〔一〕

河之水歌，李子爲其子作也，以子追不及。

河之水，流濺濺，望父不見立河干。河水滮滮①，舟子摇櫓。東方漸明，我不得渡。

【校】

①滮滮，盧文弨書李空同詩鈔後（抱經堂文集卷十四）謂當作「瀌瀌」，是。

【箋】

〔一〕據小序，此詩係夢陽爲其子李枝而作。李枝，見寄兒賦（卷一）箋。按，李枝生於弘治四年（一四九一），嘉靖二年（一五二三）中進士。疑該詩當作於正德三年（一五〇八）五月夢陽被逮自開封赴京時。

想像歌〔一〕

李子北行，日夜行思其兄，其兄亦日夜行，於是作想像之歌。

霧邪，煙邪，行草莽者，兄邪。

【箋】

〔一〕正德三年（一五〇八）五月，劉瑾得知劾疏爲夢陽所撰，必欲殺之以攄其憤，乃羅池他事械繫北行，矯詔下錦衣衛獄。夢陽兄孟和與内弟左國玉間行，謁康海，海求於劉瑾，八月，得釋放。夢陽述征集後記曰：「余以正德三年五月十七日縶而北行，至秋八月八日乃赦之出云。其始行也，人人絫息奔匿而謂必死也，獨我兄曰：『我從。』我内弟國玉曰：『我與從。』二人者，觸暑晝夜行，飢渴草莽風沙中。詩云：『每有良朋，況也永歎。』豈不信哉？豈不信哉？」又，據夢陽於正德二年十一月所寫夢陽族譜世系（卷三十八），李正生有三子：孟和、夢陽、孟章。又族譜家傳（卷三十八）：「孟和，吏隱公子，字子育，爲散官。初名茂。天順五年十二月十日亥時生。娶孟氏。」據小序，該詩當作於正德三年五月，其兄，指李孟和。

鷄鳴歌〔一〕

鷄鳴歌者，李子去江西而作者也。孤舟泝江漢而上。

東方白兮，鷄鳴膠膠。鼓予棹兮，沙之坳。明星上船桅，北斗入地離離，蘆中人，逝而逝而。

【箋】

〔一〕正德八年（一五一三）秋，夢陽上疏劾巡按御史江萬實罪，江亦奏，武宗命大理寺卿燕忠往勘。獲罪，入廣信獄，「何公景明上書冢宰楊公一清，乞爲申解，公遂得閑住」（李空同先生年表）。正德九年六月末，夢陽攜妻由潯陽（今江西九江）出發，乘船泝長江至武昌，七月，渡漢水至襄陽，愛峴山、習池之勝，欲隱於鹿門山，遇水災，九月，遂歸大梁。夢陽答左使王公書（卷六十三）曰：「今諸謗幸頗洗雪白矣，即日揚孤帆、泝江漢，入鹿門，偃仰丹壑，顒覩諸大君子太平德業之盛，而霑其餘休，斯志望畢矣。」該詩當作於此時。

内教場歌〔一〕

内教場歌者，李子紀時事而作者也。帝自將練兵於内庭①。

雕弓豹韔騎白馬，大明門前馬不下。徑入内伐鼓，大同邪〔二〕？宣府邪〔三〕？將軍者許邪？一解

武臣不習威②，奈彼四夷。西内樹旗，皇介夜馳。鳴砲烈火，嗟嗟辛苦。二解

【校】

①庭，弘德集作「廷」。②威，詩綜作「武」。

【箋】

〔一〕内教場，日下舊聞考卷四十一皇城：「内教場，今名教軍場，在今弘仁寺東北。其地有三聖祠，祠内有碑略云：教場内三聖祠，以祠火神、水草神、馬帥。又云：禁旅之設，遴拔監局諸司内員精健者三千人，統以總提，分治以中軍，領以總牌，次設明甲、硬弓、隨伍等官，於大内西北二處分場訓練，後皆併練於此。」

明武宗好勇，常率兵士在内廷操練。談遷國榷卷四十六載：武宗正德元年（一五〇六）十月，「太監劉瑾、馬永成、……日導上狎游，禁中習武，鼓噪不絶耳」。又，明武宗實録卷八十七：正德七年五月，「吏部尚書楊一清等，以修省，上言：『……陛下每月視朝不過一二，非所以聞於外夷，訓於後世也。……常幸豹房，駐宿累日，後苑練訓，兵戎鼓炮之聲，震駭城市。以宗廟社稷之身，而不自慎惜。此群臣所以夙夜不能安也。』」又，卷一百三十四載：正德十一年二月，「壬申，傳旨令右都督張洪監督團營，西官廳復指揮僉事神周官代洪管勇士營。初，江

彬、許泰皆以邊將得幸。上好武，特設東西兩官廳，於禁中視團營，東以太監張忠領之，西以泰領之。……上又自領閹人善騎射者爲一營，謂之中軍，晨夕操練，呼噪火礮之聲達於九門，浴鐵文組，照耀宫苑。上親閱之，其名曰『過錦』，言望之如錦也」。

陳田輯撰明詩紀事丁籤卷一曰：「田按：正德六年，畿内賊起，京軍不能制，調邊兵，大同遊擊江彬因錢寧召見。彬狡黠强狠，談兵帝前。帝大悦，擢都指揮僉事，出入豹房，同卧起。盛稱邊軍驍悍，於是調遼東、宣府、大同、延綏四鎮軍，號『外四家』，縱横都市中。每團練大内，間以角觝戲，帝戎服臨之。八年，命許泰領敢勇營，彬領神威營，賜彬國姓。彬復薦萬全都指揮李琮，陝西都指揮神周勇略，召侍豹房，同賜姓爲義兒，建義子府。又設東西兩官廳於禁中，視團營。領以泰等四人，號『義子四鎮軍』。帝自領群閹善射者爲一營，號『中軍』。晨夕馳逐呼譟，聲達九門，甲光照宫苑。空同内教場歌紀其事也。空同又有道逢羆豹鷹狗進貢詩云：『赤豹黄羆貢上方，虞羅致爾自何鄉？微軀亦被雕籠縛，遠視猶聞寶絡香。名鷹側目思翻掣，細犬搔毛欲奮揚。隨侍近收擎鶻校，上林新起戲盧坊。』此亦武宗時事。」正德六至九年間夢陽在江西任官，則該詩疑作於正德十一年，時閒居開封。

〔二〕大同，即明大同府，洪武二年（一三六九）改元大同路置，轄境相當今山西北部内外長城之間及河北蔚縣、淶源等縣地。

〔三〕宣府，即明宣府衛。洪武二十六年（一三九三）爲防禦蒙古設立宣府左、右、前三衛，屬山西行都司。治所在今河北宣化。爲近畿防衛要地。正統十四年（一四四九）蒙古瓦剌也先攻打宣府，京師爲之震動。

【評】

明詩歸卷三：鍾惺云：此詩叙事極直，用意極婉，指陳極時，含吐極古，不負一代詩人。

又云：「辛苦」二字刺甚微婉。前數語是責臣，責臣故不妨嚴厲。下一語是諷君，諷君又不得微婉。

明詩歸卷三：譚元春云：定罪如是書，却遊戲出之。詩人風刺之妙。

又云：「徑入」二字，已正無君之罪。

皇明詩選卷一：李舒章曰：直道今事而不愧古詞者，惟空同一人。

叫天歌〔一〕

叫天歌者，撫民之所作也。余聞而悲焉，撮其詞而比之音。

彎弓兮帶刀，彼誰者子逍遥。牽我妻放火，我言官府怒我。一解

彼逍遥者誰子？出門殺人，騎馬城市。汝何人？誰教汝騎馬？二解

持刃來，持刃來，彼殺我父兄，我今遇之，必殺此傖。彼答言：奉黄榜招安。嗟嗟，奈何奈

何！三解

彼不有官，饑官賑之，出有馬騎。我有租、有徭、有役，苦楚胡不彼而。四解

【箋】

〔一〕小序中「撫民」，即撫州之民。據詩意，當作於正德七年（一五一二）或稍後任江西提學副使時。按，正德六至八年，江西各地接連發生民變，朝廷派兵調集廣西土兵鎮壓，民不聊生。

招安歌〔一〕

鷹饑則附我，父順子逆，子右父左。彼則萬隻，誰曰千隻。彼烹牛美妻，尚望樵山而秉犂。

【箋】

〔一〕據詩意，約作於正德七年（一五一二）詩人任江西提學副使時。按，正德六至八年，江西各地接連發生山民暴動。

賊逃歌〔一〕

戈戟團團，烏飛不過。汝安逃兮，毒弩蛇矛乎林之坳兮，君不見青衣來，狼兵開。

【箋】

〔一〕詩末「狼兵」，即土兵。明時，以粵西狼人組成之軍隊。明史兵志三：「倭亂，……西南邊服有各土司兵。湖南永順、保靖二宣慰所部，廣西東蘭、那地、南丹、歸順諸狼兵，四川酉陽、石砫秦氏、冉氏諸司，宣力最多。」又明史卷一百八十七陳金傳載：「（正德）六年二月，江西盜起。詔起金故官，總制軍務。……當是時，撫州則東鄉賊王鈺五、徐仰三、傅傑一、揭端三等，南昌則姚源賊汪澄二、王浩八、殷勇十、洪瑞七等，瑞州則華林賊羅光權、陳福一等，而贛州大帽山賊何積欽等又起，官軍累年不能克。金以屬郡兵不足用，奏調廣西狼土兵。……（正德七年）七月乘勝斬光權。華林賊盡平。……金累破劇賊，然所用目兵貪殘嗜殺，剽掠甚於賊，有巨族數百口闔門罹害者。所獲婦女率指爲賊屬，載數千艘去。民間謡曰：『土賊猶可，土兵殺我。』金亦知民患之，方倚其力，不爲禁。」詩約作於正德七年，夢陽時任江西提學副使，親歷其事，該詩正爲此而作。

愍災歌〔一〕

火之發兮，城南暮。飛城入兮，勢衝礲急。風逆不反，我心怛兮，怫兮汩兮，安得術噀爾滅

兮。一解

省之火，自門徂堂，燒兩廊兮。彼何樓者，裂棟爆瓦，天爲赭兮。煙噴噴，海涌照四野兮。嗟何鳥聲，怪而赤焰，翔而不下兮。二解

【箋】

〔一〕夢陽有原火（卷五十九）一文，作於正德七年（一五一二）至八年任江西提學副使時，此詩疑作於同時。

愍熯歌〔一〕

東湖爲陸，而我無車。有舟，灘高水淺，行不得以舒。倉浪天疾威我人。七月不雨，田龜拆，山而鱗鱗。夫兮出殺賊，婦哭於廬，疇給我食。

【箋】

〔一〕熯，乾燥、燒、烤，即天旱炎暑。據詩意，當作於正德七年（一五一二）至八年詩人任江西提學副使時。

姚源歌〔一〕

嗟崒崒是何峰攢兮，下則無底之壑。血漸涾潺兮，猛獸食人。岑岑禽鳥，竦峙鴟鳶，不可以爲鳳，枉爾飼兮，我聞不敢以言。舉火來白刃，帳下離哉翻。縣官走，前奪驢，後叫狗。

【箋】

〔一〕姚源，即姚源洞，在今江西萬年縣西南青雲鎮（城厢鎮）東。雍正江西通志卷十一山川五廣信府：「姚源洞，在萬年縣東門外一里許，其洞深十五里，兩山並峙，林木蓊鬱，土田肥饒。明正德間爲盜據，縣由此設，都御史陳金平賊。」正德六年至八年，南昌姚源發生汪澄二、王浩八、殷勇十、洪瑞七等領導的農民起義，朝廷派兵鎮壓。是該詩當作於正德七年前後夢陽任江西提學副使時。

欸乃歌〔一〕

五更風打頭來兮，嗟嗟！欸乃。船開努力齊兮，欸乃。力把柁立兮，欸乃。努力上灘，水平平緩兮，欸乃。北風雨雪吹我寒兮，欸乃。日漸漸冥兮誰濟此川，欸乃。

【箋】

〔一〕欸乃，本象聲詞，劃槳聲。欸乃歌，即棹歌，南方民間船歌。宋葛立方韻語陽秋卷十：「王稚川調官京師，母老，留鼎州，久不歸侍。嘗閲貴人歌舞，有詩云：『畫堂玉佩縈雲響，不及桃源欸乃歌。』」據詩意，疑作於正德七年至八年詩人任江西提學副使時。

和方山子歌〔一〕

僕夫歌

餞者在郊，黄鳥交交。楊柳蔭車，有酒有肴。

答歌

何柳不黄，何鳥不鳴？匪無良朋，懷我故鄉。

答歌

春水涣涣，水鳥鳴唤。追汝者誰？白馬在岸。

舟子歌

食君琅玕，佩君玉環。春蒲再芽，北舟我還。

【箋】

〔一〕方山子，指鄭作，字宜述，號方山子，歙（今屬安徽）人。「嘗讀書方山中，已棄去爲商，挾束書，弄扁舟，孤琴、短劍，往來宋、梁間。」（卷五十一方山子集序）嘉靖徽州府志卷十八文苑列傳載：「（鄭作）客遊大梁，以能詩見知李獻吉，與程誥並稱之。有方山集。」錢謙益列朝詩集小傳丙集方山子鄭作曰：「時時從俠少年，輕弓駿馬，射獵大梁藪中。……李空同流寓汴中，招致門下，論詩較射，過從無虚日。其他雖王公大人，不置眼底。周王聞其名，召見，長揖不拜，王禮而遣之。嘉靖初，年四十餘，病痰，别空同南歸，殁於豐沛舟中。……詩數千百篇，空同選得二百餘，序而傳之。」夢陽方山子集序（卷五十一）曰：「嘉靖五年，鄭生年四十七歲，病痰核，不佽於遊，將返舟歸方山，繹舊業，讀書巖穴松桂間。空同子送之郊。」據詩意，當作於嘉靖初年夢陽閒居大梁時。另，鄭作之族弟名鄭廉，字宜簡，號可齋。嘉靖十八年卒，陸深爲其作處士鄭可齋墓誌銘（載儼山集卷六十七）。

已哉辭〔一〕

由衷醜貪，孰之廉兮，餐冰茹蘖。乃疇苦汝節，威武不屈，以身殉國。此戾此賊，彼毅彼力。曰伊逮之，逮之膺矣。已哉！天乎命乎？詘予改之，吾曷懲矣。粟滴瀝，望首陽之清泉兮，有二人者從之，汩乎終予年。

【箋】

〔一〕已哉辭，夢陽自擬詩題。據詩意，似作於弘治末年（斥「二張」）或正德二年（刻劉瑾）遭遇挫折時。

三原王公壽辭〔一〕

軒冕兮巍峨，公之進兮，群龍委蛇。公今何所兮，南山岧嶢，誰與公兮逍遥？南山何有兮，其雲油油。出覆四海兮，歸抱一丘。公朝攀兮暮與游，徜徉宇内兮復安求。緑桂兮丹阿，公遊兮酒歌。幅巾兮鷺羽，婆娑兮公舞。壽且康兮，慰我民望兮。

【箋】

〔一〕三原王公，即王恕，字宗貫，三原（今屬陝西）人。正統十三年（一四四八）進士。弘治間官至吏部尚書，正德三年（一五〇八）四月卒，享年九十三，謚端毅，事跡具明史卷一百八十二本傳。王恕子王承裕，字天宇，弘治六年（一四九三）進士，與李夢陽同榜，正德初遷吏科都給事中，以言事忤劉瑾，罰米輸塞上。嘉靖時累官至南京户部尚書，卒謚康僖。千頃堂書目卷二十一著録王承裕孝經堂集、星軺集、庚寅集、辛卯集、童子吟稿。事跡附見明史王恕傳。該詩當作於正德元年（一五〇六），夢陽時任户部郎中。按，正德元年王恕九十壽誕，夢陽與王承裕有交遊，又爲同鄉，故以詩賀之。康海壽石渠先生序云：「去年公壽九十，天子以兩宫徽號禮成，大賫天下，……其鄉之人之仕於朝者爲五七言歌詩若干首，録以奉壽公於三原里中。其既成也，故又屬海爲序。」（康對山集卷三十一）按，以上除和方山子歌外，其餘「古調歌」十三首，均收入弘德集卷五中，可知多作於正德年間。

招隱山辭〔一〕

山之桂青青，秋風緑葉冬不零。王孫幾時歸？山空蕙草摧。山之草萋萋，春風花發桃源迷。子規啼竹陰，日暮愁人心。秋之夕螢飛，山風霜露沾人衣。洞門翳寒蘿，奈兹華髮何？

【箋】

〔一〕招隱山，招人歸隱於山。唐駱賓王酬思玄上人林泉詩：「聞君招隱地，髣髴武陵春。」據詩意，似作於嘉靖年間閒居開封時。

李夢陽集校箋卷九　五言古一

感述一

時命篇〔一〕

代馬不戀越，荆禽豈巢燕。鸖鴒渡汶水〔二〕，君子憂未然。奈何客游子，率爾辭故山。行獸顧丘林，出雲有歸還。交交聲利途，軒車日駢闐。誰念牛下人，悲歌夜中歎。豪門有棄襦，我衣恒不完。張儀懼諸侯，泄柳乃閉關〔三〕。貧賤豈盡愚，時命當自安。

【箋】

〔一〕據李空同先生年表，此詩作於弘治十三年（一五〇〇），時夢陽任户部山東司主事，奉命出京犒榆林軍。

〔二〕汶水，即今大汶河。源出山東萊蕪北，西南流經古嬴縣南，古稱嬴汶，又西南會牟汶、北汶、石汶、柴汶至今東平縣戴村壩。自此以下，古汶水西流經東平縣南，至梁山東南入濟水。書禹貢：「浮於汶，達於濟。」

〔三〕泄柳，戰國時魯國人，有賢名。魯穆公上門拜訪，閉門不見。

述憤〔一〕

弘治乙丑年四月①，坐劾壽寧侯②，逮詔獄。

天門鬱岧嶢，虎豹守其隅。番番九苞禽，頡頏舞雲衢。銜書奏至尊，青龍與之俱。光夕絶還響，徙倚空愁余。

其二

帝居杳何許，蒼蒼隔九閽。白玉爲阿閣，黄金爲重門。可望不可扣，仰見飛雲奔。何當發炎旭，下照孤葵根。

其三

蜚響久不作，烈士常苦辛。魏裾已寂寞，漢檻空嶙峋。邈焉向千載，忽忽懷斯臣。皇心苟識察，百死寧一身。

其四

懸車曜回景，夕風起喬林。撫兹散沉憂，浩蕩開重陰。迴翔瞻閶門，躊躇思玉音。宵坐焰明燭，懷古傷我心。

其五

大化罔不虧，人生固多艱。汎觀疇昔人，浩然發憂歎。自非餐霞侣，伊誰駐朱顔。律律南山岑，拂衣會當還。

其六

孟夏草木長，垂雲一何淒。零雨宵始好③，西山朝復隮〔二〕。兀然坐高春，時聞鶗鴂啼。逢辰寡宿歡，履運傷前迷。既無杯中物，何以寫我淒。

其七

飄風自南來，颯颯入我懷。我欲隨之翔，北向三重階。守閽遥望余，閶闔何由排。戚戚勿重陳，危言多厲階。

其八

夕雲鬱峥嶸，頽陽入西丘。返景漏林端，明我屋上樓。静久得玄理，源澄復何求。永懷鄒陽子，聊以抒我憂。

其九

苔井肅陰森，嶽廟閟以清。車前當路翻，紅葵夾階生。羈人散煩疴，紆徐步中楹。時禽變好音，庭柯敷夕榮。詎知沮洳場，曠然獲悠情。

其十

青青廟中槐，交交一雙禽。爲巢育其兒，結構良苦辛。一朝驚彈羅，移棲向高林。我行適見之，歎息空彌襟。

其十一

湫宇夕陰陰，寒燈焰不長。氣棲遞微明，飄忽如清霜。人云網恢恢，我胡寓茲房。墉鼠語牀下，蝙蝠穿空梁。驚風振南牖，徂夜倏已央。於邑不成寐，展轉情内傷。

其十二

小草生枯桑，芊芊競芳辰。雖云殊本根，寄託各有因。自我罹幽囚，忽焉經浹旬。我兄千里餘，渺渺長河津。妻子日望余，蒼蒼隔西鄰。所幸二三友，笑言越昏晨。宵鐙促燕膝，昵語忘苦辛。患難苟相得，毋論骨肉親。

其十三

檐月何徘徊，晨風復依依。載言别同居，倉皇倒裳衣。處者各惆悵，去者從此辭。挽手剌刺語，寄言家中知。丁寧故與親，願勿長相思。明明昊天威，我久寧在兹。

其十四

皇矣彼上帝，赫赫敷明威。四序舒以慘，中有玄妙機。燭龍躍天門，一朝景光回。昔爲霜下草，今爲日中葵。稽首沐罔極，欲報難爲詞。

其十五

明月出東方，徒行反家室。室人走相訊，問我何由出。明知非夢寐，欲辯仍自失。喜極雙涕零，轉面各銜恤。垂鐙照緗卷，浮埃滿朱瑟。愁言卒未傾，忽復見晨日。

其十六

鳴鑣逾廣陌，執簡謁彤闈。道逢相識問，倏如遠行歸。虎拜閤門下，龍顔霽晨輝。二后邈以迢，吾皇嗣其徽。從諫如轉丸，旁求炳先幾。令聞洽四國，壽與南山齊。

其十七

臣本草野士，弱冠承恩私。黽勉簪紱間，低回赧容姿。直湍寡回波，勁木無弱枝。天運不易測，物情諒如斯。修塗方浩浩，駕言赴前期。

【校】

①此句下，弘德集、黄本、曹本、李本、徐本有「作」字。②此句上，弘德集、黄本、曹本、李本、徐本有

「是時」二字。　③好，黄本、曹本、四庫本、徐本作「歟」，近是。

【箋】

〔一〕弘治十八年（一五〇五）二月，夢陽上書孝宗，彈劾「二張」（皇后之兄張鶴齡、張延齡）之罪行而獲罪，下錦衣衛獄，受刑。幸得孝宗開脱，尋詔夢陽復職。壽寧侯，指孝宗妻兄張鶴齡。談遷國榷卷四十五載：弘治十八年二月，戊辰「詔曰：『朕方圖新政理，樂聞讜言，除祖宗成憲不可紛更，其餘軍民利病，直言無有諱。』」夢陽上孝宗皇帝書稿（卷三十九）亦云：「詔曰：『朕方圖新政理，樂聞讜言。事關軍民利病、切於治體可行的，著各衙門大小官員悉心開具，明白來説。』」已巳，「户部主事李夢陽上言時政，……『顧不嚴禮以爲之防，臣恐其潰且有日矣』。上怒，下錦衣獄。……獄上，竟還夢陽職。上一日問兵部尚書劉大夏：『外議云何？』曰：『頃釋李夢陽，中外誦聖德厚甚。』上曰：『獄初具，朕問左右云何，曰宜杖。朕知此輩欲死夢陽，快中宫，朕不爲也。』」該詩當作於弘治十八年四月。

〔二〕西山，北京西郊群山的總稱。南起拒馬山，西北接軍都山。有百花山、靈山、妙峰山、香山、翠微山、盧師山、玉泉山等峰，林泉清幽，爲京郊名勝之地。

【評】

其三，明詩歸卷三：鍾惺評：不得進諫，併諫而不納，外視之，□如也，轉曰「苦辛」，忠愛抑鬱，實有寸心百結而難於告人者。

又，譚元春評：「懷」上加「畱畱」，情鬱可想。

其十七，譚元春評：世人不憤，衹是不忳耳。一「赧」字，是上書本心。

又評：「見忠臣賦性。」

鍾惺評：忠臣不得行其志，而説隨衆人之中，直有羞慚。蓋天地不能自容者，五字寫盡。

范文光曰：結有敦行不怠之意，卒弗改其直操。讀其詩，想見其人。

皇明詩選卷二：陳卧子曰：怨而不怒，雖在幽憤，無忘德音。宋轅文曰：與思王白馬贈别之篇同一源流，而此以質勝，若風致則不如。李舒章曰：嘗讀息夫躬絶命詞而知爲小人，讀陳思王責躬詩而知爲君子。若此等詩，序致性情，皆風雅之餘胤也。

其四：宋轅文曰：辭緩而氣愈迫。

其七：李舒章曰：觸目寓言，意致不羈。

其八：宋轅文曰：結語情真。

其九：陳卧子曰：若少有怨懟，便非雅音。

發京師〔一〕

正德二年春二月①，與職方王子同放歸田里②〔二〕。

驅車彰義門〔三〕，遥望郭西樹。冠蓋輝③青雲，車馬夾廣路。威風何赫奕，各蒙五侯顧。回飆動地起，白日倐已暮。棄擲委蔓草，榮華若朝露。良④無金石交，人生豈常故。絺綌足御冬，誰念紈與素？愾彼白華篇，氣結不能愬。

其二

蔦蘿附松柏，枝葉固相因。行子戀儔匹，況遇同鄉親。北風起河梁，日暮多飛塵。攜手同車歸，駕言西適秦。道遠長渴饑，客子懷苦辛。仰瞻天漢流，夜永不得晨。驂馬媚其曹，鳴雁各求群。明星出東方，照見車下人。夙興即往道，登彼高路津。還顧望京邑，愴焉何所陳。

【校】

①此句下，弘德集、曹本、徐本有「作」字。②此句上，弘德集、曹本、徐本有「是時」二字。③輝，崆峒集、詩綜、徐本作「耀」。④良，詩綜作「亮」。

【箋】

〔一〕正德元年（一五〇六），夢陽協户部尚書韓文奏劾劉瑾，事敗。明武宗實録卷二十一：正德二年正月，「降户部員外郎李夢陽爲山西布政司經歷司經歷，兵部主事王綸爲順德府推官，俱致仕。時太監李榮傳旨，謂夢陽阿附韓文、王岳，綸阿附劉大夏，故黜之。蓋瑾意也」。正德二年三月，夢陽歸大梁（今河南開封）家中。據小序，該詩當作於正德二年二月。

〔二〕職方王子據鄧曉東考證當爲王綸。王綸，字演之，陝西廣陽衛人，弘治九年進士，弘治十四年任兵部主事。（鄧文載明人別集研究青年學者論壇論文集。）

〔三〕彰義門，日下舊聞考卷九十一郊坰引析津日記曰：「原彰義，金之正西門，新城築於明嘉靖中，其西門曰廣寧，而都人至今以彰義呼之。」並按曰：「今廣寧門，俗稱彰義，特沿金源以來舊名耳。其實金之彰義，當在今廣寧門外之西南，距右安門外地稍遠。……凡經兩門，然後及正西彰義門，今雖不能據右安門外之豐宜實指金之彰義爲何處，而右安與廣寧相去甚近，其非金彰義之舊，鑿然無疑也。」

離憤〔一〕

正德戊辰年五月①，閹瑾知劾章出我手②，矯旨③詔獄。

采采河邊蘭，鯉魚何盤盤。念我同胞人，訣絶摧心肝。事變在須臾，浮雲逝無端。臨發路踟躇，誰敢前爲言？原鴒抗高聲，我行何時還？十步九回頭，淚下如流泉。

其二

練練晨明月，鬱鬱風中柳。蒼茫遮我車，識是平生友。感君故意勤，贈我雙瓊玖。虎狼夾衡軛，狐狸草間走。東方漸發白，聊歸勿爲久。天威煽方處，君子毖其口。

其三

北風號外野，五月知天寒。海水晝夜翻，南山石爛爛。丈夫輕赴死，婦女多憂患。中言吐不易，拊膺但長歎。永夜步中庭，北斗何闌干。裂我紅羅裙，爲君備晨餐。車動不可留，佇立淚汍瀾。願爲雲中翼，阻絶傷肺肝。

其四

驅車重行行，前上西山陲〔二〕。白日忽已冥，歸鳥來何遲。飄風吹征衣，北逝方自兹。行路見我行，不行爲嗟咨。苦稱途路澀，君子莫何之。欲訴難竟陳，天命自有期。

其五

結髮事君子，締結固不解。青蠅玷白璧，馨香逐時改。恩阻愛不周，棄擲良在此。紅塵何冥冥，白日淪西海。對面有訣絶，何況萬餘里。得寵各自媚，誰爲展情理？訛言方蜎興，君④子慎其始。

【校】

①此句下，弘德集、曹本、徐本有「作」字。②此句上，弘德集、曹本、徐本有「是時」二字。③「旨」下，弘德集有「收詣」二字。④君，崆峒集作「願」。

【箋】

〔一〕正德二年（一五〇七），夢陽協户部尚書韓文奏劾劉瑾，事敗，勒致仕，歸開封家中。正德三年五月，「逆瑾蓄憾未已，必欲殺公以攄其憤，乃羅織他事，械繫北行，矯詔下錦衣衛獄」（李空同先生年表）。此詩正德三年五月作於北上途中。

〔二〕西山，北京西郊群山的總稱。見述憤箋。

【評】

其五，明詩歸卷三，鍾惺云：此等境遇，雖聖賢不免。「恩阻愛不周」下，又云：君心往往如此。「白日淪西海」下云：刺君心悔也。

范文光曰：述憤，末語有勵心；離憤，末語有戒心。一是聖明時，一是讒邪時。故各不同，相人之詩當在此。

七哀詩〔一〕

問客何方來，四月發回中〔二〕。繁霜隕百草，樹木如寒冬。客行一何遥，客顔一何憔。舉目望關山〔三〕，關山鬱蕭條。少壯盡乘邊，崖谷何寥寥。戰馬不解鞍，弓矢常在腰。碩鼠走空倉，城上狐狸跳。咄咄勿復陳，更問北來人。六月天雨霜，哀哉生不辰。

【箋】

〔一〕據詩意，疑當作於正德四年（一五〇七）或五年。按，正德三年春，劉瑾羅織他事逮夢陽入京下獄，八月釋放出獄，冬歸開封。時正在家中賦閒。

〔二〕回中，古道路名。南起汧水河谷，北出蕭關，因途經回中得名。爲關中平原與隴東高原間的交通要道。約在今甘肅涇川境内。西漢元封四年（前一〇七）武帝自雍縣（今陝西鳳翔南）經回中道，北出蕭關。東漢建武八年（三二）來歙由此攻取隗囂割據下的略陽（今甘肅秦安東北）。夢陽出生地慶陽（今甘肅慶城）據回中較近，則以此比喻家鄉。

〔三〕關山，在寧夏回族自治區南部。有大關山、小關山。大關山爲六盤山高峰，小關山平行於六盤山東，南延爲崆峒山。

與客問答〔一〕

門有萬里客，顔面帶風霜。左右佩雙鞬，意氣何揚揚。問客何州士？逝將之何方？客亦不顧云，但言開中堂。手持一書札，口口稱故鄉。長跪受書札，草字八九行。上言親戚故，下言别離傷。

其二

長跪牽客裾，故鄉今何如？客起長跪言，故鄉不可居。墳壠既蕪没，寧復識田廬。鄰巷鮮故人，族屬半丘墟。巖巖高山谷，今爲官路衢。主人聆客言，涕泗交漣如。離鄉三十載，小①女爲人姑。邇者日以親，遠者日以疏。狐狸知故穴，牛馬知故陸。願爲連理樹，託根北山隅。

【校】

①小，崆峒集作「少」。

【箋】

〔一〕詩中有句「離鄉三十載，小女爲人姑」，夢陽於成化十七年辛丑（一四八一）隨父自家鄉慶陽（今甘肅慶城）遷至開封，該詩似作於正德五年（一五一〇）左右，時正在開封賦閒。

赴江西之命初發大梁作①〔一〕

戚戚辭故里，盛陽遠行游。入門揖兄嫂，征馬已駕輈。日午登前岡，浮雲逝南流。零汗透衣巾，僕夫行悠悠。軀微懼命重，慷慨但懷愁。還望故所居，匹鳥鳴相求。而我獨何爲，道路常懷憂。

【校】

①詩題，崆峒集作「初發大梁作」。

【箋】

〔一〕正德六年（一五一一）四月，夢陽接朝廷詔書，命其爲江西按察司提學副使。夢陽正德辛未四月十七日簡書始至於時久旱甘澍隨獲漫爾寫興（卷二十九）即作於此時，詩中有「璽書況屬臨門日，江漢須看放舸時」一句，可見當時情緒。五月，即自開封出發。又泛彭蠡賦（卷二）小序曰：「正德六年夏五月，李子赴官江西，南道彭蠡之湖。」該詩當作於此年四月。

轅駒歎〔一〕

世徑互險夷，富貴安所需。昔爲櫪中駿，今爲轅下駒。白日仰悲鳴，青雲立踟躕。未蒙主人顧，何由效馳驅。朝思碣石津，夕睇流沙隅。常恐侶凡蹇，棄捐中路衢。

【箋】

〔一〕轅駒，亦稱轅下駒，指車轅下不慣駕車之幼馬，亦比喻少見世面器局不大之人。史記魏其武安侯列傳：「今日廷論，局趣效轅下駒。」張守節正義引應劭曰：「駒馬加著轅。局趣，纖小之貌。」據李空同先生年表，此詩作於弘治十三年（一五〇〇）奉命犒榆林軍時，詩中「流沙」句亦可證。

李廣〔一〕

李廣昔未遇，射獵誰見稱？君主猶未識，他人寧不輕？日從田間飲，夜止灞上亭〔二〕。醉尉前呼呵，小吏亦見淩。一朝剖郡符，飛蓋赴北平。凭軾覽百邑，樹羽寧千城。亭障不設燧，櫪馬躍頓纓。彎弓射虎歸，淡淡黄雲生。自從結髮戰，舍鏑無虚鳴。威慴五單于，胡人寤寐驚。孰知身運乖，數奇竟無成。壯顔逐年衰，白髮忽見嬰。寄言雄圖者，俟命莫吞聲。

【箋】

〔一〕李廣，即漢代之飛將軍李廣。據詩意，當作於弘治十三年（一五〇〇）奉命犒榆林軍時。

〔二〕灞上，在陝西西安東灞水西高原上，故名。史記白起王翦列傳：「於是王翦將兵六十萬人，始皇自送至灞上。」杜甫懷灞上遊詩：「悵望東陵道，平生灞上遊。」

豫讓①〔一〕

士有氣相感，殺身酬所知。伯氏既謝世，族姓無孑遺。噬炭甘若飴，漆身亮何爲？生既荷君遇，没敢求君知。仇聞再三歎，攬淚惠新衣。玉劍四五動，左右神爲摧。愴哉彼流水，迄今爲嗚悲。行路佇歎息，芝蘭繞墳基。人生固有畢，節義誠難虧。

【校】

①詩題，弘德集、崆峒集、曹本、徐本作「豫生」。

【箋】

〔一〕豫讓，春秋、戰國間晉人。爲晉卿智瑶家臣。晉出公二十二年（前四五三）趙、韓、魏共滅智氏。豫讓以漆塗身，吞炭使啞，暗伏橋下，謀刺趙襄子未遂，後爲趙襄子所捕。臨死，求得趙襄子衣服，拔劍擊斬其衣，以示爲主復仇，然後伏劍自殺。見史記刺客列傳。吕氏春秋論威：「冉叔誓必死於田侯，而齊國皆懼；豫讓必死於襄子，而趙氏皆恐；成荆致死於韓主，而周人皆畏。」後亦泛指刺客。據李空同先生年表，作於弘治十三年（一五〇〇）奉命犒榆林軍時。

怨歌行〔一〕

怨違情有悲，歡聚理無欺。歡怨非中則，感離難重持。纔見春華交，倏已晨露滋。秋風吹羅袂，團扇不復施。團扇與羅袂，用舍各有時。炎寒啓迭運，超曠多遠期。勿徒歎捐棄，恩愛倘中移。

【箋】

〔一〕怨歌行，樂府楚調曲名。相傳春秋楚卞和獻玉遭刑，作怨歌行。古辭今存「天德悠且長」一篇。曹植及南朝梁武帝等皆有擬作，都以此爲標題。或以爲即團扇歌，爲漢班婕妤失寵於成帝，託辭於紈扇而作。見樂府詩集相和歌辭十六怨詩行宋郭茂倩題解。

葑菲歎〔一〕

菁菁田中葑，與與疆上菲。托根豈誠異，敷葉爲誰美？采掇女心歎，遵路勞情理。鮮莖入素手，終朝不盈筐。置之獨長惋，拉淚沾衣裏。白華肇卑薄，谷風啓怨誹。色衰使交離，棄美因下體。空瞻寸晷旋，倏見嚴飆起。徒持履霜戒，誰念御冬旨。吟歎非貞喻，托物聊在此。

【箋】

〔一〕詩邶風谷風：「采葑采菲，無以下體。」鄭玄箋：「此二菜者，蔓菁與葍之類也，皆上下可食，然而其根有美時有惡時，采之者不可以根惡時並棄其葉。」蔓菁，即蕪菁。蕪菁與葍皆屬普通菜蔬。葉與根皆可食。但其根有時略帶苦味，人或因其苦而棄之。後因以「葑菲」用爲鄙陋之人的代稱或作爲一德可取之人的謙辭。鮑照紹古辭：「徒抱忠孝志，猶爲葑菲遷。」據詩意，似作於正德二年因劾劉瑾遭解職歸居開封時。

有夢〔一〕

濡迹古梁郊，託兹洪河疆。流景逝不處，衆草忽已霜。玄雲駭崇原，鳴風激空桑。俟予竟此夕，念獨涕沾裳。人欲天必從，神交詎無方。解襟即幽寐，執袂奉顔光。道睽未終已，舒體各異鄉。鳴鷄在東壁，薄月鑒空牀。精誠諒有合，暫違寧詎傷。

【箋】

〔一〕正德二年（一五〇七）二月，夢陽因參與彈劾劉瑾而「勒致仕」，「歸而潛跡大梁城北黄河之壖故康王城（在今河南尉氏西北），依伯兄孟和，築河上草堂，起翛然臺於後圃，需于堂於草堂之南，閉門却掃，課子弟，聚生徒，怡然終日，「不履城市」（李空同先生年表）。據詩意，似作於此時。

馳景篇〔一〕

小至方浹辰，居然届寒臘。澄空暮霜斂，雲物恣吐納。眷念河關阻，悵望三川楫。城陰多悲風，馳景杳難接。遥憶鹿門駕，緬軫馮驩鋏。

【箋】

〔一〕馳景，謂日光飛馳。樂府詩集舞曲歌辭四晉白紵舞歌二：「羲和馳景逝不停，春露未晞嚴霜零。」據詩意，當作於正德四年（一五〇九）或五年閒居開封時。

時序篇〔一〕

邈矣時序邁，悠悠羈思懸。少歲覿飛龍，振步躡雲煙。揚芬凌紫霄，結駟覽黄淵。王綱祇以穆，四海屢豐年。晨趨謁雲陛，晚沐踏京塵。流觴擁華館，藻翰飛陽春。逸者眷多暇，壯士恥無聞。徒閲芳華改，何有尺寸勛。日月不我待，倏忽星運移。抱疴届兹夕，憮然傷夙期。玄髪難久恃，毋令達者嗤。

【箋】

〔一〕時序篇，疑爲作者自擬詩題。陸機贈尚書郎顧彦先詩：「淒風迕時序，苦雨遂成霖。」文選李善注：「莊子曰：陰陽四時運行，各得其序。」劉勰文心雕龍時序：「故知文變染乎世情，興廢繫乎時序。」據詩意，似作於正德年間閒居開封時。

歲晏行〔一〕

歲晏幽陰積，寒霖夕館空。浮雲起城闕，浩眇安可窮。悠揚横太虚，回薄蔽鴻蒙。我有一叢蘭，種之良亦難。飄風忽來吹，零露苦相殘。勸君留此草，蕭艾不可寶。

【箋】

〔一〕歲晏行，樂府名。杜甫作有歲晏行詩。據詩意，似作於正德年間閒居大梁時。

苦熱篇〔一〕

大運互伸縮，二儀每驕蹇。陽威苟不烈，陰馭何能反？避暑躡清樹，拭汗望幽巘。密緑暵豐林，萋蕪萎修坂。逃飲豈其性？對食不能飯。嗟彼馳騁子，晨暮各忘返。執熱古有經，愚智詎相遠。何當蘇海宇，余亦遂仰偃。

其二

伏陰會當升，愆陽固有期。墻茨覆鮮實，蟪蛄夕以哀。所虞大火流，即值涼霜催。軒轅製六律，大舜彈鳴絲。四氣爲之和，民生寡憂思。古理日云邈，季運安所師？我懷良已永，炎曜況倭遲。願言惠清飆，颯然均此施。

【箋】

〔一〕據詩意，似作於正德五年左右，閒居開封時。

值雪詠懷〔一〕

索居倦晨暮，沓沓傷歲窮。玄雲爲誰屯？流霏夜常風。映隙既窈窕，穿窗亦玲瓏。凌高似有綴，填卑忽若崇。哀多雖稱物，益寡竟誰功？匪無盈尊酒，斟酌解我忡。途路悵伊阻，佳期杳莫同。握瑾惜楚老，投瑶怨國風。人欲天必從，精感理能通。鍾弦曠易絶，郢調寡彌工。持爲知音説，庶以折其衷。

【箋】

〔一〕按，此首與以下苦寒行、行省樹下、卧疾二首，皆收入弘德集卷十一，當作於弘治、正德年間。

苦寒行〔一〕

白日斂光曜，北風如劍刃。澤堅走鳴車，冰雪峙千仞。登高望四海，四海水將結。蛟蛇壅巢窟，虎豹潛於穴。巑岏太行谷，蒼莽陰山戍。沙磧晝飛霜，壘門吹烈風。鳥雀墮巖壁，黄狐嘯空城。居人掩關卧，客子無復行。

【箋】

〔一〕苦寒行，樂府名。據李空同先生年表，此詩作於弘治十三年（一五〇〇）奉命犒榆林軍時。

行省樹下

中林淼雨積，蕪徑晷日薄。衆鳥集於樾，鵷風眇焉託。披雲矚岑觀，縹緲三阿閣。踽踽懷昔賢，擾擾疾棼錯。夷猶攀榮柯，慷慨念幽壑。

卧疾〔一〕

寒飆振疏牖，十日歲華改。王孫怨修路，芳草若相待。寸心百慮嬰，移疾屢朝晦。范甑蛛網生，翟門雀羅在。歎息中林蕙，望望何能采？

其二

眠痾感歲晏，中意長刺刺。展策不能讀，對酒寡歡懌。晨風激幽林，堅冰滿川澤。短景不可駐，倏忽變昕夕。飛雲迅南征，歸鳥厲其翼。地北常苦寒，寤寐想温域。

【箋】

〔一〕據詩中意境，此詩似作於弘治十年冬在華池養病時。按，據李空同先生年表：弘治八年三月，夢陽歸葬母高夫人於慶陽高家坪，逾月父李正亦以疾終。七月，合葬父母。十年冬「以盜警寓華池，病恤幾殆，尋愈」。

李夢陽集校箋卷十　五言古二

感述二

雨後往視田園同田熊二子〔一〕

鳥性悦儔匹，人情豈無慕？亟見不云數，獨行必相呼去聲。昨有城上眺，今復郭南步。膏雨回原緑，豐林宿殘霧。久蕪慨我廬，旱水兩妨誤。夏禾既岑漠，秋秫庶能穫。釀具粗已足，念子有長路。

其二

雨暵①自有期，歲功詎云差。昨來偶滂沱，萬物皆顏華。晴晨子見過，毅然巾我車。荒徑蹄轍稀，澤國疏桑麻。長風起修林，夕響連蒹葭。芃芃南山豆②，離離東陵瓜。懷古看行雲，矯首徒咨嗟。

【校】

①暵，原作「歎」，據四庫本改。　②豆，原作「頭」，據四庫本改。

【箋】

〔一〕田、熊二子，田，指田汝耔，汝耔之弟。本朝分省人物考卷八十六田汝耔傳：「田汝耔字勤父，祥符縣人，弘治乙丑舉進士，選給事中，……弟汝棘以鄉薦爲兵部司務，詩文藻麗，與兄並美焉。」雍正河南通志卷六十五文苑亦載：「田汝耔字勤甫，祥符人。弘治乙丑進士，授刑科給事中，歷仕至湖廣副使。予告歸，力田養母，以經籍自娱，著周易纂義、律吕會通、采葑、歸田二集。弟汝棘，以鄉薦爲兵部司務，詩文藻麗，與兄並美焉。」又列朝詩集小傳丙集田司務汝棘：「汝棘字深甫，祥符人。遊於李空同之門，與左國璣齊名，人呼爲田左。少領鄉薦，十三試春官不第，乃謁選官，終兵部司務。性不閑拘執，晚登仕途，常怏怏不快意。南陽李蓘序其詩而刻之。」熊，疑即熊爵，字獻子，祥符（今河南開封）人，正德十六年（一五二一）進士，曾任寧津知縣，嘉靖間先後出任巡按甘肅御史、巡按陝西監察御史、巡按江西監察御史、巡按四川監察御史等。明史藝文志著録其臨洮府志十卷，千頃堂書目卷二十二著録其乾州集二卷，小注：「字缺，祥符人。」夢陽有熊子河西使回三首（卷二十四），小注曰：「是時甘軍殺都御史許銘。」明史世宗本紀載：「嘉靖元年春正月，……己巳，甘州兵亂，殺巡撫都御史許銘。」熊子，即熊爵。嘉靖集收此詩，故當作於嘉靖元年至三年。時夢陽在大梁賦閒。

莊上晚歸車阻於潦渠徒步始達於岸〔一〕

暮醉各言歸，風起草獵獵。潢潦溢中軌，車至不可涉。野黑徑復曲，魚貫踵相躡。良懼蒼耳窟，重爲蜥蜴怯。童稚行我先，溝塍負而躐。世路本夷嶮，人情有驚怗。閒素輕波濤，臨川想維楫。履坦合自咎，長吟詠匏葉。

【箋】

〔一〕莊上，指東莊。夢陽嘉靖集收此詩。故該詩當作於嘉靖元年至三年，時閒居大梁。按，夢陽有新買東莊賓友攜酒往看十絶句（卷三十六），詩作於嘉靖元年，其五云：「今春自買城東園，暇即郊行不憚煩。不應對客誇林竹，日日柴門有駐軒。」李空同先生年表：「嘉靖二年，「是歲，置邊村别墅，日親農事，有菟裘之志焉」。似指買東莊事，然年表有誤，當繫於嘉靖元年。

山夜〔一〕

孤月上東岫，白鶴激秋唳。涼風振溪壑，林影颯搖曳。山居本深静，夜氣復澄霽。冥心向千古，眇焉託真契。

【箋】

〔一〕夢陽嘉靖集收此詩，故該詩當作於嘉靖元年至三年間，時夢陽閒居大梁。

蒸熱三子過我東莊〔一〕

林蜩午不歇，日毒土色赤。鬱言森密裏，時華媚深碧。三人者胡來，無乃不速客。黃公蒼鬢髯〔二〕，二生鄭生作、程生誥頎而皙。入蔭齊解帶，對酒各岸幘。籬萱挺其秀，檻果垂易摘。無言豈爲默，有形忘所役。杯乾時一斟，遽復至西夕。

【箋】

〔一〕三子，即黃彬、鄭作、程誥。據夢陽新買東莊賓友攜酒往看十絕句（卷三十六）其五，詩當作於嘉靖元年以後。李空同先生年表云事在嘉靖二年，有誤。又，夢陽異道篇（卷六十六）曰：「嘉靖丙戌夏，倍熱，戊子更熱。」疑該詩作於嘉靖五年或七年。

〔二〕黃公，據尚書黃公傳（卷五十八），當爲黃紱之子黃彬。此人在正德中至嘉靖八年間與夢陽交遊頗多。按，夢陽有贈蔡氏（卷五十九）曰：「蔡子輟河闈之寄，而守備乎江介，其行也，其友祖焉。北海王子爲之賦江漢，曰：『江漢湯湯，武夫洸洸。』封丘黄子爲之賦北山，曰：『膂力方剛，經營四方。』歙鄭生爲之賦無衣，曰：『王于興師，修我戈矛。』」此封丘黄子，即爲黄彬。尚書黄公傳曰：「尚書黄公者，封丘人也。名紱，字用章。……公年二十六舉進士，始室孫郎中鏞女也，生子楫、霖、彬，封宜人，贈夫人。」明史卷一百八十五黄紱傳載：「（弘治）六年乞休，未行卒。」此黄公不應爲黄紱，當爲其子黄彬。李空同先生年表：「（嘉靖八年九月，）司務黄公彬以詩問疾，公答之詩曰：『平生逸氣横雲海，一病侵冬歷夏秋。小兒弄人古有此，君子知命今何憂。親從江國迎醫返，滿擬家園賦雪遊。載酒爲君何日起，東原松竹翠修修。』」又夢陽黄太夫人八十壽序（卷五十七）曰：「諸郎在者，彬與桓耳。彬工部司務，免居大梁。」則此黄公爲黄紱之子黄彬。二生，即鄭作與程誥，光緒重修安徽通志卷二百二十四人物志有傳，俱歙縣人，均以詩受知於夢陽。

田園雜詩（一）

朝陽曖秋木，凝露未即晞。翩翩啄榴鶯，自驚集復飛。衆穡既登載，我事亦漸稀。晨興坐東牖，兀然對紅薇。嗷嗷一白鶴，北逝將疇依。忍兹稻粱辰，而汝甘長饑。

其二

大車行棘棘，小車轡頟仄。隨分各有營，急者稼與穡。旦出在田野，日入未遑息。長陰下西夕，蕭颯起寒色。雲霞變彩氣，照我桑麻國。立看勞者歸，露濡徑不濕。

其三

野清雲氣滿，場功亦云畢。收穫雖有殊，大小各盈室。感茲狼戾年，追念憂苦日。紛然噴其饁，妻子孰遑佚？歲工借寒熱，人事坐勞逸。蕭蕭原野霜，何草不垂實！

其四

壯時掉塵鞅，老乃即農務。值茲田事終，怛然感霜露。原萋日以斂，林華不守故。嚴霜淨游氣，翔鵠在天路。鷃雀躍蓬蒿，啄食不滿嗉。而予竟何言，飯牛髮今素。

其五

田居亦安娛，患者寡朋仇。農談或時歇，仰視蒼雲流。青衿者誰子？道言即我謀。開尊面圃場，剥棗充盤羞。物小意固勤，觴既情仍留。皛皛遠天色，秋暘下林丘。

【箋】

〔一〕據詩意，似作於嘉靖初年詩人閒居大梁時。

【評】

皇明詩選卷二：李舒章曰：不學彭澤，是自灑朗。

秋詩〔一〕

百卉淒以腓，游行散我矚。夕風一何瑟，入園乃華馥。菊也紛其英，修篁積寒緑。人生匪金鐵，榮落譬草木。磬折者誰子？誓死日争逐。賢貴與賤愚，溘去孰還復。鳥雀各有安，無爲智者辱。

其二

北風胡雁急，小禽亦南飛。輕俠群少年，求伺争有爲。弋彈無遺木，畢施在中逵。百發不一獲，用心良足嗤。黄雀墮計中，嗚咷如得依。白鵠舉雲漢，覽之心内悲。小大有分量，瑣瑣豈知微。

【箋】

〔一〕據詩意，似作於嘉靖初年閒居大梁時。

贈寄一

登東城樓晚下樓作贈同遊數子〔一〕

登樓①散涼目，隤然日云暮。逃暑良已厭，戀景復延顧。曠②野起暝色，層闉合昏霧。眷言樓中客，共此城上步。蚊蟲撲面游，蝙蝠時自度。二儀但莽莽，一氣黯迴互。晝夜本定理，明晦非難悟。日入各言息，鐘鳴復馳騖。嶒崒宋帝閣，突兀信陵墓。往似宿沙禽，來如綴花露。徙倚千仞梯，長謡發悲愫。

其二

盛陽麗樓臺，爛如錦繡錯。日入暝煙起，俯視但冥漠。即此悟人理，天道固可度。動静啟晦明，代謝有今昨。涼飆逐夕興，迴聲滿虚閣。四顧水明滅，宿鳥喧相索。啞啞啼城烏，噭噭上雲鶴。忉怛感晨暮，徙倚罷觴酌。北斗忽復低，西月隱長薄。閃爍海光動，翕沓氛霧廓。無恃黑頭在，早定滄洲約。

【校】

①樓，嘉靖集作「高」。　②曠，嘉靖集作「廣」。

【箋】

〔一〕東城樓，即開封城東樓。嘉靖集收此詩。該集所收限於嘉靖元年至三年間，故此詩當作於這一時期。時夢陽閒居大梁。

寄贈端溪子〔一〕

歎鳳世已遠，悲麟竟何爲。蘭蕙秘幽巖，蕭艾盈路岐。君子抱明德，傷也誰復知？隨流非我心，特立乃見疑。亭亭南山松，匪無霜霰摧。寒蕤但不改，孤貞常自持。

其二

智者尚高契，達人慕希聲。曠世有相感，同時悵難並。烈風起玄朔，百卉忽以零。登高望所思，慨焉念徂征。鴻雁序翅飛，麌鹿呦呦鳴。爲言明馨子，盍簪終有成。

【箋】

〔一〕端溪子，指王崇慶，字端徵，號端溪、海樵子。開州（今河南濮陽）人。正德三年（一五〇八）進士。據國朝列卿紀卷一百三十三所載其行實、趙時春趙浚谷文集之海樵子序、王端溪關西詩序等：王崇慶曾官户部主事、山西僉事、河南按察司提學副使、陝西行太僕寺卿、四川左布政使、南京禮部尚書。著有海樵子集等。據國朝列卿紀卷一百三十三王崇慶行實：王在嘉靖初任河南提學副使。又據嘉靖開州志，王在「嘉靖四年，以年老歸養」。夢陽之嘉靖集輯有該詩，而該集又標有「元年、二年、三年」之寫作年代，故此詩當作於嘉靖元年或嘉靖三年（一五二四），時詩人閒居開封，王崇慶或在山西任官，或已返鄉。據瞿景淳明故資政大夫南京吏部尚書端溪王公墓表，嘉靖開州志記載有誤，當爲「以母老歸養」。

贈蒼谷子〔一〕

玄雲翳白日，積陰何漫漫。風氣日以淒，泥雨常不乾。漂籜委川塗，百卉良可歎。覽物懷伊人，撫時悲涼寒。憂來如亂絲，理之棼無端。爲霜念逝鴇，多露怨芳蘭。所嗟聲影隔，匪懼馨香殘。徒把瑶華音，長謡望林巒。

【箋】

〔一〕蒼谷子，指王尚絅，本朝分省人物考卷九十有傳。列朝詩集小傳丙集王布政尚絅：尚絅字錦夫，號蒼谷，郟縣（今屬河南）人。弘治十五年（一五〇二）進士。曾官兵部職方司主事、吏部郎中，山西、四川、陝西參政，正德十五年，任浙江右布政使。後卒於官。著有蒼谷先生集十二卷。朱睦㮮撰有浙江右布政使王公尚絅傳略（載國朝獻徵録卷八十四），詳其生平。又雍正山西通志卷八十五名宦三載：「王尚絅，郟縣人。進士。正德間參政，恤民均惠，善政纍纍，未幾，以親老疏歸，居家十九年，交薦不起，後起復山西參政，升浙江右布政使，德行文章與李、何齊名。」蒼谷先生集卷二有玄雲篇寄李空同詩，是其步韻之作。按，夢陽嘉靖集收此詩，故該詩當作於嘉靖元年至三年間，時詩人閒居開封。

【評】

楊慎李空同詩選評：用毛詩，語妙，「多露」，人能用之，「爲霜」，非公不能用也。

贈青石子〔一〕

高鳥有違群，離獸多悲音。懿彼婉孌子，悵焉①分此襟。朝發南河隅，夕暮乃北岑。玄雲既無極，黄波浩且深。君其四海翔，無言還舊林。

其二

季秋凋群木，寒潦濫中軌。笳鼓濟方舟，軒車匝河涘。攀德惜遥邁，悵分睇馳晷。采蘭徒情結，把菊爲誰美。願子厚衣襦，霜露自兹始。

【校】

①焉，列朝作「然」。

【箋】

〔一〕青石子，即翟瓚。瓚字廷獻，號青石子，昌邑（今屬山東）人。正德九年（一五一四）進士。曾官工科給事中，任河南按察司副使、湖廣按察使、右僉都御史兼湖廣巡撫等。據陳田明詩紀事戊籤卷十二：翟瓚善詩，有蟲吟草行世。夢陽有贈翟大夫序（卷五十四），末云：「大夫某名，某字，號青石子，昌邑人也。其爲副使也，則嘉靖二年夏也。」夢陽所編嘉靖集收録此詩，而該集又標有「元年、二年、三年」之寫作年代，故此詩似作於嘉靖二年左右。

【評】

王夫之明詩評選卷四：此亦自關性靈，亦自有餘於風韻，立北地於風雅中，恰可得斯道一位座。乃苦自尊己甚，推高之者又不虞而譽，遂使幾爲惡詩作俑，亦北地之不幸。要以平情論之，北地天才自出公安下，六義之旨亦墮一偏，不得如公安之大全。至於引情動思，含深出顯，分脛臂，立規宇，驅俗劣，安襟度，高出於竟陵者，不啻華族之視儈魁，此皇明詩體三變之定論也。乃以一代宗工論之，則三家者，皆不足以相當。前如伯温、來儀、希哲、九逵，後如義仍，自足鼓吹四始。三家者豈横得譽，亦横得毁，如吴、越争霸，春秋之所必略，蝸角虚争，徒勞而已。三家之興，各有徒衆，北地之裔，怒聲醉呶，掣如狂兕，康德涵、何大復而下，愈流愈莽；公安乍起，即爲竟陵所奪，其黨未盛，故其敗未極，以俗誕而壞公安之風矩者，雷何思、江進之數子而已；若竟陵，則普天率土幹死時文之經生，拾沈行乞之遊客，樂其酸俗淫佻而易從之，乃至鬻色老嫗，且爲分壇坫之半席，則回思北地，又不勝朱弦疏越之想。夕堂騖一代之詩，直取三家，置之是非之外，以活眼旁觀，取其合者，其餘一置而不論。聊爾長言，如廷尉就三家村判婦姑唇舌，多言數窮，吾其愧矣。

贈劉潛〔一〕

人生無常因，飄如風中雲。昔别大江隅，今也長河①濆。涼飆起霜夕，隕葉何紛紛。我菊有佳色，毅然獨芳芬。遲速良有時，勉哉樹高勛。

【校】

①河，原作「江」，據四庫本改。

【箋】

〔一〕夢陽嘉靖集收此詩，故該詩當作於嘉靖元年至三年間。時夢陽閒居大梁。按，雍正江西通志卷九十四人物引府志：「劉潛字孔昭，贛縣人。少嗜學，性端方，讀經史，必正衣冠肅容。正德癸酉，舉於鄉，令銅陵，聞王文成講學於虔，乞歸受業，家居十餘年，郡學者多宗之。」千頃堂書目卷十三五行類著録劉潛堪輿秘傳一卷。據詩意，或即其人。見劉處士墓志銘（卷四十五）。

贈崔子〔一〕

鯤魚游北溟，鳳鳥翔南涯。扶摇非無運，鳴世自有期。顯夫競鐘鼎，遁士潛蒿藜。駟馬豈不榮，泉石安且怡。悠悠西山人〔二〕，匪爲薇蕨饑。寄言青雲客，策勛及今兹。

【箋】

〔一〕夢陽嘉靖集收此詩，故該詩當作於嘉靖元年至三年間。時詩人在開封賦閒。按，崔子，疑爲崔銑，字仲鳧，一字子鍾，安陽（今屬河南）人，弘治十八年（一五〇五）進士，選庶吉士，授編修。正德中，預修孝宗實録。後充經筵講官，進侍讀。世宗即位，擢南京國子監祭酒、南京禮部右侍郎，卒贈禮部尚書，謚文敏。明郭璞有崔文敏公傳（載郭文簡公文集卷一），詳其生平。本朝分省人物考卷八十九、明史卷二百八十有傳。夢陽卒，銑爲其撰墓志銘。據明史崔銑傳：「瑾敗，召復故官，充經筵講官，進侍讀。引疾歸，作後渠書屋，讀書講學其中。世宗即位，擢南京國子監祭酒。」疑此詩當作於嘉靖元年，時崔銑尚未授官。

〔二〕西山，指首陽山。在今山西永濟南。相傳伯夷、叔齊隱居於此。晉陸機演連珠之四十八：「是以吞縱之彊不能反蹈海之志，漂櫓之威不能降西山之節。」

贈孫生〔一〕

古人種桃李，不爲搴其花。君子振英芬，豈在文與華？炎陽赫晴彩，百卉流丹霞。蕡彼東園實，纍纍一何嘉。采者自成蹊，舉世徒咨嗟。

【箋】

〔一〕孫生，不詳。夢陽嘉靖集收此詩，故該詩當作於嘉靖元年至三年間。又，詩中有「蕡彼東園實，纍纍一何嘉」一句，夢陽有新買東莊賓友攜酒往看十絶句（卷三十六），詩作於嘉靖元年，其五云：「今春自買城東園，暇即郊行不憚煩。不應對客誇林竹，日日柴門有駐軒。」東園，即東莊。故該詩當作於嘉靖元年或稍後。時夢陽在大梁賦閒。

贈王生〔一〕

鳳鳥世希有，衆人常見疑。一朝下西周，戛焉鳴高岐。光彩照四極，觀者驚以咨。神物恥自衒，卑鄙甘見欺。驥馬匪伯樂，鹽車空號悲。煒煒豐城劍〔二〕，非華誰固知？

其二

伯牙違鍾期，有琴不復彈。茲意奚以取，良爲知音難。得失有榮枯，合離成怨歡。黄鵠戾天雲，玄鴻漸河干。淺夫貴多矜，狹士賤自殘。幸子固明志，顯塞察所安。

【箋】

〔一〕夢陽嘉靖集收此詩，故當作於嘉靖元年至三年間。時詩人閒居開封。王生，疑爲王教，字庸之，祥符（今河南開封）人，嘉靖二年（一五二三）進士，官至南京兵部右侍郎。著有中川遺稿三十三卷。本朝分省人物考卷八十七有傳。

〔二〕豐城，西晉太康元年（二八〇）以富城縣改名，屬豫章郡。隋平陳廢，開皇十二年（五九二）復置，治所在今豐城東二十里石灘鄉故縣村。元至元二十三年（一二八六）升爲富州，明洪武二年（一三六九）復爲豐城縣，屬南昌府。

豐城劍，晉書張華傳謂吴滅晉興之際，天空斗牛之間常有紫氣。張華聞雷煥妙達緯象，乃邀與共觀天文。煥曰「斗牛之間頗有異氣」，是「寶劍之精，上徹於天耳」，並謂劍在豫章豐城。華即補煥爲豐城令，「煥到縣，掘獄屋基，入地四丈餘，得一石函，光氣非常，中有雙劍，並刻題，一曰龍泉，一曰太阿。其夕斗牛間氣不復見焉」。後世詩文用「豐城劍」讚美傑出人才，或謂傑出人才有待識者發現。

贈崔生〔一〕

伊昔振我衣，連步千仞岡。巖谷窈疑阻，岐徑回羊腸。與者咸莫從，子也乃同行。舉首撼天樞，縱目攬大洋。星斗何歷歷，海波浩茫茫。登山貴及顛，涉水非無航。願言窮高深，念哉毋相忘。

【箋】

〔一〕夢陽嘉靖集收此詩，該詩疑作於嘉靖元年。崔生，疑即崔銑。時崔銑尚未授官，夢陽在大梁賦閒。見贈崔子（卷十）箋。

贈魏子〔一〕

霖潦久乃歇，晨興送還輈。野寒泥淖盛，念兹途路修。人生苟相許，豈必曾綢繆！踟躕東路岐，贈子雙吳鈎。

其二

八月浙潮滿，念子鼓南楫。海月團會峰，山風①下江葉。里閈多宴娱，仕宦有榮業。早回北向轅，晝日望三接。

【校】

①風，原作「峰」，據嘉靖集改。

【箋】

〔一〕魏子，疑即魏有本。萬曆紹興府志卷四十一載：「魏有本字伯深，餘姚人，起家寒素。登正德辛巳進士，官御史，首劾武定侯郭勛貪恣，宜奪其兵柄。……世廟怒，調外任，……會臺省亦交章留之，詔復御史。尋按蘇松四郡，有風裁，累遷僉都御史，撫河南，值歲大侵，屢疏蠲賑，民賴以安。最後以右都御史總漕運，引疾歸。……卒，贈南工尚書。」千頃堂書目卷二十二著録其淺齋文集，小注曰：「字伯深，餘姚人，右都御史，贈兵部尚書。」據袁煒都察院右都御史贈工部尚書魏公有本墓誌銘：「會修武廟實録，充南畿采纂使。」嘉靖集收此詩，故詩當作於嘉靖初年。時夢陽在大梁賦閒。

三十篇贈醫李鄭張〔一〕

嚴飆厲時威，槁葉下榮木。春風一以敷，病草奄回緑。天道豈常肅，人事有還復。七情既吾賊，六淫乃爲殰。農經發玄旨，軒問擴英馥。代殊理易昧，行乖計相逐。陳荄抱緜息，寒根藴真育。李生起專門，鄭子振空谷。張也剖金匱，奏效更神速。飲橘秖自衒，種杏亦可恧。誦我三十篇，聊以助清穆。

【箋】

〔一〕夢陽嘉靖集收此詩，該詩當作於嘉靖元年至三年間。時夢陽閒居大梁。李、鄭、張，李即李濂，字川父，號嵩渚山人。祥符（今河南開封）人。正德八年（一五一三）爲河南鄉試第一名，次年，舉進士。此後，與何景明、薛君采組織都亭社，相互酬唱。正德十年官沔陽（今湖北仙桃）知州。四庫全書總目卷一百七十六嵩渚集提要云：「濂少年嘗作理情賦，其友左國璣持以示李夢陽，夢陽大嗟賞，訪之吹臺，濂自此聲馳河洛間。既罷歸，益肆力於學，遂以古文名於時。」本朝分省人物考卷八十七、明史卷二百八十六、列朝詩集小傳丙集有傳。李濂一生著述豐富，著有祥符鄉賢傳八卷、祥符文獻志十七卷、汴京遺蹟志二十四卷、醫史十卷、李氏居室記五卷、嵩渚文集一百卷、觀政集一卷等。

鄭，即鄭作。夢陽蒸熱三子過我東莊（卷十）曰：「黄公蒼鬚髯，二生頎而皙。」「二生」下自注：「鄭生作、程生誥。」生平見和方山子歌（卷八）箋。

張，據列朝詩集小傳丙集，疑爲張詩，曰：「詩字子言，北平人。……學舉業於呂涇野，學詩於何大復。順天府試士，令自負桌凳以進，拂衣而去。北渡滹沱，陟太行，廣覽黄河、素汾，遍遊洛川、伊闕，南走留都，上金、焦，歷吴、會，探禹穴，還大梁，晤李空同於吹臺，哭大復於汝南，乃旋京師。」

寺游別熊子〔一〕

天地固常爾，遇之情不同。但看摇夏樹，何似飛秋蓬。古來怨離人，豈必窮與通。默默兩無語，坐披琳殿風。

其二

夕風起涼閣，入耳松㨍㨍。當此佳勝區，誰忍遽離析。檐鸛戛戛鳴，藋翠滿衣席。異時冠蓋場，倘憶幽賞跡。

其三

散眸七寶地，觴爾孤雲臺。一望碧煙合，四面清風來。流影蕩我前，炎樹生秋哀。一笑問天地，劫灰安在哉！

其四

獨立臺上閣，俯①兹城下湖。爲問黄金魚，徑尺今有無。愚者人盡笑，賢之乃謗誣。二者吾適從，不如乘海桴。

【校】

①俯，原作「仰」，據四庫本改。

【箋】

〔一〕夢陽嘉靖集收此詩，該詩當作於嘉靖元年熊子赴河西前，時夢陽在開封閒居。熊子，疑即熊爵，字獻子，祥符人，正德十六年（一五二一）進士，曾任寧津知縣，嘉靖間先後出任巡按甘肅御史、巡按陝西監察御史等。夢陽有熊子河西使回三首（卷二十四），小注曰：「是時甘軍殺都御史許銘。」即此熊爵。又明史世宗本紀載：「嘉靖元年春正月，……己巳，甘州兵亂，殺巡撫都御史許銘。」故此詩當作於嘉靖元年前。有學者以爲熊卓，誤。按，熊卓卒於正德四年，夢陽在江西任官時作有熊御史卓墓感述（卷十二）、熊士選祭文（卷六十四），亦可證。

甲申中秋寄陽明子〔一〕

風林秋色靜，獨坐上清月。眷兹千里共，眇焉望吴越。窈窕陽明洞，律兀芙蓉闕。可望不可即，江濤滚山雪。

【箋】

〔一〕陽明子，即王守仁，字伯安，號陽明，浙江餘姚人。弘治九年（一四九六）進士，除刑部主事，改兵部主事。因劾宦官劉瑾，謫龍場驛（在今貴州修文）丞。後被起用，任左僉都御史兼南贛巡撫，以平定寧王朱宸濠之亂，封新建伯，總督兩廣。正德末退官。嘉靖八年卒，謚文成。有王文成全書一百二十八卷。明史卷一百九十五有傳。列朝詩集小傳丙集王新建守仁載：「先生在郎署，與李空同諸人遊，刻意爲詞章。」甲申，指嘉靖三年（一五二四），時王守仁在家鄉講學，夢陽亦閒居大梁。嘉靖集收此詩。

贈李世德〔一〕

豢畜不生麟，鸞穴無鸖鴞。求水貴求源，佳木無惡條。李門世清修，三輩燁雄超。黄扉早殺翮，中葉乃淪凋。生也困逾勵，奮飛竟雲霄。大鈞斡神化，萬物隨生消。英英畹中蕙，化爲艾與蕭。願堅謀始心，全我金石要。

【箋】

〔一〕據明俞汝楫禮部志稿卷四十四歷官表：李世德，河南祥符人，舉人。嘉靖二十五年任禮部司務，調教諭，升國子監助教、南京户部主事。又據萬曆開封府志卷十二科目，李世德中嘉靖四年乙酉科舉人。雍正浙江通志卷一百十七職官七亦載：「李世德，嘉靖間任北關户部分司，字繼之，祥符人。」即其人，當是夢陽弟子。據詩意，當作於嘉靖四年前後閒居大梁時。

寄贈玉溪子〔一〕

松蕙不棲蟬，熊皮不上蟻。秉性死不易，斯足驗人理。苟投信若飴，義交固如水。如水遐則思，若飴背乃毁。悠悠徂暑月，眷眷念君子。霍雲停復飛，汾水蕩而駛。山西迴夕陽，皎如覯光美。徒操孤絶弦，歎息竟何以！

【箋】

〔一〕玉溪子，即王溱，字公濟，號玉溪子。開州（今河南濮陽）人。御選明詩姓名爵里二：「王溱，字公濟，開州人。正德辛未(六年)進士，除知沁水縣，擢廣西道監察御史，知平陽府，遷鹽運使。」著有玉溪詩集。按，詩中有「霍雲停復飛，汾水蕩而駛」幾句，可知此詩似作於王任職沁水期間。又據明武宗實録：王溱於正德十年改升南京試監察御史巡按廣西道。故此詩似作於正德九年前後。王溱後於嘉靖初年巡按河南，與夢陽多有交往。

初秋上方寺别程生①〔一〕

勝地亮常爾，佳士難屢並。未窮結駟游，遽復揚帆行。古林鬱城隅，石門敞幽清。趁風選濃蔭，布席觴群英。竹涼時自來，殘暑驕未平。戒飲今二期，爲子杯一傾。義投不在故，跡遠心自縈。念兹徘徊意，時哉樹嘉名。

【校】

①詩題，曹本作「初秋上方寺别鄭生」。

【箋】

〔一〕上方寺，明一統志卷二十六河南布政司開封府上：「在府城内東北隅，宋慶曆中建，俗名鐵塔寺。」宋稱開寶寺塔，寺内有琉璃磚塔，遠看似鐵，故名。程生，指程誥，生平見孤鴻篇壽程生大母(卷七)箋。據詩意，當作於嘉靖初年詩人閒居大梁時。

贈鄭生〔一〕

杪秋木葉脱，霜露告成歲。驅車遡寒郊，觸物念征邁。戒舟有程日，維駒阻心愛。所幸旦暮留，前途或風瀨。

其二

伊予解組歸，汝也美少年。駿馬臂兩弓，射獵梁王川。感子重意氣，授之黄金鞭。萬里不易致，悲鳴爲誰前。

其三

英英百尋木，時至乃黄落。楚楚清俊郎，還家鬢蕭索。桂樹寒正榮，溪魚白而躍。山行采瑶草，寄我長生藥。

【箋】

〔一〕鄭生，似指鄭作。生平見和方山子歌（卷八）箋。梁王川，當在開封東南部。夢陽方山子集序（卷五十一）曰：「嘉靖五年，鄭生年四十七歲，病痰核，不忺於遊，將返舟歸方山，繹舊業，讀書巖穴松桂間，空同子送之郊。」據詩意，似作於嘉靖五年前詩人閒居大梁時。

【評】

皇明詩選卷二：宋轅文曰：稍近唐音。

寄程生〔一〕

河日淡莽莽，飄風但塵沙。陰陽爲誰爭，時至枯亦葩。念離傷歲窮，懷音怨途賒。彼美杳何許，孤吟弄瑤華。夜攬海門月，晨吸波上霞。苦心誰固知？延望長自嗟。浦雁回故翼，汀蘭茁新芽。無負汴上約，梁園多奇花〔二〕。

【箋】

〔一〕程生，指程誥，生平見孤鵠篇壽程生大母（卷七）箋。據詩意，似作於嘉靖初年閒居大梁時。

〔二〕梁園，西漢梁孝王所建東苑。故址在今河南商丘睢陽區。園林規模宏大，方三百餘里，宮室相連屬，供遊賞馳獵。梁孝王廣納賓客於其中，當時名士司馬相如、枚乘、鄒陽均爲座上客。也稱兔園、梁苑。事見史記梁孝王世家。後以代開封一帶。

贈梅國子〔一〕

烈士有心許，佳人重情歡。投義既不易，識者良獨難。清秋理瑶瑟，爲君發高彈。一曲未云亂，仰視孤鴻翻。一舉狹千里，再舉青雲端。我欲從之逝，羽短才力單。聲影中藏之，儻接排風翰。

【箋】

〔一〕梅國子，即劉節，字介夫，號梅國、雪臺子，大庾（今屬江西）人（按，雍正江西通志謂南安人）。弘治十八年（一五〇五）進士，官至山東巡撫、總漕都御史、刑部右侍郎。有梅國集四十二卷。見七夕雪臺子過東莊（卷二十七）箋。明世宗實録卷八十載：嘉靖六年九月，「升河南布政使司右參政劉節爲浙江右布政使」（按，此誤，當爲左參政）。可見，劉節任河南布政使司右參政、左參政在正德十二年至嘉靖六年間。劉節有次空同都垣會宴、空同東莊燕集用前韻等詩（載劉節梅國前集卷八）。該詩當作於嘉靖初年。

贈定齋子〔一〕

水澄萬形一，鏡明别醜好。哲人静以俟，愚者苦紛擾。君本觀海人，揚旆向東道。高步登岱巔，横覽盡洲島。匪云波水浩，衹見衆山小。孔林秋飆入，漂籜委寒草。明禋展躬謁，蕪翳爲涓掃。

【箋】

〔一〕定齋子，即周祚。明李默有明徵仕郎工科左給事中定齋周君墓志銘（載群玉樓集卷七）明史李夢陽傳所謂：「吴人黄省曾、越人周祚，千里致書，願爲弟子。」即此人。嘗寫信給夢陽，願爲弟子。據雍正浙江通志卷一百六十九人物三載：周祚字天保，山陰（今浙江紹興）人，正德十六年（一五二一）進士，授東阿知縣，曾任工科給事中。千頃堂書目卷二十二著録周祚周氏集十五卷。注曰：「字天保，山陰人，工科左給事中。」又著録定齋集四卷，注曰：「玄孫襄緒刊行。」明詩綜卷三十七收録周祚詩三首，曰：「祚字天保，紹興山陰人。正德辛巳進士，除來安知縣，擢給事中，有定齋集。」注曰：「孫仲可云：詩以拔去陳故爲尚，天保樂府婉而厚，古詩醇而鉅，近體脱略纖冶，非自空同出邪。詩話：給事同懷兄弟四人皆取甲第而能不戀熱官，遠師北地，遊心風雅，即其不以門望驕人，可以停澆激薄矣。集四卷，玄孫工部郎襄緒刊行之。」列朝詩集小傳丙集周祚：「祚字天保，山陰人。正德辛巳進士，歷官給事中，移疾歸，遂不起。當時李空同崛起河洛，東南士大夫多心非其學，天保自越中走使千里致書，稱弟子。南方之士，北學於空同者，越則天保，吴則黄省曾也。」據詩意，當作於正德九年後夢陽閒居大梁時。又，據周祚生平，正德十六年進士，授東阿知縣，不久，丁父憂。嘉靖三年，補來安知縣。詩云「向東道」、「登岱巔」。可見該詩當作於嘉靖二年或稍後周祚任來安知縣前。

李夢陽集校箋卷十一　五言古三

贈寄二

衛上別王子〔一〕

晨風應候至，雞鳴各嚴車。我今游宋中，子當旋舊閭。僕夫理前綏，轅馬悲鳴趨。一別阻秦周，相望萬里餘。首春霜露重，厚汝征衣襦。昔爲同袍士，今在大一隅。故者日以遠，疇能察區區。

其二

税車朝歌里〔二〕，送子輝水陽〔三〕。群雁起高飛，凌風各分翔。敦交多故懷，況乃憂故鄉。征夫愁短日，去馬知路長。童童孤生柏，結根南山旁。願言采此柏，遺我心所當。良無白鵠翼，何以得高頏。

【箋】

〔一〕衛上，即春秋時衛國之地，在今河南輝縣一帶。王子，疑爲王尚絅，生平見贈蒼谷子（卷十）箋。據雍正河南通志卷六十汝州：「嘉靖初年，王尚絅曾任陝西右參政。」又，本朝分省人物考卷九十：「起四川參政，亦不赴。嘉靖丙戌，起陝西。時陝西值虜寇，邃庵自吏部尚書歸，復起三邊總制，見尚絅，喜曰：『吾今日乃知王錦夫也。』即以兵柄付之，不閲月，奏捷。」據詩意，本詩當爲嘉靖五年王氏赴陝前夢陽爲其送別所作。

〔二〕朝歌，在今河南淇縣。商代帝乙、帝辛（紂）的别都。周武王封康叔爲衛侯，項羽封司馬卬爲殷王，皆都於此。

〔三〕輝水，即衛河，顧炎武肇域志卷十五：「衛河，在縣西北五十里。源出河南衛輝府蘇門山，合漳水，經流縣境，起白馬廟至四女樹，七十里北注直沽入海，即今漕運河也。」

【評】

皇明詩選卷二：李舒章曰：音合、情合、氣合。

贈徐禎卿〔一〕

獨處忽不懌，攬衣循東廂。樹木何修修，春風起飄揚。我友駕在門，告言適江湘。倉皇挈玉壺，追送臨河陽。顧瞻兩飛鳧，並戲水中央。翩翩厲羽翮，鳴聲一何長。奈何游客子，一別永相望。時澤亮有周，天命固其當①。薄終義所劣，別離庸詎傷。懿彼回路贈，慷慨申此章。

【校】

①當，百家詩、詩綜、四庫本作「常」。

【箋】

〔一〕徐禎卿字昌穀，一字昌國，吴縣（今江蘇蘇州）人，弘治十八年（一五〇五）進士。「除大理寺左寺副，乞徙南就養，會失囚，降國子監博士」（列朝詩集小傳丙集徐博士禎卿）。正德六年（一五一一）卒於京，享年三十三歲。王守仁徐昌穀墓志銘曰：「正德辛未，三月丙寅，太學博士徐昌國卒，年三十三。」（王陽明全集卷二十五外集七）少與祝允明、唐寅、文徵明齊名，號「吴中四才子」，「其爲詩喜白居易、劉禹錫，既登第，與李夢陽、何景明遊，悔其少作，改而趨漢魏、盛唐，然故習猶在，故夢陽譏其守而未化」（明史徐禎卿傳）。有迪功集十六卷、談藝録一卷，明史卷二百八十六有傳。從「我友駕在門，告言適江湘」句來看，該詩似寫於正德元年（一五〇六）。徐禎卿重與獻吉書曰：「僕以攝提格之歲仲春南徂，出齊魯之郊，經淮沛之墟，直視平原，蕭條千里。」（載徐迪功集卷六）「攝提格」，按爾雅釋天：「太歲在寅曰攝提格。」即寅年之别稱，是爲正德元年。徐禎卿於此年離開京城，前往湖湘。時夢陽任户部郎中。

【評】

皇明詩選卷二：宋轅文曰：全擬思王。

贈王舍人昇①〔一〕

迅風激高雲，朝日照嘉林。良友忽遠適，惻愴摧我心。川原望靡極，江路浩且深。殊域寡親戚，孤子故難任。荼蓼積愈苦，淚下不可禁。

其二

攬淚瞻林木，韡韡敷華葉。層闉帶廣陌，車馬暮相接。駢裾侈高會，誰念獨守妾。豈不思方舟，川廣不可涉。葑菲遺下體，舉世重紅頰。勸子且寧志，爲恩孰周浹。

【校】

①詩題「昇」，疑當作「昪」，説詳箋〔一〕。

【箋】

〔一〕王舍人昇，疑爲王昪，字廷禮，號玉澗生，長洲（今江蘇蘇州）人。傳見明詩綜卷二十三。舍人，按唐官職，爲中書舍人之簡稱，亦稱「中舍」。唐人入翰林院知制誥者，因其職掌爲前中書舍人之任，故稱。據岑仲勉翰林學士壁記注補六：中書舍人專掌詔誥，或以他官兼知制誥均可稱舍人。明同。按，邊貢有寄王昇舍人二首其一：「不見王子猷，經春復歷夏。有時中宵夢，宛到君堂下。獨把重陽酒，西風白雁回。江南菊花早，應傍美人開。」（華泉集卷七）疑爲同一人。疑此詩作於弘治末至正德初作者任官户部時。

又贈王舍人〔一〕

送美城東陌，還車望上陽〔二〕。觀闕百餘尺，蓉城鬱相望。同在天一隅，子今旋舊疆。經子故所居，我馬立傍徨。

其二

傍徨亦何爲，悵望遠行客。枯桑號天風，時節倏復易。簪紱匪我榮，棄置安所惜。願爲東南風，遂附高翔翮。

其三

勁翮無群棲，靈根豈叢倩。人生非苦匏，安得常相見？動息各有因，況乃異鄉縣。徘徊岐路側，仰視雲中雁。

其四

雁征會來歸，君行何日返？驚風飄馳光，歲月忽已晚。登山采白苓，遺我心繾綣。上言制頽齡，下言助餐飯。

【箋】

〔一〕王舍人，疑即王昇。見前箋。

〔二〕上陽，即上陽宫，唐宫名。高宗時建於洛陽。新唐書地理志二：「上陽宫在禁苑之東，東接皇城之西南隅，上元中置，高宗之季常居以聽政。」唐王建行宫詞：「上陽宫到蓬萊殿，行宫巖巖遥相見。」

【評】

皇明詩選卷二：陳卧子曰：風節英亮。

贈劉氏①〔一〕

晳晳吴中娥，奕奕宛清揚。邂逅此堂隅，瞻顧兩回翔。攘袖發皓齒，列坐無高倡。行雲爲徘徊，順風託馨香。周席莫不歎，側目生②流光。何意芳盛年，峻義明秋霜。於禮誠銷薄，銀漢徒相望。

其二

矯矯雲中鵠，忽忽晨南翔。連翩客游子，駕言逝何方？霜露日夜零，東路悠且長。意欲從子逝，我馬玄以黄。徒思諒無益，欲置難遽忘。愛子千金軀，雙親在高堂。

其三

埋輪國東門，駕舟越洪洋。晨發天北隅，日夕至建康。皇居概太清，陵樹何蒼蒼。白馬服衡軛，飄飖過路旁。敦交豈獨薄，貧賤多顧藏。所志在寧親，榮耀乃其常。

其四

青陽獻嘉歲，玄鳥鳴我堂。遠子念行役，驅車發南疆。豈不誠辛苦，王事切中腸。駪駪泝原薄，拊劍何慨慷。群形冒休澤，朽幹揚朱芳。君子法天造，小人曷能臧。

其五

回車太行谷，結轡登羊腸。羊腸何崔嵬，俯視見大江。大江日東注，游子悲故鄉。故鄉復迢遞，欲濟河無梁。晨起振我纓，駕言行朔方。丈夫貴榮名，臨路徒離傷。

【校】

①詩題，崆峒集、黄本作「贈劉氏五首」；曹本、李本作「贈劉元瑞五首」；弘德集詩題下有序云：

「劉名麟，字元瑞，金陵人也。時以刑部員外郎録朔方之囚。」②生，原作「在」，據四庫本改。

【箋】

〔一〕劉氏，據弘德集、曹本、李本，即劉麟，字元瑞，一字子振，安仁（今江西餘江）人，後流寓長興（今屬浙江），子孫遂隸籍。弘治九年（一四九六）進士。正德初，除刑部主事，歷郎中，知紹興府。劉瑾時歸鄉。瑾誅，起知西安。正德九年（一五一四）升陝西左參政，十年，遷雲南按察使，後謝病歸。嘉靖初，起太僕卿副都御史，引疾，得請，再起大理卿、刑部侍郎，升工部尚書。卒，贈太子太保，謚清惠。工詩文，與顧璘、徐禎卿稱「江東三才子」，又與孫一元、文徵明等往來倡和。著有清惠集十二卷。明史卷一百九十四有傳。按，弘德集小序：「時以刑部員外郎録朔方之囚。」又，此詩其五曰：「晨起振我纓，駕言行朔方。」則當作於正德初年，時夢陽任户部郎中。

【評】

皇明詩選卷二：李舒章曰：渢渢如瑟琴之和聲。

贈徐陸二子

徐名縉，字子容，姑蘇人。陸即深也。〔一〕

清晨思行游，駕車郭西門。凝霜被野陸，莽莽多荊榛。霖雨不歸川，四顧無行人。何意岐路側，悵然獲所親。晤言不須臾，含意俱未申。雲間富才傑〔二〕，具區産名珍〔三〕。一爲時所知，光耀在青雲。情交苟不劣，窮顯非所論。感激平生義，匪爾誰當陳。

【箋】

〔一〕徐陸二子，陸，即陸深。徐，即徐縉，字子容，號崦西，姑蘇（今江蘇蘇州）人。弘治十八年（一五〇五）進士。正德二年（一五〇七）由翰林院庶吉士授編修。據明王世貞弇山堂别集卷四十六載：徐縉於嘉靖五年（一五二六）任侍讀學士，後升詹事府少詹事、吏部左侍郎，約卒於嘉靖中期，謚文敏。著有徐文敏公集六卷。關於徐縉，中國詩學大辭典以爲其「主要活動在明孝宗弘治（一四八八—一五〇五）、武宗正德（一五〇六—一五二一）年間」。不確。嘉靖八年十二月夢陽病卒，徐縉爲之作明江西按察司副使空同李公墓表。皇甫汸徐文敏公祠碑云：徐在翰苑時「與北郡李子夢陽、大梁何子景明、長洲徐子禎卿、鄴郡崔子銑定交筆札，揚榷文藝」。據詩題，似寫於弘治十八年徐縉中進士後。徐縉約卒於嘉靖二十七年。陸深字子淵，上海人，弘治十八年進士，選庶吉士，授編修。歷國子司業、山西提學副使、四川左布政使。嘉靖十六年（一五三七）爲太常卿兼侍讀學士、詹事府詹事，致仕，卒謚文裕。陸深擅書法，工文章，著有儼山集。明史卷二百八十六有傳。

〔二〕雲間，松江縣（今屬上海）古稱。劉義慶世説新語排調：「荀鳴鶴、陸士龍二人未相識，俱會張茂先坐。張令共語。以其並有大才，可勿作常語。陸舉手曰：『雲間陸士龍。』荀答曰：『日下荀鳴鶴。』」明陶宗儀輟耕録詩讖：「『潮逢谷水難興浪，月到雲間便不明。』松江古有此語。谷水、雲間，皆松江别名也。」

〔三〕具區，即太湖。又名震澤、笠澤。周禮夏官職方氏：「東南曰揚州，其山鎮曰會稽，其澤藪曰具區。」爾雅釋地：「吴越之間有具區。」宋孫奕履齋示兒編雜記地名異：「嵩高、外方，一山而名二；具區、震澤，一湖而號殊。」

申州贈何子①〔一〕

翩翩雙黄鵠，凌風各將去。哀鳴岐路側，一步一回顧。何異同心子，失散在中路。别君倏五載，我髮忽已素。今逢不須臾，趨駕一何遽。臨分但踟躕，道語不及故。山川何悠悠，白日奄欲暮。努力愛玉體，慰我長思慕。

【校】

①詩題下，弘德集有小注曰：「何名景明，字仲默。」申州，崆峒集作「信州」。

【箋】

〔一〕申州，有二地：一爲北周改郢州置，治所在平陽縣（今河南信陽南），隋大業二年（六〇六）改爲義州。唐武德四年（六二一）改義陽郡復置，治所在義陽縣（今河南信陽南）。轄境相當今河南信陽市及信陽、羅山二縣地。二爲金末置，治所在南陽（今屬河南）。元至元八年（一二七一）升置南陽府。此當指信陽。

何子，指何景明，字仲默，見送何舍人齎詔南紀諸鎮（卷二十）箋。從「別君倏五載，我髮忽已素」句來看，該詩似作於正德六年。按，據明史何景明傳，正德元年，因劉瑾擅權，景明謝病歸家，與夢陽分別，五年後之正德六年，二人或在信陽會面，似夢陽將赴江西任官，故匆匆別去。

寄康修撰海〔一〕

晨步城西岡，遥望終南岑。荆棘高蔽天，白曜翳以陰。鶏食鸞鳳饑，蛾眉讒妒深。葑菲遺下體，一別成飛沉。出門眺四郊，莽莽悲風吟。海水有可測，傷哉誰諒心？

其二

少陰盛霜雪，崎阻鴻雁饑。荷斧入林谷，日暮誰共歸？林樹窈冥冥，徑路多虎羆。北斗横塞岑，邰野風振悲〔二〕。欲往河無梁，念子忽如迷。榮耀在須臾，亡没誰復知？思附玄鶴翼，從子以高飛。

【箋】

〔一〕康修撰海，即康海，字德涵，號對山，別號滸西山人、沜東漁父、太白山人。武功（今屬陝西）人。

弘治十五年（一五〇二）狀元，曾爲翰林院修撰。著有對山集、武功縣志等。明史卷二百八十六有傳。爲復古派「前七子」之一。「德涵於詩文持論甚高，與李獻吉興起古學，排抑長沙，一時奉爲標的」（列朝詩集小傳丙集康修撰海）。二人交誼深厚。正德三年（一五〇八）五月，夢陽遭劉瑾陷害入獄，據傳有賴康海相救，得以釋放。「本朝文章至成化末益庸靡，海既有俊才，遂與何、李、邊、王輩興起，爲古文扶衰拔溺有力焉。然性豪放，不閑小禮，恃才凌駕人，人多忌之。會劉瑾惡李夢陽，海與夢陽善，因往説瑾以脱夢陽。及瑾敗，人遂指海爲瑾黨，罷去不復用」（本朝分省人物考卷一百零三康海傳）。正德三年八月，康海母喪，欲扶柩歸鄉與父合葬，夢陽爲撰將仕郎平陽府經歷司知事贈儒林郎翰林院修撰康長公墓碑。張治道翰林院修撰對山康先生狀：「戊辰，……丁母憂。……往時京官值親歿，持厚幣求内閣志銘以爲榮，而先生獨不求内閣文，自爲狀，而以鄠杜王敬夫爲志銘，北郡李獻吉爲墓表，皋蘭段德光爲傳。一時文出，見者無不驚歎，以爲漢文復作，……」（明文海卷四百三十三）正德五年八月，劉瑾伏誅，康海亦受牽連而罷官歸鄉。康海作懷李二獻吉詩：「李生當代傑，文賦似班揚。有志摧奸宄，無能立廟廊。飄零依汴水，落魄問衡陽。空抱靈均意，誰人草薦章？」（康對山先生集卷十三）可見二人並未交惡。據詩意，似作於正德五年冬，時夢陽閒居大梁，寄此詩慰之。

〔二〕邰，古國名。周始祖后稷至公劉定居於此。在今陝西武功縣西南。詩大雅生民：「實方實苞，實種實褎。……實穎實栗，即有邰家室。」毛傳：「邰，姜嫄之國也。堯見天因邰而生后稷，故國后稷於邰。」鄭玄箋：「……以此成功，堯改封於邰，就其成國之家室，無變更也。」晉干寶晉紀總論：「至於公劉，遭狄人之亂，去邰之豳。」

【評】

皇明詩選卷二：李舒章曰：時似十九首。臥子曰：覺漢音不遠。

贈王生滇南〔一〕

人生如枯蓬，團團隨風轉。朝猶同一隅，夕暮異鄉縣。鳳皇擇林遊，奮翼思高飛。一飛萬餘里，路澀常苦饑。岑巒造青天，蹊磵何崟嵚。食尋竹實餐，棲必梧桐枝。德音倘不隳，慰我心所期。

【箋】

〔一〕王生，不詳。夢陽送王呈貢赴縣（卷三十五）有「滇南小郭青山繞，花發流鶯一樣啼」之句，或即其人。滇南，雲南省的別稱。雲南本簡稱滇，明清時又因位於國土南部，故名滇南。明許伯衡著有滇南札記。此詩似作於正德年間詩人閒居開封時。

送姪木北上〔一〕

群鴉競時食，孤鴻獨高翔。丈夫四海心，誰能安舊疆。仗劍辭所親，策馬登前岡。歲晏霜露繁，原野何茫茫。草枯禽獸饑，潢潦浩以長。感吟悲蒹葭，試鳴候朝陽。勖哉樹名勛，念兹西頹光。

【箋】

〔一〕姪木，指夢陽兄李孟和之子李木。夢陽爲其母所撰明故李母高氏之壙誌云：「子三：長孟和，義官，次夢陽，次孟章。……孫男四：曰根、曰木、曰枝，親見其長；曰葉，但見其生。」又，夢陽南園翁九十壽序（卷五十七）曰：「二孫之過大梁也，以其言告李木，李木曰：『言生者，拘諸氣者也；積者，修諸志者也；養者，兼乎外者也；爲者，專乎内者也。』」即此人。據詩意，似爲正德年間送李木赴京考試之作。

送秦氏 秦名文，字從簡，台州人。〔一〕

健足慕千里，倦翮常卑安。陶子重折腰，貢生乃彈冠。黄龍日南游，長江浩瀾瀾。竹實匪不甘，鳳孤誰爲歡？故廬倚青松，懸崖激鳴湍。返真謝形役，庶以成盤桓。

【箋】

〔一〕雍正浙江通志卷一百三十一選舉九：弘治六年（一四九三）癸丑科毛澄榜，「秦文，臨海人，河南參政」。又卷一百六十九人物三：「秦文，獻徵録：字從簡，臨海人。弘治癸丑進士，授行人。正德中遷刑部郎中。時逆瑾亂政，羅織京朝官，文以身殉法，讞獄精明，瑾竟不能害。遷貴州提學副使，改陝西兩督學政，以抑奔競斥浮薄爲先，士習爲之丕變。遷河南布政司左參政，抵任，睹河洛居民凋敝，而武宗巡遊，調度日急，遂告病歸。」按，鄭度撰河南左參政秦先生文墓志，載國朝獻徵録卷九十二。據明武宗實録卷七十二：正德六年（一五一一）二月，朝廷下詔秦文起任貴州按察司提學副使，夢陽起任江西按察司提學副使。此詩疑作於正德六年，其時夢陽起任江西提學副使。按，詩中「貢生乃彈冠」，據漢書王吉傳：「吉與貢禹爲友，世稱『王陽在位，貢公彈冠』，言其取捨同也。」本謂王吉（王陽）、貢禹友善，王吉做官，貢禹也準備出仕。後以「彈冠相慶」指互相慶賀。夢陽用此典與二人起用本事合。又，「長江浩瀾瀾」，亦當指夢陽起任江西提學副使事。

送谷氏〔一〕

零雨晨微微，艾葉何旆旆。端居輟中憂，駕言送征邁。黄河流湯湯，飛雲下燕代。臨汀羅觴俎，趁景徙傾蓋。轅馬望路鳴，僕夫整衣帶。孰非金章客，子也獨所愛。行行樹聲猷，及此明良會。

【箋】

〔一〕谷氏，疑即谷宇齡。或爲夢陽弟子。萬姓統譜卷一百一十二：「谷宇齡，字道延，祥符人，嘉靖乙未進士，任知縣。」按，夢陽代同榜序齒録序（卷五十二）曰：「嘉靖五年秋八月，河南鄉試成，業以其名並文録之獻矣，於是榜中士谷宇齡等，乃相謀爲私録而齒序焉。」又，萬曆開封府志卷十二「乙酉科」：「谷宇齡，祥符人，解元，乙未進士，通判。」谷宇齡中嘉靖四年鄉試，此詩似作於谷氏中舉前之正德末年。

別李氏〔一〕

逸禽恥淹棲，良駟競先步。出門有行游，諸所豈得顧？辭燕戀舊壘，渚雁企高騖。情誠有猝，心期固其素。匪無便儇子，新人不逮故。踟躕野飆夕，分手即前路。

其二

前路乃何之，迢迢夢雲澤①。霖雨暮戢戢，囑子且停軛。隕籜委川徑，潢潦浩以白。熒熒雙龍劍，佩服我所惜。水行蛇蟲匿，陸邁虎兕辟。願言奉心歡，庶與備朝夕。

【校】

①夢雲澤，疑當作「雲夢澤」。

【箋】

〔一〕李氏，不詳。疑即襄陽同知李源，字宗一，夢陽業師。詳見襄陽篇奉寄同知李公（卷十二）箋。據詩意，疑作於正德九年（一五一四）夢陽攜妻自江西歸大梁途中離開襄陽前。

贈寧氏〔一〕

野菝葜平畛，寒露一何早。凝霜一以零，蘭蕙亦衆草。美人中夜興，憂心惄如搗。玉石誠靡別，妍華恃疇保。瑟瑟谷中松①，見者豈不寶？良無匠氏顧，歎息歲將老。

其二

白日何冥冥，送子黄河陽。執手無一言，仰見雙雁翔。處卑心罔怡，奮飛多中傷。撫劍兩踟躕，低頭涕沾裳。天運有銷盈，志士懷剛腸。去去愛景耀，離别固其常。

【校】

①松，弘德集作「風」。

【箋】

〔一〕據詩意，似作於正德後期詩人閒居開封時。寧氏，疑即寧祖武，千頃堂書目卷二十六著録其迂公詩草，小注：「字仲先，吴江人。」御選明詩卷六十三收録其新安夜泊詩。

送閔氏〔一〕

怦怦困暑溽，悠悠抱中戚。時蟬邇户響，流汗揮復積。登高散我憂，忽覯遠行客。爲問客者誰，是我心所懌？律律佇征雲，迢迢逐歸翮。孰無室家念，忖爾歡聚夕。伊余胡寡仇，煢煢痛離析。

【箋】

〔一〕閔氏，不詳。據詩意，似作於正德後期詩人閒居開封時。

長歌行贈房氏〔一〕

捷步競先鳴，達人貴沈幾。鴻鵠翅摩天，於世常高飛。煌煌冠蓋朝，疏也乃獨歸。誰云傷秋子，而爲鱸魚肥。彼哉枌榆儔，豈知千仞輝？

其二

瀰瀰夏川廣，驚風夕揚波。眷言送誠歸，軒騎匝中阿。倦鳥故林趨，獸離懷前窠。君看纍纍實，豈復華其柯。皓首聲利途，攸見無乃頗。

【箋】

〔一〕房氏，即房瑄。弘治三年進士，傳見本朝分省人物考卷六、嘉靖河間府志卷二十三人物。按，明武宗實録卷一百零八：正德九年（一五一四）正月，「升山東右參政房瑄、四川右參政何珊，……俱爲按察使。瑄，河南；珊，四川」。又卷一百二十二：正德十年三月，「河南按察使房瑄以病乞休，吏部請如例進階，乃乙太僕寺卿致仕」。夢陽撰有送按察使房公序（卷五十四），曰：「任丘房公爲河南按察使，守一比法，久而安矣。無何，上書乞致其事歸，天子乃許，進公太僕寺卿歸。」該詩當作於正德十年三月，房氏致仕歸鄉前夕。

憶昔行別閻侃〔一〕

憶昔少年時，遨遊咸陽都。邂逅塵埃裏，相邀入酒壚。半酣擊劍起，挾彈青門隅。風蓬離本根，奄忽浮雲徂。聚散良靡期，晤言誰復圖。濛濛零雨辰，悠悠梁園途〔二〕。翩翩白馬鳴，藹藹朱華敷。昔逢美姿顔，今也白頭顱。中藏難遽宣，相看但捋鬚。前路浩崎嶇，愛子哀暮軀。

【箋】

〔一〕閻侃，雍正陜西通志卷三十一選舉二：弘治八年乙卯科進士，「隴州人，滁州知州」。據王九思渼陂集卷十三明故奉訓大夫四川順慶府蓬州知州閻君允中墓誌銘：閻侃字允中，鳳翔隴州人。生於天順三年（一四五九），卒於嘉靖元年（一五二二）。黄省曾刻空同集卷十二收録夢陽寄題隴州閻氏林亭（見「補遺」），即其人。按，夢陽於正德三年八月放歸大梁，據王九思閻君允中墓誌銘中「正德戊辰（三年），予在翰林，允中時時過訪，謀予欲謁選吏部，然鬚髮雖已半白」一段，是此詩當作於正德三年八月夢陽離京返開封之前。

〔二〕梁園，主要在今河南商丘市睢陽區，漢梁孝王增築，以爲遊觀之所。李白有梁園吟。此代指開封一帶。

贈沈氏〔一〕

辭馬鳴故群，羈人戀心知。身也匪木石，孰無懷與思？藹藹軒蓋途，才捷競先時。冥冥歸林翮，爰集非無枝。龍蛇悟易訓，蟋蟀感唐詩。情感辰靡延，把袂竟河涯。贈子金錯刀，申子古别離。德愛誠匪他，邁君豈無期。

其二

旦日子當發，淹留復今宵。良乏美盤餐，爲君品鳴簫。君如①巖下松，霜霣顔不消。衆草苟移時，化爲艾與蕭。聆曲復不懌，眷焉傷迢遥。攜手步前庭，仰面看招摇。巢子潛箕陽，四岳俞唐堯。願言修九苞，曳佩鳴天朝。

【校】

①如，弘德集、黄本、曹本、徐本作「子」。

【箋】

〔一〕沈氏，不詳。夢陽繁臺院閣餞沈子之雲南並懷劉子二首（卷二十六）之沈子爲沈恩，或即其人。據詩意，似作於正德年間閒居開封時期。

送蔡師備真州①〔一〕

晨飆下巖霜，波水白浩浩。鷄鳴人語動，趨駕恨不早。出門望原野，四顧但衰草。芒碭一何寥〔二〕，驚雁鳴寒蓼。老驥志千里，烈士輕遠道。臨事毋謂難，爲善豈在小？

其二

颶舟逾長淮，登陴望大江。氣勢何鬱盤，皇矣真我邦。宫殿概高清，鍾山變青蒼。横飆静霜夕，天塹如沸湯。時平智士拙，貨賤良賈藏。無言邊境勛，寧居亦慨慷。

其三

隕霜凋楓林，澤藪莽虞虞。結徒策青驪，行狩聊我娱。左發殪玄兕，右捎仆文駼。插羽坐草間，飲酎炙鮮腴。川光夕明滅，雁鶩風叫呼。立馬千仞岡，仰送浮雲徂。彈劍問所私，何如李金吾〔三〕。

【校】

①詩題，隆慶儀真縣志卷十五作「送蔡帥霖備儀真」。

【箋】

〔一〕蔡帥，或以爲蔡天祐（按，明史卷二百有傳），此説誤。按，詩題，隆慶儀真縣志卷十五作「送蔡帥霖備儀真」，此蔡帥當爲蔡霖。據明實録及相關資料：蔡霖，英宗天順四年（一四六〇）進士，選庶吉士，繼任大理寺評事。又據雍正浙江通志卷一百三十一選舉九：蔡霖，鄞人。中天順四年庚辰科王一夔榜進士。然其爲成化間人，非此蔡霖。夢陽作於正德十五年

（一五二〇）之壽兄序文（卷五十七），曹本、李本有小注「蔡霖、鞏臣、王春、郭昱、趙澤、李環、黄彬、仝正」諸姓名，即此蔡霖，爲軍人，時正任河南都指揮同知。該文當亦作於正德十六年前後。

真州，據隆慶儀真縣志卷十五「送蔡帥霖備儀真」，當即儀真。明洪武二年（一三六九）改真州置，屬揚州府，治所即今江蘇儀真市，清雍正元年（一七二三）改名儀徵。

〔二〕芒碭，芒山、碭山的合稱。在今河南永城縣東北。史記高祖本紀：「亡匿，隱於芒碭山澤巖石之間。」

〔三〕「彈劍問所私，何如李金吾」，杜甫陪李金吾花下飲：「醉歸應犯夜，可怕李金吾。」

【評】

皇明詩選卷二：李舒章曰：音動笳鼓。

京師元夕有懷丘子兼憶舊遊①〔一〕

名都鬱垝壘，浮雲蔭孤臺。宿昔與丈人，攬袂凌崔嵬。延眺殊未已，明月從東來。俯身覽九陌，車馬何諠豗。朱門競笙竽，鐘鼓趣行杯。詎知前代人，寒隧生青苔？金珠委瓦礫，鉛華安在哉？沉冥日云富，感激令心哀。丈人方岳裔，夙質謝塵埃。婚嫁慕向子，幽棲放顔坏〔二〕。七十尚蛇蟄，白衣潛草萊。嗟余糾簪紱，俯仰阻沿洄。逝將親逸躅，榮盛等浮灰。

【校】

①詩題，弘德集、黄本、曹本、徐本作「京師元夕有懷丘子兼憶舊遊而作」。

【箋】

〔一〕夢陽丹穴行悼丘隱君（卷十九）小序：「丘名琥，號松山，夷門隱人也。」似爲其人。據詩意，當作於在户部任官時，時間約在弘治末至正德初。據夢陽處士松山先生墓誌銘「大明正德四年六月，松山先生卒，年七十有六歲」，及詩中「七十尚蛇蟄」一語，此詩當作於弘治十六年元宵。（鄧曉東亦有考證，文載明人别集研究青年學者論壇論文集。）

〔二〕「幽棲放顏坏」，杜甫秋日荆南述懷三十韻：「隱類鑿顏坏。」

元夕友人見訪〔一〕

春月多麗輝，白雪媚其姿。美哉京洛夕〔二〕，銀潢鬱逶迤。逶迤帶紫陌，車馬驅以馳。繁燈張四衢，都人競遊嬉。道者便静性，俗夫乏遠資。林塘枉冠蓋，繾綣非我期。金波低宛轉，明星漸離離。清光苟不虧，永與浮雲辭。

【箋】

〔一〕據詩意，似作於弘治末或正德初年之正月十五詩人任官户部時。

〔三〕京洛，本指洛陽，班固東都賦：「子徒習秦阿房之造天，而不知京洛之有制也。」後泛指國都。

月夜飲別徐氏①〔一〕

仲月玄鳥集，蚯蚓蟠於廬。竭從徐氏飲，置酒臨中除。明月一何光，衆星爛高虚。中有參與商，相望憯不舒。人生雖有歡，詎得常相於。夷猶廣庭内，惻惻摻子袪。哲人重明德，邁士懷離居。離居諒復合，行矣慎所須。

【校】

①詩題下，弘德集有小注：「徐名縉，字子容，姑蘇人。」

【箋】

〔一〕徐氏，據弘德集小注爲徐縉，見贈徐陸二子（卷十一）箋。據詩意，似當作於正德二年（一五〇七）春夢陽因劾劉瑾案罷官歸鄉離京前夕。

贈鄭淳①〔一〕

路縣家室怨，久别誰奈苦。荏苒及春孟，冰消舟莫阻。臨觴歎河邁，指景趁前侶。汀曲帆易隱，勞心望徒佇。

【校】

①詩題，曹本目録作「送鄭淳」，正文作「贈鄭淳」。

【箋】

〔一〕夢陽寫有送鄭淳入閩詩（卷二十六），或即其人。按，弘德集卷十二收録此詩，似當作於弘治或正德年間。

贈李僉事衢〔一〕

處世寡諧合，營道無貞心。緬邈伯牙弦，歎息誰爲音？竊禄匪我志，隨風豈能任。所以棄朱紱，窮年卧空林。君子枉榮顧，駟馬一何駸。輕蓋蔭白日，軒車匝庭陰。宴晤及春期，列筵享同襟。目快淑氣草，耳聆悦時禽。肴至弗徒歸，觴舉恨不深。末路校通塞，鑒止無飛沉。託意誠匪殊，在遠固宜欽。願言附松蘿，子其斷堅金。

【箋】

〔一〕僉事，明代指按察司僉事，輔佐按察使掌管一省的司法。李衢，生平不詳。據明武宗實録卷六十九，正德五年（一五一〇）十一月，乙丑，調陝西按察司僉事李衢爲河南按察司僉事。可知，該詩當作於正德五年十一月至六年五月間，因正德六年五月夢陽即去開封赴江西任官。

將赴江西寄別殷伊陽明府〔一〕

引年豈必老，求志不在奇。曰余逾壯齡，遭斥還山棲。事與北門合，跡擬東陵齊〔二〕。滅音謝人徒，四暑忽逮茲。向平果遺榮，謝安終徇時。詎意值嘉運，末照及葵藜。簡書下我廬，急遽誰得辭？迢迢江西帆，別當首夏期。束裝逐流潮，改服團炎颸。情欝爲念故，寄重慚余卑。虞弦改自調，孔鐸湮誰持。江漢誠暫浮，匡①廬寧久羈。返貞意已堅，抒懷告心知。

【校】

①匡，原作「匪」，據百家詩、四庫本改。

【箋】

〔一〕正德六年二月，朝廷任命夢陽爲江西提學副使，四月十七日，夢陽收到朝廷任命，作正德辛未四月十七日簡書始至於時久旱甘澍隨獲漫爾寫興一詩。五月，啓程赴任。該詩當作於出發前夕。殷伊陽，即殷鏊，乾隆江南通志卷一百四十三人物載：「殷鏊，字文濟，丹陽人，弘治丙辰進士。有詩名，與李夢陽相唱和。正德中，任僉事，疏請建儲，語侵逆瑾，論戍。」殷鏊此時正任伊陽

（今河南汝陽）知縣，故詩中稱其爲明府。

〔三〕「跡擬東陵齊」，杜甫園人送瓜詩：「東陵跡蕪絶，楚漢休征討。」

鳶山訪汪氏因贈〔一〕

昨余發弋邑〔二〕，急霰舞鳴湍。灘高果莫泝，改騎凌層山。山層水復曲，歲晏嵐風寒。捫蘿冒嶮艱，踏冰涉洄沿。日入達平夷，倏覯君子闕〔三〕。清溪交遠圳，高松夾路間。遺榮靡所希，時仕義乃詮。未羨焚魚高，頗欽奇字傳。矧伊連枝芬，慰我同心蘭。絧繆①促宴斝，曙猿響南巒。

【校】

①絧繆，崆峒集作「繆絧」。

【箋】

〔一〕鳶山，在今江西鉛山縣。清一統志卷二百四十二廣信府：「鳶山，在鉛山縣南七十里，雙溪水經其下。」該詩當作於正德六年（一五一一）冬視學廣信時。汪氏，似爲汪偉或汪俊。按，雍正江西通志卷二十二書院二載：「鵝湖書院，在鉛山縣北十五里鵝湖寺傍，宋儒朱子、陸復齋象山、吕東萊講學之所。……景泰癸酉，巡撫韓雍建祠崇祀，復舊額，李奎記。正德辛未，提學李夢陽重建，汪偉記。」汪偉文載嘉靖鉛山縣志卷五。按，據康熙弋陽縣志卷八，夢陽遊龜峰時，由汪俊（字抑之）、汪偉（字器之，號閒齋）兄弟相陪。此二人在正德三年時曾與其有交遊，見赦出館李真人别業顧侍講清暨汪編修俊俊弟編修偉許枉訪不至十韻（卷二十八）。

〔二〕弋邑，今江西弋陽。隋開皇十二年（五九二）以葛陽改置，屬饒州。治所即今江西弋陽。太平寰宇記卷一百零七信州：弋陽縣「以地居弋江之北爲名」。唐初屬饒州，乾元元年（七五八）改屬信州。元屬信州路。明屬廣信府。

〔三〕君子關，疑即君陽山。又作軍陽山。在今江西弋陽縣南。清一統志卷二百二十二廣信府：軍陽山「在弋陽縣南三十里。縣志：唐貞元中産銀鐵，乾符後不復産。亦名君，唐李翔有信州君陽山詩」。

冬日撫州贈友〔一〕

晨光鬱將布，時嚴氣自懍。陽也諒匪力，厥陰無亦甚。時極理終固，情成勢難寢。徒然江漢紀，莫制北飆凛。寒湍落孔家，霜色峻石廩。甘菊冬始華，赤樹紛如錦。校閲纔及旬，勞拙遺安枕。既已阻攜玩，胡由接芳衽。擬峴行共陟，寄言備醇飲。

【箋】

〔一〕撫州，今江西臨川西。元至正二十二年（一三六二）朱元璋改撫州路爲臨川府，不久又改爲撫州府。治所在臨川（今屬江西）。明初轄境相當今江西臨川市及東鄉、金溪、資溪、崇仁、樂安、宜黄等縣地。萬曆後略有縮小。正德八年（一五一三）冬，夢陽受江西巡按江萬實及左布政使鄭岳誣陷，赴南康待勘。又夢陽自進賢趨撫州（卷二十七）詩作於正德七年秋，該詩似作於正德七年冬。

李夢陽集校箋卷十二　五言古四

贈答

贈四子①〔一〕

緜緜遠道積，冉冉歲華晏。冰霜夕轉嚴，星斗夜仍爛。蘭缸照寒户，旅士懷鄉縣。方幸廁鱗翮，詎謂各分散。岐路忽在兹，山川復悠緬。王子萬人特，英論薄煙漢。康生千里足，邁景速流電。瑰瑋欽奉常，秀朗推中翰。沖標汎光蕙，逸思淩玄雁。所嗟異根株，逝矣悲霜霰。每②言念睽晤，佳期阻歡宴。

【校】

①詩題，曹本作「贈王康邊何四子」；詩題下，弘德集有小注：「王子守仁、康生海、奉常邊貢、中翰何景明。」　②每，弘德集、曹本、百家詩作「興」。

【箋】

〔一〕弘德集小注曰：「王子守仁、康生海、奉常邊貢、中翰何景明。」奉常，即太常，邊貢中弘治九年（一四九六）進士，授太常博士。何景明中弘治十五年進士，授中書舍人。夢陽於弘治十六年奉命餉寧夏軍，據詩意，疑當作於弘治十六年與四人離別之前。按，夢陽封宜人亡妻左氏墓志銘云：「壬戌，李子榷舟河西務，左氏從河西務。明年，李子餉軍西夏，挈左氏還，過汴。」康海有贈李獻吉往靈夏餉軍十首，其一曰：「關中賢聖區，芳塵今已謝。李杜有遺音，惟君可方駕。」其三云：「相合纔幾時，君去速於駛。中夜相思君，不斷如流水。」其十曰：「君去孟秋節，君來擬春分。得時報明主，離別如浮雲。」（康對山先生集卷十七）

九子詠九首〔一〕

九子者，皆天下賢豪人。今乃合余於孟氏之堂，祖行也。慕義傷離，悵然有感於前遊，作九子詠①。

劉户部遠夫 大謨〔二〕

遠夫振英駕，乃自儀封里。孟復既鷹奮〔三〕，秉衡亦飆起〔四〕。獻賦擬揚雄，彈鋏笑馮子。時異各暌隔，蓬轉自兹始。

【校】

①作九子詠，弘德集、崆峒集、曹本、徐本作「於是作九子之詠」。

【箋】

〔一〕小序云：「今乃合余於孟氏之堂，祖行也。慕義傷離，悵然有感於前遊，作九子詠。」孟氏之堂，不詳。或爲孟洋寓所。祖行，即餞行。又據詩中九人之官職及「時異各睽隔，蓬轉自兹始」句，可知此詩當作於正德三年（一五〇八）秋夢陽出錦衣衛獄欲歸大梁前。康海有送空同子還山：「相逢復去豈不惜，奈爾翩翩羽翰長。青春辭闕意無限，皓首著書情未央。柳色全歸燕子日，菊花偏發野人鄉。紅塵亦有思歸者，莫道雲山路渺茫。」（康對山先生集卷十六）徐禎卿有贈别獻吉：「爾放金雞别帝鄉，何如李白在潯陽。日暮經過燕趙客，解裘同醉酒罏傍。徘徊桂樹涼飆發，仰視明河秋夜長。此去梁園逢雨雪，知予遥度赤城梁。」（迪功集卷二）

〔二〕劉大謨字遠夫，號東皋，儀封（今河南蘭考東）人，正德三年（一五〇八）進士。授户部主事，改監察御史巡按遼東，因事降四川參政。歷官監察院右僉都御史兼山西巡撫、左副都御史兼四川巡撫。有東皋集。國朝獻徵録卷六十二王崇慶撰嘉議大夫都察院左副都御史東皋劉公大謨神道碑載：劉大謨，正德間任浙江僉事，首革菜户於私衙，既而分巡金衢，時宸濠構變，乃勒兵常山，先聲四達，兩浙賴以無恐。嘉靖時任巡撫山西都御史。又據雍正四川通志卷六名宦載：嘉靖十九年（一五四〇）劉大謨以右僉都御史巡撫四川。千頃堂書目卷二十二著録其蜀遊集六卷。詩作於正德三年秋。詩中夢陽稱譽大謨之文才武略。此時夢陽將返開封，大謨欲赴遼東，故有「時異」二句。

〔三〕孟復，即張孟復，儀封（今河南蘭考東）人。據明何瑭柏齋集卷十教諭張公配孺人王氏合葬墓誌銘，張孟復於正德八年左右任刑部主事，後任達州兵備副使。王廷相有懷張孟復詩（王氏家藏集卷十四）。

〔四〕秉衡，即蘇平，字秉衡，海寧（今屬浙江）人，詩人。弟蘇正，字秉貞，「兄弟並以布衣終」（明史卷二百八十六劉溥傳附）。

王户部邃伯　縦〔一〕

矯矯王邃伯，深心託玄素。豈謂萬里空，見此天馬步。獨行迕流議，苦志涉煩務。曰余駑鈍姿，倘辱導前路。

【箋】

〔一〕王縦字邃伯，號龍湫子。開州（河南濮陽）人。據國朝列卿紀卷九十一王縦行實，王縦爲弘治十八年（一五〇五）進士，曾官户部主事、郎中，正德初，劉瑾當政，不予逢迎，遷衛輝知府、湖廣副使，正德末棄官歸鄉。嘉靖初，起任河南副使，轉山西參政，累擢大理寺卿、山東參政。夢陽作有賦得古別離送龍湫子（卷七）。

王職方錦夫　尚絅〔一〕

職方昔垂髫，邂逅在梁汝〔二〕。遊關匪豹隱，攀邵遂鸞翥。鴻詞振宛洛〔三〕，一一中音呂。訪戴諒不惜，縱凫非所許。

【箋】

〔一〕王尚絅字錦夫，號蒼谷，郟縣（今屬河南）人。夢陽與之有交遊，見贈蒼谷子（卷十）。

〔二〕梁，即大梁。汝，即汝州，今河南汝州市。隋大業二年（六〇六）改伊州置，以汝水爲名。治所在汝原縣（今汝州）。尋改襄城郡，治承休縣。唐復爲汝州。明初以梁縣省入，仍舊屬，直隸河南布政司，領魯山、郟縣、寶豐、伊陽四縣。

〔三〕宛洛，即宛與洛陽二地，均爲古邑，借指名都。唐王維宿鄭州詩：「宛洛望不見，秋霖晦平陸。」宛，春秋戰國楚邑，在今河南南陽市。

【評】

清朱彝尊明詩綜卷二十八引其詩話云：獻吉贈詩云：「宏詞振宛洛，一一中音呂。」未免阿所好也。

穆檢討伯潛　孔暉〔一〕

清廟播芳歎，朱鷺激潛調。沉冥會詮理，刻苦光逾耀。注易在今兹，醴酒企餘照。載吟古離詠，蹇拙慚賡紹。

【箋】

〔一〕穆孔暉字伯潛，號玄庵，堂邑（今屬山東聊城）人，弘治十八年（一五〇五）進士。由翰林院庶吉士、檢討，歷官國子監司業、侍講學士、南京太僕寺少卿、南京太常寺卿等職，卒謚文簡。千頃堂書目卷二十一著録其穆文簡公宦稿二卷。

馬給事中敬臣 卿〔一〕

敬臣閨闥彦，處世恒自拘。朝謁金馬門，暮向青瑣趨。朝隱慕方朔，修辭劇相如。太阿不在掌，非君獨嗟吁。

【箋】

〔一〕馬卿字敬臣，號柳泉，林縣（今河南林州）人。弘治十八年（一五〇五）進士。曾官户科給事中、浙江副使、雲南左參政、南京太僕寺卿、右副都御史、總督漕運兼巡撫等職。千頃堂書目卷二十一著録馬卿馬氏家藏集，又公家集四卷。明郭璞有馬柳泉傳（載郭文簡公文集卷一），詳其生平。本朝分省人物考卷八十九亦有傳。

陶行人良伯 驥〔一〕

陶子三泖英〔二〕，妙①小富篇翰。至響本無聲，隱璞疇能辨。運甓不云苦，漉酒聊自玩。解龜幸心許，傾蓋荷清宴。

【校】

①妙，百家詩、四庫本作「少」，近是。

【箋】

〔一〕陶良伯，明俞汝楫禮部志稿卷四十三載：陶驥良伯，直隸華亭人，乙丑（弘治十八年）進士，正德七年任禮部員外郎。

〔二〕三泖，即泖湖。在上海市松江縣西。有上、中、下三泖。

馬進士君卿 録〔一〕

君卿素所昧，密意宛相向。醉酒似馬周，讀書薄劉向。時人固不識，古志益骯髒。試睹同遊子，磈礧盡英行。

【箋】

〔一〕馬録字君卿，信陽（今屬河南）人。正德三年（一五〇八）進士。曾官固安知縣、監察御史巡按江南，嘉靖五年（一五二六）巡按山西，治李福達獄，爲武定侯郭勛與閣臣張璁、桂萼合謀而劾，推翻前供，誣録「構成冤獄」，貶謫廣西而卒。明史卷二百零六有傳。千頃堂書目卷二十二著録馬録百愚集。注曰：「字君卿，山陰人，監察御史。」言其爲山陰人，恐有誤。

戴進士仲鶡 冠〔一〕

南州實才窟〔一〕，小戴亦橫鶩。探鐶乃叨竊，對孔豈在屢。左右佩采齊，追趨信陽步。傾城在夙昔，贈我陸機賦。

【箋】

〔一〕戴冠字仲鶡，信陽（今屬河南）人。正德三年（一五〇八）進士。歷官户部主事、延平知府、山東提學副使等職，爲何景明門人，有邃谷集十二卷。本朝分省人物考卷六十七、萬斯同明史卷三百八十八、明史卷一百八十九、雍正河南通志卷六十五等有傳。四庫全書總目卷一百七十六邃谷集提要云：「冠受業於鄉人何景明，詩亦似之，然景明詩雖風姿俊逸，而醖釀猶深，冠才學皆遜於師，而徒守其格調，殆所謂時女步春，終傷婉弱者矣。」

〔二〕南州，或指南陽。後漢書王常傳：「臣蒙大命，得以鞭策托身陛下。始遇宜秋，後會昆陽，幸賴靈武，輒成斷金。更始不量愚臣，任以南州。」李賢注：「謂以廷尉行南陽太守。」

孟行人望之　洋〔一〕

孟生瑚璉器，英邁徵古篇。登泰夙所期，望洋豈徒然。欽趨瞠顔後，抗志耻盧先。吾方把任釣，倘借襄陽鯿。

【箋】

〔一〕孟洋字望之、有涯，信陽（今屬河南）人。弘治十八年（一五〇五）進士。曾官行人司行人、陝西右參政、右僉都御史兼寧夏巡撫、總督南京糧儲侍郎都御史、南京大理寺卿。著有孟有涯集十七卷。見贈孟明府自桂林量移汶上（卷二十五）箋。

贈姚員外〔一〕

高鳥厭群飛，孤雲恒自輝。綢繆誠靡乖，何必久要期。傾蓋有芳訊，白首則見疑。嶄嶄龍沙濱〔二〕，風波暫徘徊。

其二

零濛不澤物，衝風夕曾波。送歸念維楫，眇言望江河。鴻逝摩九天，蕭艾被泉阿。長濤蝕孤嶼，峙此將如何？

【箋】

〔一〕姚員外，不詳。員外，魏晉始設員外之官，後世員外官常可用錢捐買，故民間常稱有錢有勢的豪紳爲員外，古小説、戲曲中常見。此處所謂員外，指員外郎，爲六部曹司之次官，産生於隋唐，歷代相沿。夢陽有酬姚員外龍興見寄（卷三十五）詩，當即其人。據詩意，當作於正德七年（一五一二）至九年詩人任江西提學副使時。

〔二〕龍沙，又名龍岡。在今江西南昌城北。水經贛水注：「贛水又北徑龍沙西，沙甚潔白，高峻而陁，有龍形，連亘五里中，舊俗九月九日升高處也。」明一統志卷四十九南昌府載：「龍沙，在府城北江水之濱，白沙涌起，堆阜高峻，其形如龍，舊俗爲重九登高處。」

別諸生漢口〔一〕

大江流浩浩，五日與子期。風潮變旦暮，六日達漢湄。人心重攸愛，酬德視其施。伊茲匪不幸①，所急非睽離。晨飆望我帆，夕也宿共涯。浮月每皓皓，逆雲遞逶迤。情淵分有窮，愴子當分乖。昔爲同池萍，今向東西開。大別峙嵬嵬〔二〕，林蟬暮何哀。俯首前逝波，倚艫各徘徊。

【校】

①幸，原作「辛」，據四庫本改。

【箋】

〔一〕正德六年（一五一一）五月，夢陽由開封出發往江西赴任，途經漢口，與學生告别，該詩當寫於此時。

〔二〕大别，即大别山。即今湖北東北與安徽西南部交界處之大别山。尚書禹貢：「内方，至於大别。」漢書地理志六安國安豐縣：「禹貢大别山在西南。」水經決水：「決水出廬江雩婁縣南大别山。」安豐、雩婁均在今河南東南部固始縣東南，其西南正是今湖北、安徽二省交界處。

贈張含〔一〕

已嚴蓬池駕〔二〕，遽返夷門歇〔三〕。商風動榮草，檐雨鳴不絶。客病良易積，況值變華節。悠悠城西館，倏爾雙經月。昔至體流汗，莎雞傍户聒。子也苟寧志，川廣豈難越？

其二

流光逝忽忽，天地一何軋。六月子來至，月也今已八。客子悲遠道，時氣侵肅殺。豈不念爾單，室邇泥路滑。三日兩賡歌，一日一通札。寂軒倚衰柳，奈此夕鳴蛩。父母不下堂，歸軫何時轄？

【箋】

〔一〕張含字愈光，又字用光，號禺山，永昌衛（原爲金齒衛，今雲南保山）人。父志淳，字進之，號南園，成化二十一年（一四八五）進士，官至南京户部右侍郎。著有南園漫録十卷。含係志淳長子，正德二年（一五〇七）舉人。少隨父至京師，因張、楊兩家通誼，乃與楊慎結爲終身契交，後爲夢陽所知，乃師事之，亦同何景明爲友。含七次會試不第，遂返雲南家居，生平肆力於詩，著有禺山文集一卷、詩集四卷及楊慎批選張愈光詩文選八卷。另助楊慎編選空同詩選一卷。從

「已嚴蓬池駕，遽返夷門歇」來看，當寫於張含父張志淳致仕前。據國榷卷四十八，張志淳於正德五年（一五一〇）九月致仕前任南京工部右侍郎。詩中有「客病良易積，況值變華節」、「六月子來至，月也今已八」等句，可知此詩寫於大梁，時間似爲正德三年八月夢陽出獄歸家之後，或爲正德四年八月。張含於此年六月至大梁，不幸染病，居城西客館直至八月。

〔二〕蓬池，古澤藪名。即逢澤。在今開封東南，戰國魏地，本逢忌之藪。阮籍詠懷之十二：「徘徊蓬池上，還顧望大梁。」

〔三〕夷門，戰國魏都城的東門。故址在今河南開封城内東北隅。因在夷山之上，故名。雍正河南通志卷五十一古蹟上開封府：「夷門，即大梁城東門，魏隱士侯嬴，年七十，家貧，爲夷門監者。」後成爲大梁（開封）的别稱。唐唐堯客大梁行：「舊國多孤壘，夷門荆棘生。」

送張含還金齒〔一〕

百憂强自排，感之輒復積。亦知别心苦，所奈歡愛客。迢迢西南夷，歎子此行役。出雲懷舊山，倦鳥厲歸翮。時情苟靡遭，勉合亮奚益。還道尚云遠，去去加飡食①。

【校】

①食，弘德集、百家詩作「飯」。

【箋】

〔一〕張含，生平見贈張含二首（卷十二）箋。張含七次會試不第，返雲南家居，此其一。據前首及此首詩意，似作於正德四年（一五〇九）八月。金齒，即金齒軍民指揮使司，明洪武二十三年（一三九〇）升金齒衛置，屬雲南都司。治所即今雲南保山市。轄境約當今雲南保山市、永平、施甸等縣，怒江傈僳族自治州及中甸縣。嘉靖元年（一五二二）復爲衛。

酬提學陝西朱君以巡歷諸什見寄〔一〕

煌煌百二宅，懷里念前都。孰無雍門哀，恨役久長途。登賦時有望，所苦言辭麤。自蒙新什惠，披玩忘晨晡。疏越發潛響，爛若湍錦舒。慚亦作者末，欲畫安我愚。瀏瀏回中吟，宛遊秦隴隅。清渭韻漱漱〔二〕，南山筆巍如〔三〕。誰云篇目寡，已包千里餘。讀既摇我心，倘附西飛鳧。

【箋】

〔一〕提學陝西朱君，指朱應登，字升之，寶應（今屬江蘇）人，號凌谿子。生於成化十三年（一四七七），弘治十二年（一四九九）進士，先後官南京户部主事，陝西、雲南提學副使，雲南左政等職。著有凌谿集。嘉靖五年（一五二六）卒，夢陽爲之作凌谿先生墓志銘（卷四十七）。明史卷二百八十六有傳。提學，宋崇寧二年（一一〇三）在各路設立提舉學事司，掌理一地學校和教育行政，簡稱「提學」。明正統元年（一四三六）改爲提調學校官。兩京以御史充任，十三布政司以按察司副使、僉事充任，稱提學道。

按，明武宗實録卷七十二載：正德六年（一五一一）二月，庚戌，「升延平府知府朱應登爲陝西按察司副使，提調學校」。夢陽於正德六年四月接詔，五月赴江西任提學副使，故該詩當作於正德六年三月至四月間，時詩人尚在開封。

〔二〕清渭，即渭水，因水清故謂「清渭」。黄河最大支流，源出甘肅鳥鼠山，横貫陝西中部，至潼關入黄河。書禹貢：「弱水既西，涇屬渭、汭。」杜甫秦州見敕目薛三璩授司議郎畢四曜除監察與二子有故遠喜遷官兼述索居三十韻詩：「旅泊窮清渭，長吟望濁涇。」

〔三〕南山，指終南山，屬秦嶺山脈，在今陝西西安南。詩小雅節南山：「節彼南山，維石巖巖。」漢書東方朔傳：「夫南山，天下之阻也，南有江淮，北有河渭，其地從汧隴以東，商雒以西，厥壤肥饒。……其山出玉石、金、銀、銅、鐵、豫章、檀、柘，異類之物，不可勝原，此百工所取給，萬民所印足也。」

襄陽篇奉寄同知李公〔一〕

晨登大梁城，南望襄陽郭。漢流趨何急，樊山氣參錯〔二〕。樹高風來集，道大惟淹泊。投沙理雖迫，召賈恩非薄。幸且便山郡，聊遊謝羈縛。仰攀躡孤岫，俯眺聆大壑。寒江斂夕霽，遠巖映林薄。習池宴山簡〔三〕，英寮敞翠幙。偶同攜葛强，飛翰凌觴酌。歸聞銅鞮唱，行和峴山作〔四〕。覽跡驗物理，觸歎徒今昨。沉憂亮無益，流坎任所託。

【箋】

〔一〕同知李公，疑即襄陽府同知李源。萬曆開封府志卷十八人物：「李源字宗一，祥符人，成化丁酉鄉試第一，弘治丙辰進士，歷兵部主事、員外郎、郎中，值逆瑾竊柄，怒源守正不阿，謫襄陽府同知。瑾誅，擢湖廣布政司右參議，無何，以疾免歸。源資敏學博，尤長於詩。成化間，汴中藝林以源爲首稱云。」又據雍正河南通志卷五十七人物一：「李源，字宗一，祥符（今屬河南開封）人，弘治九年（一四九六）進士。正德初任兵部郎中，「時逆瑾竊政，源守正不阿，坐事謫襄陽府同知，瑾誅，擢湖廣參議，以疾免歸」。又朱孟震玉笥詩談載：「給諫李宗一，名元，祥符人，而獻吉業師也。獻吉年十四，隨其父教授公寓汴，從宗一學毛詩，不數年，宗一以解元登第爲夕郎，獻吉亦以解元登第爲户部主政，同立於朝，每相倡和。……宗一先名源，後易元，平臺其別號也。」則李源爲夢陽啓蒙老師。同知，宋代主管一事而不授以正官之名者，稱爲知某事。州的主官稱爲刺史，佐官稱爲同知州事。明清相沿，皆簡稱爲知府、知州和同知，爲正五品。

按，李源任襄陽府同知在正德初年。據詩意，當作於正德二年遭劉瑾解職返開封之後，正德五年劉瑾被逐之前。

〔二〕樊山，明一統志卷五十九湖廣布政司武昌府：「在武昌縣西四里，與西山相連。劉宋謝朓詩『樊山開廣宴』謂此，一名樊岡，下爲樊口，舊名袁山。水經注云：孫權徙鄂於袁山，即此。又名壽昌山。」

〔三〕習池，一名習家池，或高陽池。在湖北襄樊峴山南。晉書山簡傳：「（簡）鎮襄陽。……諸習氏，荆土豪族，有佳園池，簡每出嬉遊，多之池上，置酒輒醉，名之曰高陽池。」後多借指園池名勝。杜甫初冬詩：「日有習池醉，愁來梁父吟。」又從驛次草堂復至東屯茅屋詩之一：「非尋戴安道，似向習家池。」

〔四〕峴山，一名峴首山，在今湖北襄樊南。三國志吴書卷一載：初平三年，孫堅征荆州，「擊劉表。表遣黄祖逆於樊、鄧之間。堅擊破之，追渡漢水，遂圍襄陽，單馬行峴山，爲祖軍士所射殺」。又晉書卷三十四羊祜傳：「祜樂山水，每風景，必造峴山，置酒言詠，終日不倦。」及羊祜卒，「襄陽百姓於峴山祜平生遊憩之所建碑立廟，歲時饗祭焉。望其碑者莫不流涕，杜預因名爲墮淚碑」。

送裴生京師〔一〕

大江積風雨，驕陰久我仇。懷役念戈殳，潢潦憂中疇。戚戚感物慮，況子行遠遊。鬱哉朝宗心，殷勤眺風洲。

【箋】

〔一〕裴生，不詳。似爲夢陽之學生。或作於正德八年前後在江西任官時。

内弟玉園莊歸〔一〕

逾年始及村，日入①復言歸。言歸亦何爲，景異情難持。沙禽噭噭鳴，園林收暮霏。暮霏轉急湍，春草碧漫漫。我行已逾堤，我心念猶攢。志往物不隔，室遠詎無端。誠乏静者慮，郊野豈徒安。

【校】

①入，四庫本作「久」，近是。

【箋】

〔一〕内弟，指夢陽妻弟左國玉。見寄贈内弟玉園居（卷二十五），生平見内弟左國玉挽歌（卷十二）箋。據夢陽左舜欽墓志銘（卷四十五），左國玉卒於正德五年（一五一〇），該詩當作於正德四年左右詩人閒居開封時。

送張六還京口〔一〕

雲黄風色歇，送子逾修畛。野風吹江樹，波水清且緊。歸舟本自鶩，况值順流穩。金山會當聚，别暫情可忍。

【箋】

〔一〕張六，不詳。或爲夢陽弟子張實。京口，在今江蘇鎮江。據詩意，似作於正德八年前後任官江西時。

紀懷

自南康往廣信完卷述懷十首①〔一〕

越旬不出門，所值疑初覯。長湖迄華嶽，融景遞澄秀。鼓枻聿行邁，覽物每欣遘。飄飄順帆風，逶遲斂雲晝。鳴鶴矯豐田，文魚駛閑溜。有生孰靡適，時及異榮疚。彼哉吾豈仇，乘運視所受。履茲良已快，乃餘足云究。

其二

迅風會高雲，逝逝曷能已。朝聳冠劍馳，夕暮遭纍縶。榮辱邈何因，慨慨昧成理。湖程莽復闊，灘溜於春駛。肅肅東騖帆，晨夜不得止。仰睇啼柯猿，俯傷躍清鯉。一言季布召，斥以一言毁。從古誰靡然，寄語求全子。

其三

金閣簡英儒，玉書託紀綱。絲言一何諄，黜佞掄圭璋。澄清有夙愫，攬轡誠慨慷。聿兹歷三始，矢志千載芳。風波駭非意，多口亂否臧。九閶眇以玄，欲扣六翮②傷。所司專愛憎，威刑喪厥常。彼方聳輕蓋，寧知嗟道傍。

其四

淵雲諒殊性，予豈經世儔。馳驅二十祀，學宦寡諧謀。昔斥還三河，誓言永林丘。靡堅今咎誰，畜志竟莫酬。在難歸貽阻，眇焉痗前修。陟崇望波嶺，翔雲駭西流。春羽③振桑榆，念之心形仇。東徂歎伊始，懷哉俾無尤。

其五

朝離傍羅浦〔二〕，東至龍潭宿。戢枻候明發，獨寤守空曲。宵晝有常理，欲往不獲速。多慮良攪眠，强置復攢觸。起立萬動寂，湍響應鳴谷。驚風臨岸激，高月散春木。絮雲吐岑岫，玉繩低以屬。慨哉復奚道，徘徊至天旭。

其六

一氣噫太虛，吹萬良不同。伊余就幽役，春序奄已中。芳辰下霜雹，寒暄乖故風。北柯沮靡榮，尚④林曷由豐。臨門翳孤松，悠悠慨初終。張儀相六廷，虞氏哭途窮。首陽乏長薇，洛都鞍馬雄。天定俟何時，詠言摧深衷。

其七

雲和易成霖，羲陽一何冥。淹哉沮洳區，佳日閉我扃。覆瓦僅蔽牀，頹壁支數欞。淒飆驚中帷，雹霰時復零。天道有常乖，萬殊誰竟寧。子期久已徂，縱陳孰爲聽？當道有豺狼，瑣言訾螟蛉。習坎固終利，從兹儆無形。

其八

靜居百慮屏，孤樹乃墻隅。奄兹華葉更，搔首睇淹如。時雲布靈谷，天令震高衢。霖潦灌百川，萬壑寡安魚。東京搆黨禍，郭子逝于于。伊匪三顧勤，孰崛南陽廬。涼燠非力排，裘葛從所須。龍蛇翳厥身，孔贊寧我誤。

其九

赦者小人幸，臣誠小人儕。匪圖軒蓋榮，山海有奇懷。禮法無復拘，評者靡我排。思夙慕華貴，振鞅登要逵。烜赫豈不快，寤寐憂所乖。識幾既不早，今戀非鄙哉！乘桴越洋濤，采蘭及春滋。于焉可佳客，龐叟心所期。

其十

一夕復一辰，倏忽春務易。雲葉布豐林，蚯蚓盤我壁。田竇仇片言，厥怒一何赫。笑謔有白刃，千載乃露跡。倦兹掩陳記，出户睇高翮。積讟聆民謠，欲采不可譯。英驂振飛靷，出入勢煇奕。哀哉彼何子！躊躇秖沾臆。

【校】

①詩題，列朝作「自南昌往廣信述懷」。②翮，原作「融」，據四庫本改。③羽，四庫本作「雨」。④尚，弘德集、曹本作「南」。

【箋】

〔一〕南康，元至正二十二年（一三六二）朱元璋改西寧府置南康府，治所在星子縣（今屬江西）。其轄境相當今江西星子、永修、都昌等縣地。正德六年（一五一一）五月，朝廷任夢陽爲江西提學副使，任後勤於政事，創立書院，赴各地考察，卓有成效。然夢陽爲人耿直，不恃權貴，遭達官排擠，正德八年秋，夢陽上疏劾巡按御史江萬實罪，江亦奏，朝廷命大理寺卿燕忠往勘。八年冬，至南康。夢陽廣信獄後記（卷四十九）：「明年（正德九年）正月廿八日，李子至廣信就獄。」是九年正月，自南康至廣信（今江西上饒）候勘結。夢陽封宜人亡妻左氏墓志銘（卷四十五）：「甲戌，李子以與江御史構，從理官於上饒，而徙左氏星子。」該詩當作於此時。

〔二〕羅浦，地名，當在南康（今江西星子）附近。

廣獄成還南昌候了十首①〔一〕

一淹經六旬，揚舲復焉極。脱然雖靡由，事事嘉可即。依依春功奏，朗朗維夏逼。故兹波與嶺，觸目異前昔。逸雲散歸雨，川水浩崩溢。挂帆趁風溜，覽岸凄悲懌。昨猶罝②中兔，今爲頏林翼。邈言念先古，展矣我心獲。

其二

直木防見伐，兹言豈我欺。若華耀四海，孤邈疇見知。莊鵾運池溟，舉翼九天垂。風積苟不厚，中路將安期？歎息竟何語，俯視川波馳。溢霖騖洪濤，千載固厥時。燕石一何珍，有驥不自持。野飆激靈襟，逝言惋長岐。

其三

時至鮮枯林，朱蘭被長坂。臨嶠覿賢跡，停楫暫遊衍。靈雨吐葛花，柏葉已復展。佳哉溪上邑，流峙亘而緬。岑岑徐巖秀，飛泉洒丹巘。巖亭交景風，裾帶時自卷。居高乃慮孤，涉歷悟攸遺。枚枚三陸宮，千秋竟茲顯。

其四

餘干濱巨湖〔二〕，厥土曠以浮。津驛暮何囂，避之泊南丘。遣子省其母，析棹詣江州。明星波泂泂，欲發仍復留。有端肇絲微，涓涓遂成流。拊心實罔慚，患來誰誠謀？紛綸及今茲，事已遥尚憂。志士常苦貧，饑渴無我尤。

其五

昔遊東山日，覽古肇新宮。徐令實經營，弦誦溢其中。閲茲奄三年，離滯心莫同。我舟非不維，奈此西逝風。乃子胡德余，于邁遠從公。朝旦發龍津〔三〕，暮棲依瑞洪〔四〕。湖山没如拳，波途浩難窮。佇瞻有深懷，貽謡勒堅崇。

其六

夕棲瑞洪渚，遥覽渚北山。相傳洪崖③子〔五〕，乘雲自此間。履跡今尚存，其人邈莫攀。粤余登征途，頻年涉間關。毁譽一嬰心，寤言多所歎。於茲誠踟躕，振衣躡前巒。洚水莽浩浩，驚風蕩回川。欲濟惜無梁，飆輪儻中還。

其七

登艫倏五日，覽接漸增闊。洶洶北注川，瀏瀏得縱壑。劇哉風水虞，履順故靡豁。高鳥厭塵集，智士貴處末。交甫懷漢濱，婉孌情遽奪。結駟匪不侈，險至誰竟遏。沉身厥亦罕，萬世惜不脱。遥遥哀雲岑，瑶草爛孰掇。

其八

明晦每無常，人道豈不然？歸雲徂靡餘，日華耀清漣。戚愉緊爲誰，喟然想千年。姑蘇寵宰嚭，越孤辭會山。梅將輔番君，范子逝不還。乖歲君子貧，枉尋矜大賢。時霖潤萬物，蕕蕙乃同妍。東門可棲遲，歸歟聿奚言。

其九

陽鳥逝無餘，覯者鶩與鳧。青青澤淑毛，刈之冀誰畬。經過問當年，云兹夙屬吴。歸命喪厥儀，長雲奄西徂。撫牀竟空言，金陵乃以都。桓侯威八州，温氏闡雄圖。聆言愴我衷，徬徨感終初。混一今其時，舟騁非爾虞。

其十

仲冬别豫章，涉夏兹復臨。涼燠殊厥時，能不摧我襟。樓觀蔽泰清，衆木淒以陰。倚橈陟龍沙[六]，優游眺洪深。魚鱉潰驚流，瀾駭遂至今。中有夙縱鳧，振翼回哀吟。波阻杳莫即，馳景忽西沉。抗手自兹辭，萬世懷飄音。

【校】

①詩題，弘德集作「廣信成還南昌候了」。 ②買，原作「置」，據文意改。 ③崖，四庫本作「厓」。

【箋】

〔一〕正德九年（一五一四）正月二十八日，夢陽至廣信（今江西上饒）候勘結。「何公景明上書冢宰楊公一清，乞爲申解，公遂得閑住」（李空同先生年表）。三月末，出廣信獄，歸南昌。詩中有「一淹經六旬，揚舲復焉極」句，一旬爲十日，六旬即兩月，自正月末全三月末正好兩月。該詩當作於正德九年三月末至四月初。

〔二〕餘干，今江西餘干（今屬上饒市）。明一統志卷五十饒州府載：「在府城南一百二十里，本越之西境，爲越餘地，漢置餘汗縣，屬豫章郡，吴屬鄱陽郡，隋改曰餘干縣，屬饒州，唐宋因之，元升爲餘干州，本朝改爲縣。」

〔三〕龍津，雍正江西通志卷六疆域餘干縣：「自龍津驛四十里至瑞洪泛南昌府進賢縣交界。」又卷三十五驛饒州府：「龍津驛，在餘干縣龍窟，去縣十五里。」

〔四〕瑞洪，水名，雍正江西通志卷十一山川五廣信府：「瑞洪水，在餘干縣西北，濱鄱湖，有鎮，爲閩粵百貨所經。」

〔五〕洪崖子，即張氳。全唐詩卷八百五十二：「張氳，一名藴，字藏真，晉州人。神情秀逸脩閑，學道不娶。嘗寓李嶠家十餘年，棲息洪崖古壇，自號洪崖子。天后及明皇朝屢召不赴。詩三首。」明一統志卷四十九江西布政司仙釋：「張氳，晉州人，號洪崖子。隱姑射洞中，仙書秘典無所不通。唐開元中玄宗召問曰：『先生善長嘯，可得聞乎？』即應聲而發。拜官不受，還山絶粒服氣。洪州大疫，有狂道士市藥，病者立愈，玄宗聞之，意必氳，果然。三召不至，天寶末，忽大霧，尸解。乾元中詔立應聖宫，奉肅宗，以氳配焉。」餘干西北有洪崖，雍正江西通志卷十一山川五廣信府：「洪崖山，在餘干縣西北六十里，瀕鄱陽湖，唐張氳煉丹處，有丹井遺跡。」

〔六〕龍沙，又名龍岡。在今江西南昌城北。見贈姚員外（卷十二）箋。

【評】

皇明詩選卷二評「其三」，宋轅文曰：似康樂。

其三「時至鮮枯林，朱蘭被長坂」一句，皇明詩選引陳卧子云：風景可懷。

其六「夕棲瑞洪渚，遥覽渚北山」一句，皇明詩選引宋轅文云：意旨忠厚，君子之言。

内弟左國玉挽歌〔一〕

悲悼

滔滔水東逝，靡靡日西馳。日馳雖更晨，水逝無還期。清酤滿華尊，鳴琴在旁兹。門堂不改故，若人竟何之？夭枉獨兼今，凝澄究若斯。二紀罔自保，千秋寧詎知。情慟道與結，感往志彌悲。皇皇徂暑月，捐我就郊岐。故築即新墳，廣路席前基。狐兔夕向啼，芳麻延碧滋。解鋏心已許，回轅痛豈欺。永測游魂理，徒此眩盈虧。

【箋】

〔一〕左國玉字舜欽，夢陽妻弟。夢陽左舜欽墓志銘（卷四十五）曰：「左舜欽者，我外舅第三子也，名國玉，字舜欽。母曰廣武郡君，以成化二十三年九月七日生舜欽，……舜欽遂連生二子，年二十四以病卒。……以正德五年六月十三日，從父葬於新墓。」是該詩當作於正德五年六月，時夢陽閒居大梁。

改營外舅大夫園域〔一〕

貴賤無二死，賢愚同一丘。明公昔謝世，跡駭理夷猶。夷猶及兹年，墓木拱已稠。志決物可贊，運旋情更酬。悽悽臨壙穴，崩迫覽陰幽。昔爲美丈夫，今與腐者儔。枯骨蔓草纏，劍珮攢蚍蜉。痛沉秖愈迷，神明①竟何遊？名崇壽罔積，露隕蕙先秋。芳塵滿華屋，故馬咆行輈。改園僅逾阡，穿地即我謀。方期枌櫝成，庶紓生者憂。爲惟國士遇，因慟遂成謳。

【校】

①明，弘德集、崆峒集、曹本作「期」。

【箋】

〔一〕外舅，即岳父。爾雅釋親：「妻之父爲外舅。」外舅大夫，即夢陽岳丈左夢麟。夢陽撰有明故朝列大夫宗人府儀賓左公遷葬志銘（卷四十五），作於正德五年（一五一〇），則該詩或亦同時作。園域，帝王、后妃陵墓稱「園」，夢陽外母爲封於開封之周定王曾孫女，封爲廣武郡君，夢陽於嘉靖元年（一五二二）寫有外母廣武郡君祭文（卷六十四），故於岳丈陵墓稱「園域」。

熊御史卓墓感述〔一〕

幽幽山下江，峨峨山上松。纍纍松下墓，瑟瑟松上風。慨昔與君遊，並遊京華中。峨冠省臺内，鳴鑾趨步同。中更歎莫偕，永逝當何逢。絶弦已易慘，挂劍今誰從？駕舟亂回洋，展墓臨高崇。浮雲駭南流，顧望摧我衷。德音既長已，情感胡由通。秪餘泣麟意，悲歌傷命窮。

【箋】

〔一〕熊御史卓，即熊士選。夢陽有熊士選詩序（卷五十二），曰：「熊士選者，豐城人也。名卓，字士選，弘治丙辰進士，爲平湖知縣，擢監察御史。以劉瑾黜之歸，黜者四十有八人，而余亦與焉。瑾以其名詔天下，號曰『黨人』。瑾誅，起余官江西。過豐城，訪其人於曲江之濱，亡矣。余既往哭其墓，復收輯其遺詩，得六十篇。」御史，簡稱。秦漢御史中丞，隋唐御史大夫，明清左右御史大夫、左都御史、左副都御史、監察御史等均可稱「御史」。此指監察御史，爲專職監察官。按，夢陽曲江祠亭碑（卷四十二）曰：「正德七年夏五月，予巡視豐城，登岡望江曲之勢，見其上有祠也，而非其鬼，乃立使去其鬼，而作三先生主妥於其内。」是該詩當作於正德七年夢陽任江西提學副使視學豐城時。列朝詩集丙集熊御史卓曰：「劉瑾之亂，大臣科道同日勒令致仕四十八人，以其名榜示天下，士選與焉。正德己巳（按，正德四年），卒於家。再逾年，瑾誅，李獻吉過豐城，哭其墓，刻其詩可傳者六十篇。余所録出俞氏百家選中，皆獻吉所汰去者。」

【評】

皇明詩選卷二：李舒章曰：疊序四句，淒惋。

徐子墓〔一〕

晨興駕我車，行行造古墓。墓門一何寥，踟躕久延顧。陌阡修且直，青松夾中路。借言葬者誰，漢時徐孺子。麟出諒不偶，龍潛竟何以？峨峨東都會，藹藹青雲士。一鳴争及時，邁跡歆先軌。冠蓋紛若雲〔二〕，車馬闐京里。鳴玉氣自振，排闥情難已。鴻鐘有競勛，大策無停紀。斯人獨岑寂〔三〕，哀歎勞心理。

【箋】

〔一〕徐子，即徐孺子，名稚，東漢豫章南昌人，隱居不仕。事見後漢書徐穉傳。明一統志卷四十九江西布政司南昌府載：「徐孺子墓，在府城進賢門外望仙寺東。」是該詩當作於正德六年夢陽至南昌任江西提學副使時。

〔二〕「冠蓋紛若雲」，杜甫夢李白二首其二：「冠蓋滿京華。」

〔三〕「斯人獨岑寂」，杜甫夢李白二首其二：「斯人獨憔悴。」

【評】

皇明詩選卷二：李舒章曰：高山流水，如見其人。宋轅文曰：九京可作，低昂自深。

温太真墓〔一〕

雙鵝識妖端，一馬前休兆。中原既板蕩，臣主同奔峭。長蛇恣吞噬，白日掩孤曜。心違祖遡楫，事躋扶風嘯〔二〕。康屯見斯人，辱己存機要。建侯竟誰功，江介無飛旐。勛成身乃殂，夭逝徒心悼。側惟盈縮理，虛咎燃犀照。遺墳闃清千，古樹寒新廟。來阡莽迴鬱，弭節紛延眺。載瞻徐墓邇，益壯風流紹。

【箋】

〔一〕温太真，即温嶠，字太真，東晉人。晉書卷六十七有傳。明一統志卷四十九江西布政司南昌府載：「温嶠墓在府城南宣妙寺前。嶠，晉侍中大將軍，謚忠武，郡人於墓所立祠。」晉書温嶠傳曰：「初葬於豫章，後朝廷追嶠勛德，將爲造大墓於元明二帝陵之北，陶侃上表曰：『……豈樂今日勞費之事。願陛下慈恩，停其移葬，使嶠棺柩無風波之危，魂靈安於后土。』詔從之。」是該詩當作於正德六年（一五一一）夢陽在南昌任江西提學副使時。

〔二〕扶風，即扶風郡，三國魏時置，治所在今陝西興平東南。隋大業三年（六〇七）移至雍縣（今陝西鳳翔）。唐武德元年（六一八）改置岐州，天寶元年（七四二）復爲扶風郡，至德元年（七五六）改名鳳翔郡。此地出豪俠之士，故樂府有扶風豪士歌。

【評】

楊慎李空同詩選曰：可逼三謝。

澹臺滅明墓〔一〕

子游昔宰邑，邑有澹臺公。非公不見宰，不徑垂無窮。身殁埋豫章，豫章乃城中。長松何寥寥，石墓堅且崇。崩館晝常陰，古樹多悲風。丸丸擁基藤，垂垂網户蟲。喧寂本異感，慨惋當何同。道伸固難滅，瞻睇摇晴虹。

【箋】

〔一〕澹臺滅明，春秋時魯大夫。史記仲尼弟子列傳載：「澹臺滅明，武城人，字子羽。少孔子三十九歲。狀貌甚惡。欲事孔子，孔子以爲材薄。既已受業，退而修行，行不由徑，非公事不見卿大夫。南游至江，從弟子三百人，設取予去就，名施乎諸侯。孔子聞之，曰：『吾以言取人，失之宰予；以貌取人，失之子羽。』」雍正江西通志卷一百一十邱墓南昌府載：「澹臺滅明墓，在府城内東湖上總持院後，史記：仲尼没，滅明南游至江，居於楚，友教士大夫，後人遂相傳爲葬此。宋漕使高述題曰：『魯澹臺子羽之墓。』後程大昌築祠於傍，堂曰『友教』，明知府范淶重修。」是該詩當作於正德六年（一五一一）夢陽在南昌任江西提學副使時。

孺子墓夏謁〔一〕

懷賢意實勤，展謁良已屢。丰茸蔓草盛，間關夏禽哺。野蘞延竹户，丹華綴高樹。徘徊想故榻，流連果誰遇。

【箋】

〔一〕孺子，即徐孺子，名稺，東漢豫章南昌人，隱居不仕。事見後漢書徐穉傳。明一統志卷四十九江西布政司南昌府載：「徐孺子墓，在府城進賢門外望仙寺東。」是該詩當作於正德六年夢陽在南昌任江西提學副使時。

詠物

孔廟松〔一〕

夫子廟前松，童童一青蓋。盤拏若蒼龍，借問自何代。靈籟度笙竽，古色積烟黛。峨然森翠中，鬱彼風雲會。絶勝講壇杏，應並闕里檜。

【箋】

〔一〕此詩與下一首犬詩均收録於弘德集卷十二，似作於弘治、正德年間。

犬詩

警夜力不贍，逐兔非所任。吠花春院閉，戲草日移陰。家貧稱戀主，時乖堅始心。

其二

吠尨聞昔詠，走盧欽故名。遊園方載獫，重鍮寧自行。發踪難可遇，需草空含情。

【評】

其一，明詩歸卷三：鍾惺云：謙處正是任處。

又，譚元春云：思曠職處正是其思盡職處。

又，鍾惺云：□才力則謙，述心迹則自認不諱，妙甚。

又云：詠物詩，妙在自有感托，若無感托，雖描寫精工，終落第二義。

詠信州茗和鄭子〔一〕

厥草有佳種，靈味固無匹。豐内謝華幹，卑叢類謙抑。陽和散林彩，修修吐英特。濯影金屑泉，敷芬玉巖側。完馨重伊始，溥露浥其色。采掇屈柔腕，製之成我德。三緘附貢品，遂辱君子食。入鼎沸銀浪，隨風可傾國。滌煩古有經，通仙詎堪惑。

【箋】

〔一〕信州，今江西上饒。唐乾元元年（七五八）析饒、衢、建、撫四州之地置，治所在上饒縣（今江西上饒市西北天津橋）。轄境相當今江西貴溪以東，懷玉山以南地區。元至元十四年（一二七七）升爲信州路。明改爲廣信府。此地産茶。見餘干行（卷十九）箋。鄭子，不詳。或即鄭作。該詩似作於正德七年前後，時詩人任江西提學副使。

詠鷺〔一〕

天風下厲霜，海色清嚴冬。朱鳥逝云遠，玄禽眇焉踪。翩翩委波羽，嗚飛何雍雍。去若雪毬散，來疑玉梭從。回旋淥蒲漪，映照青蓮峰。戲滓不染潔，浴湜轉丰茸。群起若避鷲，孤立如有慵。孔言崇九思，周歌羡斯容。我客亮多懌，君子良沖瀜。亦應懼梟雁，幸少寬鰅鱅。保爾貞素姿，倘附春濤龍。

【箋】

〔一〕夢陽嘉靖集收録此詩，故詩當作於嘉靖元年至三年間，時詩人閒居開封。

白霧樹纍纍作花

不作江南客，空登河上臺。夢中到孤山〔一〕，笛裏落寒梅。今朝走白霧，萬枝參差開。紫宮散花女，騎龍下瑤陔。惚惚弄珠人，玉塵生羅襪。葳蕤復颯沓，光采半明滅。朝陽勿遽晞，留之慰超忽。

【箋】

〔一〕孤山，在浙江杭州西湖中，孤峰獨聳，秀麗清幽。宋林逋曾隱居於此，喜種梅養鶴，世稱孤山處士。孤山北麓有放鶴亭和梅林。此詩似作於嘉靖元年，時夢陽閒居開封。按，「空登河上臺」之臺，當指繁臺。「紫宮散花女」之紫宮，指帝王宮禁。文選左思詠史之五：「列宅紫宮裏，飛宇若雲浮。」李周翰注：「紫宫，天子所居處。」李白感遇詩之三：「紫宫誇蛾眉，隨手會凋歇。」「騎龍下瑶陔」之「騎龍」，典出史記孝武本紀：「黄帝采首山銅，鑄鼎于荆山下。鼎既成，有龍垂鬍鬚下迎黄帝。黄帝上騎，群臣後宫從上龍七十餘人，龍乃上去。」後以「騎龍」謂皇帝去世之典。明武宗卒於正德十六年（一五二一）四月，詩疑作於次年。

李夢陽集校箋卷十三　五言古五

游覽

渡漢[一]

好游良有殫，今朝竟言歸。洶洶舟下濤，亂之將疇依。異途各爲趨，同木相隨飛。遹觀千仞禽，誰復瞻其輝？

其二

萬事雖貴豫，數極誰竟猷？朅來彈我劍，且復三河游。迤東望濠梁，慨言懷莊周。黄鳥孰興篇，枌榆乃見尤。

其三

於心懷佳山，背之每自顧。相逢鮮久要，那得不念故？塞翁罔憂馬，馬歸人始悟。遊女非召南，千年没貞素。

其四

霖雨濡我軌，寒潦何滔滔。墳畝畯徒悲，漢流怒洪濤。思美歎晨夕，欲濟難容舠。限隔豈固逖，踟躕爲誰忉？

其五

閑登古樊城〔二〕，回望峴首山〔三〕。鷃雀躍寒蓬，疇念朱岑翰。小人競錐刀，羊子乃探環。智愚固生性，融晦靡我歎。

【箋】

〔一〕正德九年（一五一四），夢陽江西之職被免，六月末，由九江出發北歸開封。先乘船泝長江至武昌，再渡漢水至襄陽。夢陽封宜人亡妻左氏墓志銘（卷四十五）曰：「甲戌，李子以與江御史構，從理官於上饒，而徙左氏星子。會訛言賊過星子，於是左氏自徙於潯陽。是年，李子官復罷，道潯陽就左氏。泝江入漢，至於襄陽，將居焉。會秋積雨，大水，堤幾潰。左氏曰：『子不心大梁，非患水邪？夫襄、汴奚殊矣，且蘇門、箕潁之間，可盡謂非丘壑地哉！』李子悟，於是挈左氏歸。」該詩當作於此時。作者自漢口乘船逆漢水而向西北行前往襄陽，時爲七月。

〔二〕古樊城，在今湖北襄陽。見宣歸賦（卷一）箋。

〔三〕峴首山，即峴山，在今湖北襄陽南。見襄陽篇奉寄同知李公（卷十二）箋。

余懷百門山水尚矣頗有移家之志交春氣熙忻焉獨往述情遣抱四詠遂成示同好數子〔一〕

魯連蹈東海，介子逃西山。方舟信超越，巖徑安可攀？揚烈猶靡懲，置金徒嗟歎。伊余秉拙訥，薄遊及兹年。急湍有奔桴，迫路無停轅。慘慘滄流月，悽悽沙塞煙。徒欽静者意，未遂同袍言。偶耕慕龐公，巖棲景焦先。捫衷諒有持，顧己竟誰諼？復來感方寂，解作憂更牽。抑心二十載，始別金門還〔二〕。積疴謝人徒，頗與疏遁便。眷兹丘園榮，豈羨場①苗篇。

其二

浮海傷固窮，逾河歎誠邁。濯纓萬里流，高視九州外。功成奔運徂，氣至流飆代。淒淒秋柯零，冉冉春條媚。周覽倦河壖，孤悰冀巖瀨。道以沉寂超，賞與崇深會。豈惟超②遠情，亦因謝塵籟。聿想山中人，風吹女蘿帶。折麻凌險屼，采秀越森薈。眷彌志終申，獨往竟誰礙？嵉嵉太行峰，嶤嶤百門對。抗手別故歡，乘雲弄煙靄。

其三

閲圖訪名奇，久欽蘇門山〔三〕。危峰羅縣牖，積石噴鳴泉。情吟激衛女，嘉遁招古賢。出遊結夢想，神往理誰詮？連巖既鬱紆，迴渚復繇芊。猿吟曙霏豁，雁泊暝陰還。杖策躡丰茸，解裾濯潺湲。仰視遊雲翮，俯察戲藻鮮。覽物慨幽存，撫化懷冥筌。況逢春華交，更此眺孤烟。畢婚非達生，一嘯復何言！

其四

山客戒明發，朋故來攀留。巖潭窈叵③測，險徑增離憂。曰余負幽僻，誦古歆遠遊。陟懷康樂屐，浮羨鴟夷舟。探討傾子長，浪迹多阮侯。若人不可作，瑶草竟何酬！事往悲易深，情存道難侔。以此激孤詠，喟焉睇滄洲。安波有覆艫，坦路無全輈。危虞豈在嶮，薄劣終見尤。願附緑蘿緣，永與棲者儔。

【校】

①場，原作「長」，據崆峒集、百家詩改。　②超，詩綜作「肆」。　③窈叵，崆峒集作「詎可」。

【箋】

〔一〕從首篇「抑心二十載，始别金門還」句，可知該詩當作於正德十年（一五一五）春。正德九年自江西解職歸大梁，自此作者再未任官。此處「金門」泛指官場。按，夢陽於弘治六年（一四九三）中進士，即離開大梁，至此約有二十年之久，故稱。百門山，明一統志卷二十八載：「蘇門山在輝縣西北七里，一名百門山。晉孫登隱此，號蘇門先生。」

〔二〕金門，漢代長安城内未央宫金馬門的簡稱。漢書揚雄傳：「歷金門上玉堂有日矣。」

〔三〕蘇門山，又名百門山。在今河南輝縣西北七里。見覽遊百泉乃遂登麓眺望二首（卷十三）箋。

【評】

皇明詩選卷二：陳卧子曰：琢辭類謝，微見雄氣。李舒章曰：商風拂林，振動崖壑。

自大過渡河趨陂沙岡〔一〕

凌春遠行邁，游目恣沿越。漸辨林中曙，遽失霞①上月。觸物誰爲情，悲歎曷可歇。載登隋疆埸，況眺宋城闕。陽坡散初柳，陰曲峙寒雪。只此判氣候，豈必殊燕粤？湝湝濁河駛，旻旻晨風發。揚帆截驚瀨，倚棹望窮髮。鳧雁眇難即，汀蘭翠堪結②。美人既莫期，天路復幽絶。陂岡鬱參錯，岸沙皓明滅。日暮孤雲興，何以慰忡惙。

【校】

①霞，四庫本作「崖」。　②結，詩綜作「纈」。

【箋】

〔一〕大過渡河、陂沙岡，不詳，當在大梁附近。據詩意，疑作於正德三年（一五〇八）詩人被劉瑾逮繫離開封北赴京城時。

【評】

吴日千先生評選空同詩卷二：宏篇體裁，出入魏晉，至康樂而止。

陽武詠懷陳平張蒼遂及博浪之事〔一〕

玉璽戒不力，金鏡淪無光。大人既龍興，烈夫亦鷹揚。伊人各乘時，矯若孤雲翔。韓椎豈在屢，秦氣日以喪。六奇佐揮戈，五運開靈昌。時來屠沽奮，跡往英雄傷。平生冀風期，況乃逾故疆。灑淚越修坰，含淒遡河梁。古墳密嶕嶢，春沙鬱茫茫。徒瞻松柏路，詎申椒蕙芳。遺榮竟何尤，任智終自戕。羨彼赤松遊，援筆即此章。

【箋】

〔一〕陽武，今河南原陽東南。秦治，屬三川郡。治所在今原陽東南二十八里。明屬開封府。李賢等撰明一統志卷二十六河南布政司開封府上載：「陽武縣，在府城西北九十里，秦爲博浪沙地，漢始置陽武縣，屬河南郡，……唐屬鄭州，五代屬開封府，宋元仍舊，本朝因之。」陳平，漢初陽武（今河南原陽東南）人。從項羽入關，任都尉。即歸劉邦，任護軍中尉，漢朝建立，封曲逆侯。惠帝、吕后時任丞相，與周勃定計，誅殺吕産、吕禄等，迎立文帝。張蒼，陽武人。秦時爲御史。漢初任代、趙相，封北平侯。後爲丞相十餘年，曾改定音律曆法。年百餘歲乃卒。漢書藝文志「陰陽家」著録張蒼十六篇，今佚。博浪沙，在陽武境内，張良圖謀恢復韓國，結交刺客，在此狙擊秦始皇，未中。據詩意，當作於正德四年至六年作者閒居大梁時。

覽遊百泉乃遂登麓眺望二首〔一〕

束髮懷幽奇，覽籍冀有遇。來登百門泉，果協佳勝趣。毖毖圓波踊，藹藹浮陽聚。止坎渟泓洌，激石迅湍注。昔聞滄浪濯，今解川上喻。豈惟傷衛歌，兼以發蒙慮。況值春序中，群物已改故。菰蒲冒清深，鱗介各有慕。行羨浴渚凫，静對棲雲鷺。巖霏空潭影，林藹變朝暮。極目北上帆，朝宗感游寓。

其二

發鞍憩林木，杖策陟陘峴。巖連嶺參錯，洲曲岸迴轉。白日麗蘭薄，原緑静如洗。嘯臺既清峻〔二〕，行窩更幽緬。慨念昔時人，瞻望淚已泫。薜荔夕摇曳，蘿徑復誰踐？碑板半磨滅，石門積苔蘚。代異道豈隔，事邁迹空顯。獨采石門①秀，眷此何由展？逝鵠無卑音，潛虬厭污淺。曠哉古今意，難與世人辯。

【校】

①石門，崆峒集、徐本作「石間」。

【箋】

〔一〕百泉，即百門泉，明一統志卷二十八彰德府載：「百門泉，在蘇門山，泉通百道，故名。……元吴安持詩：『地本居幽僻，天教慰寂寥。池無千畝廣，泉有萬珠跳。坐覺清心骨，行思厭市朝。從今頻往返，歸路不辭遥。』孫之傑詩：『百丈原泉涌，千尋翠壁寒。武陵城郭静，盤谷水雲閒。康節行窩古，孫登長嘯闌。逍遥隨杖履，老我畫圖間。』」夢陽遊輝縣雜記（卷四十八）：「予當正德戊辰，值春仲之交，而遊於輝縣。於是覽蘇門之山，降觀於衛源，乃登盤山，至侯趙之川，遂覽於三湖，返焉。」是該詩作於正德三年（一五〇八）春。

〔二〕嘯臺，在今河南輝縣。雍正河南通志卷五十一古蹟上載：「嘯臺，在輝縣西北七里蘇門山上。」夢陽有嘯臺重修碑（卷四十一），寫於正德十年五月，文曰：「而御史許君按縣還也，則謂予曰：『吾比遊於蘇門，蓋登孫登臺云。恍若見其人徘徊焉，若聆厥嘯焉。』」續通志卷一百六十九藝文略：「修嘯臺記，李夢陽撰並書。正書。正德十年。輝縣。」蘇門山，又名百門山。在今河南輝縣市西北七里。晉書阮籍傳載：「籍嘗於蘇門山遇孫登，與商略終古及棲神導氣之術，登皆不應。」

登大梁故城①〔一〕

登高與處卑，由來慮多端。登高尚寡悰，處卑爲②能歡。以兹歷荆榛，褰衣躡巑岏。土壕帶陰風，樓櫓危急湍。巖岸苦崩奔，葭葦何漫漫。周望鮮故物，俯察多憂歎。潛魚葺其鱗，驚鳥無停翰。雲浮誠不任，淵沉諒何難。終附巖穴棲，斯地非我安。

【校】

①詩題，崆峒集作「登城」。②爲，弘德集、崆峒集、曹本作「焉」，可從。

【箋】

〔一〕大梁故城，即戰國時魏國都城。戰國時，周梁伯在今開封城西南築新里城。魏惠王九年（前三六二），將都城從安邑（今山西夏縣北）遷至新里城附近，在今開封市稍偏西北建新城，命名大梁，因而魏也稱梁，魏惠王也被稱爲梁惠王。秦王政二十二年（前二二五），命王賁攻魏不克，引浚儀渠水灌城，城毁魏滅。據詩意，當作於正德三年至六年詩人閒居大梁時。

德安趨潯陽〔一〕

始征晨風息，雲流日色展。登陸艱且澀，厲澗一何緬。維時仲秋交，颯颯林飆卷。緑竹垂我車，丹花映行幰。冒巒雜①有松，繡石盡成蘚。攀搴雖多悦，亘頓乃勞倦。日中迫廬嶽，蹊徑愈回蹇。雲涌連遥崿，雨暗失近巘。奔崩萬壑會，險絶一徑轉。遽訝川梁没，幸遇石瀨淺。道以習坎利，用待既濟顯。介石諒益固，巨川豈遂眩。誰哉能豫謀，隨寓斯可遣。

【校】

①雜，弘德集、崆峒集、曹本、徐本作「維」。

【箋】

〔一〕德安，五代十國吴順義七年（九二七）升潯陽縣蒲塘場置，屬江州。治所即德安縣（今屬江西）。明屬九江府。明一統志卷五十二南康府：「在府城南一百五十里，本漢歷陵縣地，屬豫章郡，……隋爲湓城縣南境，唐爲蒲塘場，五代時，楊吴升爲德安縣，屬江州，宋元仍舊，本朝因之。」潯陽，此指潯陽城。明一統志卷五十二九江府：「潯陽城，在府城西一十五里。本漢潯陽縣，其城晉孟懷玉所築，隋因水患移入城爲附郭，今名故州曰彭蠡，曰湓城，即其地。」該詩似作於正德六年（一五一一）夢陽任官江西期間。見九江謁濂溪先生祠告文（卷六十四）。

宿圓通寺〔一〕

曉發蒲亭邑，暮投石耳峰。僕夫困霑濡，山雨猶響松。茲壑況冞阻，顧望惟溟濛。幽巖託層房，豁然臨猴江〔二〕。竹修苞北基，巖峭垂南窗。俯觀梟户蘿，仰聆走簷淙。挹此暫足遣，逖想情難降。陶公有遺墳，黄子留孤踪〔三〕。通止良固殊，羈縛誰爲悰。坐聞吟猿暝，秪令歸思忡。

【箋】

〔一〕圓通寺，雍正江西通志卷一百一十三寺觀三九江府：「圓通寺，在德化縣廬山石耳峰下，南唐李後主建，元毀，明洪武四年重建，寺有香火田。」又卷十二山川南康府六：「石耳峰，在圓通寺東南，其峰有二，並列高聳，形如兩耳。宋洪芻詩：『猴溪橋下潺湲水，惟有峰頭石耳聞。』」同治九江府志卷二十一：「德化學，舊在府治南，慶曆間建於縣治東南鄂王池右。……宏治七年，教諭邵清請改學，門南向。明年，户部主事白金大新宫墻。正德八年，提學副使李夢陽命知縣王翼、姚永增修，議遷於前數百步，以宸濠兵阻。」該詩當作於正德六年（一五一一）夢陽任江西提學副使視學九江時。見九江謁濂溪先生祠告文（卷六十四）。

〔二〕猴江，即猴溪，廬山下的一條小河，有橋，雍正江西通志卷三十四關津九江府：「猴溪橋，甘泉鄉石耳峰下。」

〔三〕陶公，即陶淵明。黄子，或指黄庭堅，或指元人黄巽，字民同，號節庵，都昌（今屬江西）人，青年時讀書白鹿洞。至元間舉進士，後任道源書院山長，晚年隱於廬山，有節庵詩集三十卷。見宋元學案補遺卷七十。

釣臺亭成〔一〕

颯颯風磵瀉，纍纍山石峻。卜構倚岑削，簷楹闞奔迅。俯之纔一壑，仰面已千仞。歌游竟日夕，載色掖英俊。故杉改新蔭，魴鯉況充牣。本輕任公釣，詎慕庖丁刃。素飆㚟延蔓，商氣歛芳潤。臨深悟邃奥，睹逝識大順。却笑矜名子，羨魚一何吝。

【箋】

〔一〕續通志卷一百七十金石略載：「釣臺亭記，李夢陽撰並書，正德六年，南昌。」又雍正江西通志卷四十一古蹟：「釣臺亭，廬山志：在鹿洞書院之西。桑疏：提學李夢陽建，有記。」夢陽有釣臺亭碑（卷四十二），曰：「李子遊於白鹿之洞，……步自院門西百步，有石突如危如，仰而睇之，劖曰釣臺。俯之，渟泓魚躍。諸生曰：『此往者釣魚處也。』李子曰：『吁，佳哉！』乃命即其上作亭焉。」又，夢陽九江謁濂溪先生祠告文（卷六十四）曰：「維正德六年，歲次辛未，秋八月，中順大夫江西按察司副使後學關西李某，以巡視事至九江府。」是該詩寫於正德六年八月，時夢陽任江西提學副使，巡視九江。

卧龍潭〔一〕

出遊青天碉，遂至卧龍潭。重岑上無極，白日蔽寒①嵐。巉峭詎能步，嶮絶誰可探？歷石誠巍倨，捫壑驚谺谽。我行值秋季，霜藟揺匡南。午攀日忽夕，足倦情逾酣。雷瀑響巖澗，孤花媚澄涵。撫似悟命意，循跡想名庵。庵廢人踪②絶，巖剥文半滅。世異坦道塞，慨兹忍能説。

【校】

①寒，崆峒集作「風」。　②踪，四庫本作「迹」。

【箋】

〔一〕卧龍潭，在廬山。夢陽遊廬山記（卷四十八）有曰：「逾澗北行，則太平寺路也。然卧龍潭則在五乳峰下，路仍自棲賢橋。出澗口西行數里，北逾重嶺，入大壑，始見潭，潭亦瀑布注而成者。潭口有長石，鱗鱗起伏，猶龍也。朱子嘗欲結庵潭广，今崖有其劖字。然嵐重，晝日常黯黯。

出卧龍潭西行數里，至萬杉寺。」據夢陽九江謁濂溪先生祠告文（卷六十四），該詩寫於正德六年（一五一一）八月夢陽任江西提學副使巡視九江時。

始至白鹿洞〔一〕

曠哉超世志，緬邈平生思。鬱壹眷名跡，久注①匡山陲。南涉枉嘉命，果諧夙所期。仲秋巖壑清，宮館復在茲。白石激寒湍，巖蘿裊空基。黯傷逝者往，密惻來者追。性同道豈隔，途異理空悲。興言懷昔賢，日竟眺前岐。榛荒徒鬱紆，林崦一何深。感情匪哀歎，聊詠昭言垂。

【校】

①注，崆峒集作「住」。

【箋】

〔一〕據夢陽九江謁濂溪先生祠告文（卷六十四），該詩寫於正德六年八月，時夢陽任江西提學副使，巡視九江。詩中「仲秋巖壑清，宮館復在茲」亦可證。

白鹿洞遍覽名跡〔一〕

情高忽淩厲，步健輕巉緬。葛弱亦須捫，崖滑每獨踐。涉清愛重履①，探阻遺驚眩。始茲陟五峰，遂憩松下巘。巖桂紛始華，石耳翠可卷。追想白鹿跡，伊人竟何遣。觸端緒自縈，薜荔況在眼。慨歎意莫置，顧望日已晚。夕湖浴岑峭，流光滅蘭坂。命酒寫幽獨，鳴琴且游衍。

【校】

①履，原作「屨」，據文意改。

【箋】

〔一〕據詩意，當作於正德六年（一五一一）八月，時夢陽任江西提學副使，巡視九江。見九江謁濂溪先生祠告文（卷六十四）。

【評】

皇明詩選卷二：李舒章曰：清氛映袂，攬結不已。

陟嶠〔一〕

伊昔謝銜歸，志頗諧綸釣。甘追河上跡，切慕蓬池嘯〔二〕。孰知紫芝慮，竟荷青雲耀。值秋歷江郡，弭節登廬嶠。沉深九疊秀，峻極千峰峭。錦繡亂岑崿，晨夕改觀眺。晶晶游氣斂，皓皓寒日耀①。飛瀑信雷邁，奔峽還龍跳②。躭遊遽忘歸，久住輕時誚。天池絶亦捫，石鏡扳可照。矧茲二三子，芬馥含清妙。霜嵐澄西夕，從歌倣希調。

【校】

①耀，弘德集、黄本、曹本、李本作「躍」，崆峒集、四庫本作「曜」。②跳，原作「躍」，據四庫本改。

【箋】

〔一〕據詩意，此詩當寫於正德六年（一五一一）八月，時夢陽任江西提學副使，巡視九江。見九江謁濂溪先生祠告文（卷六十四）。

〔二〕蓬池，古澤藪名，在河南開封附近。見贈張含二首（卷十二）箋。

廬山秋夕〔一〕

山壑寒氣早，日夕風色緊。火流桂將歇，霜至蕙草隕。蟋蟀集澗館，禾委①被疆畛。感物憂自攢，排遣情詎忍。年徂身與衰，時棄世所哂。躊躇夜不寐，起坐萬念軫。崖傾月西流，嶂曙松猶隱。噭噭露猿啼，行行采芳菌。

【校】

①委，疑當作「黍」。

【箋】

〔一〕據詩中「火流桂將歇，霜至蕙草隕」句，當寫於正德六年（一五一一）秋，時夢陽任江西提學副使，巡視九江。見九江謁濂溪先生祠告文（卷六十四）。

落星石〔一〕

千江勢欲倒，蠡門支孤嶼。輝輝雲崖映，洶洶湍瀨注①。霜水落丈餘，石角露齟齬。探奇犯巇涉，停旆挈賢侶。褰裳入松寺，倚竹望風渚。崩奔亂帆下，蔽曳波鳥舉。秋空澹明澄，浮山互吞吐。靈根合道蘊，曠蕩豁褊阻。貞靡亞砥柱，險可並灩澦。不聞永嘉勝，秖因謝公許。

【校】

①注，原作「拄」，據詩意改，蓋形近而訛。

【箋】

〔一〕落星石，在今江西星子南。水經注廬江水：「湖中有落星石，周迴百餘步，高五丈，上生竹木。傳曰：有星墜此，因以名焉。」雍正江西通志卷三沿革建昌府：「星子縣，本漢彭澤縣地，屬豫章郡，後爲德化縣之星子鎮，太平興國三年置縣，屬江州。太平興國七年，以江州星子縣建爲軍附郭，因境内有落星石，故名。」該詩當作於正德六年（一五一一）秋，時夢陽任江西提學副使視學九江。見九江謁濂溪先生祠告文（卷六十四）。

泛左蠡〔一〕

辭山意不悅，水泛暫可樂。微風逗帆席，日鏡展光耀。揚歌蕩溟昧，鼓枻極窈窕。指顧異晨暮，俯仰改觀眺。出没湖中山，明滅海上嶠。素輕左蠡險，今覬石壁峭。謝屐久已蕪，陶磯寂誰釣？解吟松門詠，令人發悲嘯。

【箋】

〔一〕左蠡，即彭蠡湖（今鄱陽湖）。該詩當作於正德六年（一五一一）秋，時夢陽任江西提學副使視學南康。見九江謁濂溪先生祠告文（卷六十四）。

騎登謝址復舟觀於石壁〔一〕

奮鵠有奇翰，古鐸無追響。游雲跡易滅，鳴世情難想。昔吟瞻眺詠，今覿湖中賞。松門既岑崻，川水深以廣。昏旦候自變，伊人竟焉往。巖劖徒空嵌，堂基鞠爲莽。扉徑不可識，悲愉異今曩。石壁屹寒岸，葛崖嘯魍魎。攬馭意已極，登舟秖彌惘。抱兹久延佇，遵渚路回枉。

【箋】

〔一〕雍正江西通志卷十二山川六南康府載：「石壁山，在都昌縣西南七里，臨大江，有石如壁，謝靈運嘗居此，有石壁精舍還湖中詩。明正德間，提學李夢陽重鐫『石壁精舍』四大字。」夢陽刻陸謝詩序（卷五十）曰：「李子至都昌，登石壁山，覽謝氏精舍遺址，俯仰四顧，慨然興懷焉。」該詩當作於正德六年（一五一一）秋，時作者任江西提學副使視學南康。見九江謁濂溪先生祠告文（卷六十四）。

南巖寺〔一〕

巖高屯屋巨，谷邃至跡罕。仰之訝天缺，登頓徒雲滿。木零鶻巢露，松冷猿嘯緩。一滴聆不厭，五級裊可踐。

【箋】

〔一〕明代江西有二南巖寺：雍正江西通志卷十三山川南安府七：「南臺山，在南康縣南五里，山腰有巖，可坐十餘人，有南巖寺，今廢。月夜風籟，過客時聞鐘磬聲，稍右有山，秀鋭而差低，名小南山。縣西一里西山，舊有古塔，今存基址一層。」又卷一百十二寺觀二吉安府：「南巖寺，在弋陽縣新政鄉。唐太和間比丘神曜增修，宋嘉定間王元長建殿、門堂、廡、鐘樓及架橋之亭，後圮。元至正間僧嗣正修，明崇禎間重修，邑人范有韜題額曰『自然天地』。」據詩意，當爲後者。弋陽縣，明屬廣信府。該詩當作於正德六年視學廣信時。見鳶山訪汪氏因贈（卷十一）箋及鉛山陸趨宿南巖寺（卷三十三）。

赴懷玉山作〔一〕

始臨清溪寺，不謂茲路艱。崎嶇逾南嶺，轉見山鬱盤。重陰起北谷，凍雨響前巒。志定邁孰禦，勇往竟孤攀。挽葛接懸窌，架木凌飛湍。律律巖壑變，颯颯嵐風寒。隔港望絶岫，崞崞已雲端。

【箋】

〔一〕懷玉山，在今江西東北與浙江西部邊境。宋樂史太平寰宇記卷一百零七江南西道五饒州：「懷玉山，在縣東北三十里，玉山溪流發源於此。」明一統志卷五十一廣信府：「懷玉山，在玉山縣北一百二十里，一名玉斗。南唐時，縣令楊文逸嘗夢一羽衣自稱懷玉山人來謁。未幾，其孫億生。山有法海院，宋李彌大有記。」按，夢陽有初度懷玉山有感（卷三十二），曰：「年今四十身千里，生日登臨寓此中。」初度，即生日。詩作於正德六年（一五一一）臘月夢陽三十九歲時。據此，該詩亦當作於此時，時正視學廣信府，重建懷玉書院。見至懷玉山會起書院（後詩）箋。

至懷玉山會起書院〔一〕

冒險登雲峰，雲涌風不卷。淒淒松霰響，濡濡竹露泫。沾塗意已困，睹構色頗展。故堂改頹制，新築負幽巘。伐材但旁谷，礱石況非遠。清渠激修溜，巔畝曠以衍。偶至若期遇，天定固良鮮。仰止古有訓，静成力可挽。秖虞遊業子，捷徑爲世莞。

【箋】

〔一〕懷玉山，即玉山，在今江西玉山縣。見赴懷玉山作（卷十三）箋。雍正江西通志卷二十二書院二建昌府載：「懷玉書院，……朱子與陸文安、汪文定諸賢講學兹山，有司及門人拓而大之，置田以供四方來學者，自是懷玉之名與四大書院相埒。宋末廢，元時改爲僧寺，明成化間仍建書院，清復原田。正德間，提學李夢陽重建，勒石記之。」參夢陽初度懷玉山有感（卷三十二）。

薛家樓宴〔一〕

閑遊北城隅，俯視清江郭。洪川帶名都，形勢自相錯。樓觀藹鬱鬱，街巷紛以漠。北城良已高，況陟城上閣。輕裳拂倒景，飛檻聆天樂。夕山一何蒼，夏潦彌井絡。衝風激回流，玄雲駭難泊。暗觀逝者危，遂悟居者樂。慷慨亮易感，捫心果誰惡。夷險非我爲，彈劍且盡酌。

【箋】

〔一〕薛家樓，即偰家樓，清陳弘緒江城名蹟卷四載：「偰家樓，在府治西北。元末偰列篪闔門死難，有司徙其樓于城上，爲遊觀之所。一作薛家樓。」在南昌之贛江邊。似作於正德八年任江西提學副使在南昌時。

曲江亭閣 在豐城縣①。〔一〕

纜舟金華潭，遂陟岡上閣。蹊徑阻紆鬱，巖水光參錯。夏林一何清，餘雨淅未落。高覽景自異，況值晚霽廓。夕日明錦湍，歸雲擁華薄。近山聿蒼翠，遠嶺復岑崿。曠蕩感遇寓，俯仰歎今昨。不見往者悲，秪覿來者樂。顧瞻大江流，愈恨代謝速。源涌竟誰禦，謙守諒能曲。所貴遺榮名，睹義願有勖②。

【校】

①在豐城縣，曹本無此小注；黄本、弘德集無「在」字。②勖，原作「最」，據四庫本改。

【箋】

〔一〕曲江亭閣，在江西豐城曲江邊。夢陽曲江祠亭碑（卷四十二）曰：「正德七年夏五月，予巡視豐城，登岡望江曲之勢，見其上有祠也，而非其鬼，乃立使去其鬼，而作三先生主妥於其内。及予還也，則知縣吴嘉聰業又作二亭祠後，其最後亭有閣，又最高，登之，益足以盡此江奔北俯折之勢。」雍正江西通志卷一百零八祠廟南昌府載：「曲江祠，在豐城磯山之巔，舊稱三賢祠，祀朱子、李義山、姚勉。李夢陽有記。」可知該詩當作於正德七年（一五一二）五月。

【評】

皇明詩選卷二：宋轅文曰：蒼堅之色，康樂所難。

發豐城屬江漲風便

午晴發豐邑〔一〕，挂席遡修瀨。潮起果諧志，風助利擊汏。棹歌落日上，滿目①波嶠外。巨川信易涉，貞固乃宜戒。

【校】

①滿目，弘德集、崆峒集、曹本作「游目」。

【箋】

〔一〕豐邑，今江西豐城。見贈王生（卷十）箋。據夢陽曲江祠亭碑（卷四十二），本文當作於正德七年視學豐城時。

武陽抵進賢〔一〕

大宇流玄化，生情互陰朗。積霖夜猶注，寒陽朝遽上。肅肅晦色斂，皛皛川水廣。楓林一何赤，沙嶼鴻競往。涉河歷紆鬱，登嶺暫停鞅。撫江信縈帶，鍾陵氣弘敞。荆俗雜澆厚，徵賦則邦壤。佩刀豈民性，剪戮歎幽枉。

【箋】

〔一〕武陽，指武陽河。明一統志卷四十九江西布政司南昌府：「武陽水，在府城東南三十五里，源出南豐，流經臨川，支流達於豐城，東北流經南昌，又東北入宮亭湖。」進賢，北宋崇寧二年（一一〇三）升進賢鎮置，屬洪州。治所即今江西進賢。明屬南昌府。明一統志卷四十九江西布政司南昌府：「進賢縣，在府城東一百二十里。本漢豫章郡南昌東境，晉分置鍾陵縣，尋省入南昌，唐初復析置鍾陵縣，尋廢爲鎮，名進賢。宋始升鎮爲進賢縣，元仍舊，本朝因之。」雍正江西通志卷二十一書院一南昌府載：「鍾陵書院，在進賢縣霧嶺，明正德七年，改福勝寺爲之，立濂溪先生祠，中有光風霽月堂，明、通、公、溥四齋，李夢陽記。」該詩當作於正德七年（一五一二）秋。夢陽作有鍾陵書院碑（卷四十二），可參。

至後上方寺酒集〔一〕

久陰痗昏氛，我行值嘉明。白日展冬耀，雪霽松林清。景異賞貴延，朋集杯難停。入筵午未端，歸騎夕已冥。衝風振巖廊，鈴索抗高鳴。塔虛響先奔，珠圓光易傾。超物慮可澹，遺榮累果輕。久枉証詮理，一悟得所徵。

【箋】

〔一〕上方寺，在開封城東北，宋稱開寶寺，寺内有琉璃磚塔，遠看似鐵，故名鐵塔。見初秋上方寺別程生（卷十）箋。據詩意，當寫於正德後期詩人閒居開封時。

上巳海印寺二首〔一〕

勞生苦役役，況乃值溫陽。林園有嘉榮，蹊渚生柔芳。秉蕑迹已陳，祓禊難獨忘。駕言適蓮宇，迂紆陟虹梁。峨宮延暮色，陂樹藹青蒼。詎知幽勝區，占兹佳麗鄉。居然心境寂，彌增塵路傷。

其二

眺遠及麗辰，登危開我襟。秉炬躡佛榭，杳杳夕光侵。芳湖遞澄鮮，幽隍覆層陰。畢景没長甸，輕霏變春岑。仰矚雙龍闕，却瞻上苑林。歸翼矯以翔，鴻雁多哀音。薈蔚桃李場，孰分松柏森。

【箋】

〔一〕上巳，舊時節日名。漢以前以農曆三月上旬巳日爲「上巳」；魏晉以後，定爲三月三日，不必取巳日。宋書禮志二引韓詩：「鄭國之俗，三月上巳，之溱、洧兩水之上，招魂續魄。秉蘭草，拂不祥。」海印寺，據詩意，疑爲北京海印寺。按，陸深儼山集卷十五有仲冬晦過海印寺有述一詩，曰：「萬歲山陰海子橋，十年重到笑勞勞。舊時風景依稀在，歲晚冰霜積漸高。」地點、名物似與此詩「仰矚雙龍闕，却瞻上苑林」同。日下舊聞考卷五十四「城市」引長安客話：「原海子橋北，舊有海印寺，宣德間重建，改名慈恩，今廢爲廠。」注曰：「原李夢陽上巳過海印寺作：『勞生苦役役，況乃值温陽。林園有嘉榮，蹊渚生柔芳。……（空同集）』」

秋日重過上方寺〔一〕

居閑懷行游，觸景慨時速。昨來春華敷，秋草倏已緑。弱蘋布霜漣，叢蘭委寒陸。纍果媚西陽，漂籜滿空曲。物遇信緜曠，情移乃躑躅。夷猶布前庭，迤邐陟曾麓。夕風一何厲，行雲結相逐。鐸音抗高聽，塔影駭流矚。聿非封侯骨，虚疑①燕頷肉。飛纓靡不榮，芒屩諒應足。寄謝世上人，吾久脱羈束。

【校】

①疑，弘德集、曹本作「擬」。

【箋】

〔一〕上方寺，在開封城東北。見初秋上方寺别程生（卷十）箋。據末句「寄謝世上人，吾久脱羈束」可知，該詩當寫於正德九年（一五一四）後至嘉靖元年前詩人閒居開封時。

春遊篇〔一〕

東氣散廣陌，北杓指青陬。美人惜春陽，鳴鑣事遨遊。遨遊覽萬物，紆遲駐道周。京邑藹九衢，合沓喧輪騶。黄鳥集于林，碧草生御溝。御溝多垂楊，芳樹夾朱樓。卑崇冒休澤，鬱哉帝王州！

其二

朝遊東市陌，暮出北城衢。夕林何嶔岑，華月耀西隅。宵征泝皇垣，迴策遵玄湖。春冰日以薄，鳧雁聚喧呼。逶迤浦溆貫，金刹①據中區。前有三石梁，宛若垂虹紆。却顧雲中觀，翳翳蔽松榆。

【校】

①刹，原作「利」，原校云「『利』，疑作『刹』」，今據弘德集、黄本、曹本改。

【箋】

〔一〕據詩意，似作於正德後期詩人閒居開封時。

春日洪法寺後岡〔一〕

暄陽入廣墟，平阡曖煙蕪。税鞅尋高禪，陟丘眺神都。白日麗中衢，青霏藹林岨。碧草一何萋，叢葩亦已敷。纍纍誰氏墳，嶒崒三浮圖①。鑿石錮九泉，雄構耀城隅。輿臺盜綺衣，苔蘚封丹樞。矯首視天宇，焭焭浮雲徂。崇名古所欽，多藏秖區區。

【校】

①浮圖，弘德集、黄本、曹本作「浮屠」。

【箋】

〔一〕洪法寺，疑在京城。萬曆順天府志卷二營建志：宛平縣「資福寺、洪法寺、天寧寺俱白紙坊」。夢陽另有洪法寺遇鄉僧（卷二十六）詩。何景明亦有遊洪法寺塔園土山（見大復集卷十）、洪法寺別錦夫邃伯（卷十六）等詩。此詩似作於弘治年間任職户部時。

李夢陽集校箋卷十四　五言古六

雜詩

雜詩六首〔一〕

爗爗雲中電，流光西北馳。僕夫夙嚴駕，吾欲遠游之。出門履微霜，四顧何茫茫。豺狼當路逵，鴟鴞薄雲翔。改轍理方舟，欲逝川無梁。俯仰歲將宴，愴惻涕沾裳。

其二

西國有佳人，獨立青雲端〔二〕。容豔若桃李，左右佩芳蘭。含思理玉琴，泠泠一何閒。更節有餘悲，曲終再三歎。借問歎者誰？中意難自宣。沈吟攬衣帶，仰視鳴鶴翻。思阻望不申，何況隔丘山！

其三

棁榱蝕以傾，梁棟誠獨難。流言播四國，周公有疑患。涼飆激頽景，奄忽不可攀。衆羽日繽紛，朱鳥戢其翰。殺身苟無益，去去從所安。傷哉式微詩，千載起余歎。

其四

明月照我懷，耿耿殊未已。霜雪委如山，悲風中夜起。攬衣仰天歎，涕隕不可止。卞生抱荆玉，捐軀剖終始。青蠅倏來集，白黑反在此。城闕屹九重，浮雲日千里。我欲竟此曲，此曲悲且苦。

其五

淒霜變爲雹，二氣斂而藏。天道有代謝，人謀豈恒臧！北杓酌元化，亭亭自低昂。上帝棲紫宫，衆緯錯以行。謂山蓋高，有梯可陟。謂淵蓋深，有舟可涉。自非雙黄鵠，天路安可躡？

其六

茅以韌爲席，柏以勁爲薪。君子憂治世，愚者幸不辰。張罝以待兔，雉也災其身。物理雖云殊，罹脱各有因。浮沙卷奔藿，朔吹揚驚塵。日暮臨大道，悵望曷能陳？

【箋】

〔一〕正德二年（一五〇七）正月，「閹瑾知韓公之奏皆公贊成之，疏又出公手也，遂矯詔奪官，降山西布政司經歷，勒致仕」（李空同先生年表）。該詩疑作於詩人歸家閒居開封後。

〔二〕「西國有佳人，獨立青雲端」，漢李延年歌：「北方有佳人，絶世而獨立。」

雜詩三十二首〔一〕

英雄樹大業，奮志常慨慷。捐身赴國仇，效命争戰場。明甲耀皎日，挽弩千石强。矢石下如蝟，殺聲如沸湯。被刺目不逃，阽危氣益昂。雄名輝册符，生死固其常。

其二

大司肅制度，鴻儒振英儀。生殺原異門，爲猷視厥施。峨冠巍堂上，巧笑美容姿。狐心生暗鬼，耳聞佯不知。膏粱媚妻妾，無賴充王師。白刃起如林，狗馬用羈縻。榮達信有命，歎息將奚爲。

其三

共工觸山折，夸父去無還。媧氏懷憂傷，煉石思造天。妖姬鼓哀瑟，嬉戲玉臺間。草昧怨無侯，哲者中自煎。小鳥塡巨海，蘆灰遏洪川。力誠有不及，心情長①可憐。

其四

昔余曳鳴珮，謁帝扣天閶。聖人垂衮衣，賡歌庶事康。鼎成不我顧，奄忽驅龍翔。生死變化理，反覆開存亡。榮華有銷落，連茹切微霜。晨朝在須臾，返車棲扶桑。

其五

命駕將何之，意欲快我心。蠻方亂如麻，匈奴寇榆林〔二〕。揮劍誓俱亡，彼軍忽如沉。豈爲尺寸勛，國仇怒至今。崑崙貢織皮，鴟鴞懷好音。功高固不賞，讒妒來相尋。哀哉險側子，傾詞誰見欽？

其六

大道竟焉陳，末運忺相欺。讒疑進貝錦，交亂令心悲。鴟鴞翔茂林，烏鵲遊下枝。人情有偏好，觸意生乖離。長門緒清吟，魚肉怨新詩。玉分石見仇，咄嗟當語誰？

其七

遨遊寫憤懣，駕言凌洪濤。洪濤非我遊，改馬登山椒。朔風一來至，林谷何蕭蕭。鬼怪時以興，雲逝誰能招？禽鳥相聚鳴，原獸復晨號。置此勿徒苦，乘雲可宏翱。

其八

有衍東園椒，結實何纍纍。條遠敷不易，斧者見行摧。燕雀本小鳥，志欲翀天飛。哀哉不自諒，失路將安歸！

其九

悲風厲歲晏，宵旦未云已。寒冬雨雪至，江漢驕南紀。臨堂翳孤松，杳杳歎成理。涼潦不溢澤，時雁鳴高起。一飛摩青天，倏忽乃萬里。訊言蓬蒿士，沓沓竟何以？

其十

晨出進賢門，南向望東鄉。清川激崇岑，彌野何茫茫。白骨皓四隅，群鳥噪枯桑。闔門已殺戮，鴟鴞復來翔。日昃時易冥，漏綱頓天綱。思此愁我心，還車眺何梁。玄鶴靳高鳴，於世常激昂。一逝聲影滅，誰哉見孤頏！

其十一

登山望四海，日夕忽至沉。俯身眺城郭，痗然沾我襟。交路夾芳蘭，逝駟何駸駸。朱樹藹閒榭，奇巧媚荒淫。北里進異舞，高唐呈妙音。纖羅振芬芳，朝雲遞嘉吟。不見秋至草，零落愁春心。

其十二

兀然坐空堂，戚戚恒竊悲。曠世懷一鳴，燕雀翻見欺。惡名收范公，文致詆朱熹。身親罔自明，萬世余焉知？霜露隕華草，憔悴今其時。百年俟論定，恃此良可嗤。

其十三

倚閭遲佳人，日莫期不來。拂衣舍之去，去上延秋臺。旗旌蔽原坂，鼓角鳴且哀。黄鵠翔不下，腐鼠鴟見猜。壯士憤國難，撫劍但徘徊。白日倏西傾，愴惋肝肺摧。

其十四

灼灼綴枝華，榮豔一何好。朝陽溢其葩，餘光照寒槁。冠蓋沓衢路，致身競先早。磬折名譽場，銷鑠成醜老。一夕不復晨，隕落隨秋草。逍遥可竟世，繁華詎足保？

其十五

陽回杳無朕，朔風振江郊。翩翩者何禽，銜枯創新巢？長短有成理，環也特其遭。窮者非盡愚，顯豈皆賢豪。羲陽奄西馳，今夕明復朝。如何途路子，得意恒自驕。

其十六

無榮亦無辱，倚伏還相隨。韓侯歎良弓，寧復歆昔時？華春敷明陽，各艷容與姿。孤松秀嚴冬，歷世誰可期？照耀東門瓜，前貴今豈知？較計毁譽間，無乃賢達卑。

其十七

昔有玩世士，乃處匡山阿。其人久已冥，春林發煙蘿。故址栗里旁〔三〕，見者不忍過。荷鋤豈不苦，刈薪行且歌。詆毀日來加，醉酒良靡他。沉溟②在一時，千載固難磨。小兒爲督郵，磬折將如何？

其十八

昔余遊淦南〔四〕，曾上升天臺。茲也誠玄冥，萬里悲風來。松柏摧路傍，玉梁安在哉！舉手招王喬，三洲限蓬萊。黄鶴舞高岑，清雲曳徘徊。歎息長久術，愴惻令人哀。

其十九

玉梁不可遊，回登懷玉顛。應龍歘白霧，接我升雲煙。憑軒望四海，溷悶良可憐。可憐者誰子？白馬來翩翩。明哲困糟糠，庸子鶩輕軒。嫵婉逞一顧，力違成過愆。傾城亦何益，傷哉誠嗟歎！

其二十

黄塗亘東西，六龍駕天車。一馳濛汜間，百計無奈何。彎弓倚扶桑，抗手招陽戈。浮雲徂我前，逝鳥鳴相過。鳳凰愁丹山，溟海日夜波。行行欲安之，念此紛滂沱。

其二十一

今日苦炎熱，風雩可徜徉。亭亭一孤松，乃在匡山陽。李公宅深冥，朱氏揚其芳。仰身攀林巖，俯之淚數行。勢路紛狹斜，隨利來相戕。命駕且復去，誓與朱鳳翔。

其二十二

貴賤各有命，昧者苦保持。殷勤話言接，轉面不可知。一言相千秋，冠蓋赫來馳。鷃雀鳴梧桐，噞習鸞鳳飢。雞鳴市朝動，董生方下帷。

其二十三

慅慅懷坦途，由之乃江河。波起旁所駭，舟中如室家。中林設暗罟，鴻鵠逝九阿。讒巧誠相戕，飛鳥日暮過。修短自然理，作色將誰何？

其二十四

匡山有老人，自稱巖下公。緑髮渥朱顔，皎若雲間鴻。往來騎白鹿，姿美精内充。招我將從之，心阻難遽通。流情復高翔，翩翩駕天風。夙昔思此人，寤言期與同。感此重狂顧，德音常在衷。

其二十五

騶虞不食草，志士寧苟安？矩步揮芬芳，凛義不可干。吐辭程大猷，妻子常飢寒。中心思美人，遥夜起長歎。延頸望西岐，欲鳴途路難。躑躅待天晨，宵夜徂漫漫。明月鑒房帷，涕淚交汍瀾。

其二十六

臨事戒憤切，憤切增煩心。君子被短褐，小人富黄金。璇機造變化，何浮不有沉。不見遊波蛤，前是檜中禽。池鶡奮羽翼，倏忽四海陰。沐浴濛汜間，飄颻終鄧林。

其二十七

少年撫長劍，放浪三河濱。纍纍道旁者，云是金鄧墳。欻翕隨龍飛，策符登茂勛。南陽多貴人，烜赫闐朱輪。委身今黄土，千載不復晨。首陽有采薇，餓死誰爲聞？遺義凛秋霜，見者常酸辛。

其二十八

自聞鶗鴂鳴，於心懷憂傷。陰氣馴以厲，庭草隕繁霜。皋蘭萎不榮，瑟風遊素商。浮雲晝易冥，白日時漏光。登山期所思，反見高鳥翔。蹀躞豈規步，訛言倘譸張。揮袂層霄間，撫劍增慨慷。

其二十九

昔余挾詩書，京里揚鳴珂。敷藻藝林間，結交聚邊何。豈云傾人城，絶代耀姿華。分散倏老醜，孤遊江湘阿。出攀芳桂林，倚岑揮浩歌。荆榛蔽丘原，浮雲一何多！靈劍有合並，詠言傷蹉跎。

其三十

莫笑一杯水，覆地東西流。人命若飄光，超忽誰能留？藜藿足充饑，巖巒可遨遊。衣文附靈犧，莊子誠見羞。黄雀乾下庖，白刃臨九州。一爲華屋吟，俄頃歸山丘。脱身幸及今，世事如蜉蝣。

其三十一

毀譽不可校，校之心煩悲。榮名蓋一世，千載誰見之？塞翁失其馬，馬歸駒來隨。生死尚無常，萬事誠塵灰。舒嘯飲醇酒，聊與玄化嬉。

其三十二

窶人困貧賤，忉切常自悲。達者競先步，所苦名位卑。旦榮昏暮零，二者誰復知？二者不可知，懊惱將何爲？不見曠世子，埋没隨蒿藜。

【校】

①長，弘德集、黄本、曹本作「良」。　②溟，弘德集、徐本、四庫本作「冥」。

【箋】

〔一〕李空同先生年表以爲：正德五年庚午，夢陽閒居開封，「移居東角樓，始自有家室，閑居寡營，感愴今昔，作雜詩三十二首」。然而，此組詩中出現「晨出進賢門」、「匡山有老人，自稱巖下公」、「昔余遊淦南」、「分散倏老醜，孤遊江湘阿」諸句，似爲正德九年自江西罷官歸開封後追憶往事之作。

〔二〕榆林，即明榆林衛。成化七年（一四七一年）置，爲延綏鎮治。治所在榆林堡（今陝西榆林）。

〔三〕栗里，在今江西九江西南。晉陶潛曾居於此。南朝梁蕭統陶靖節傳：「淵明嘗往廬山，弘命淵明故人龐通之齎酒具于半道栗里之間。」白居易訪陶公舊宅詩：「柴桑古村落，栗里舊山川。」

〔四〕淦南，查北方無此地名，或指淦水之南，即今江西樟樹西南淦水。太平寰宇記卷十九江南西道七吉州新淦縣：「淦水在縣北一百里，西流達於贛水。」

【評】

皇明詩選卷二：李舒章曰：諸作如矯矯逸翮，凌風而遠。陳卧子曰：詞傾於子建，氣厲於阮公。

其四：宋轅文曰：「榮華」二語妍雅。陳卧子曰：即悲歌孝宗之旨，倍深悽惻。

其十一：陳卧子曰：環珮珊珊，如有餘響。宋轅文曰：矯秀。

其二十八：宋轅文曰：憂時之言，原於變雅。李舒章曰：「瑟風」句朗秀。

其二十八，王夫之明詩評選卷四曰：致思不淺，仿佛傅鶉觚，亦詩家之霸統也。獻吉之論古詩也，曰必漢魏，必三謝，反復索其漢魏、三謝者而不可得，亢響危聲，正得一傅鶉觚而已。其地同，其人品氣義略同，遂爾合轍，亦一異也。此詩之病，在「揮袂」、「撫劍」四字，非但惡此四暴横字也，一篇之中不乏沉思，而使人以躁氣當之，正爲其胸中有此四字耳。青天白日，衣冠相向，何至揎拳把利刃，作響馬態邪？北人無禮，將爲夷風之久染乎？

吴日千先生評選空同詩卷二評其十三：得阮公神骨。

雜詩〔一〕

宛宛春田鳩，飛鳴柔且閑。一朝化爲鷹，肅肅厲羽翰。衆禽不敢並，孤立秋雲端。鳥既不自知，人胡究其然？

其二

緜緜谷中葛，引蔓在修楚。修楚伐爲薪，葛也安所附。豈無絺與綌？可以禦清暑。烈烈嚴冬時，憂君乏纊絮。

其三

汎汎河上舟，摇摇靡攸止。我欲維此舟，川廣不可涘。振振鳧與雁，棲食在波水。豈不良幽寞？夙心耽樂此。

【箋】

〔一〕據詩意，當作於正德四年前後詩人閒居開封之時。正德三年（一五〇八）五月，夢陽爲劉瑾矯旨械繫逮至京師，入錦衣衛獄。八月，赦出，年末歸家。

雜詠

詠古鏡〔一〕

熒熒堂中鏡，皎皎懸秋月。寵移明與奪，勢滿光仍缺。美人昔提攜，拂拭生皎潔。用以奉君子，義投物不忽。良無刮劘費，豈謂遽乖絶？悲故情自懑，争妍道所劣。掩抑經冬春，蕪蝕怨芳節。黄鳥及候吟，朱蘭有時歇。推移準運理，顯晦遵前哲。顯晦亦何憐，所歎在乖别。

【箋】

〔一〕按，此詩與以下雞鳴篇、潛龍篇、孔翠篇、有鳥二首均收録於弘德集卷十一，據詩意可知，皆似作於正德年間。

雞鳴篇

宛宛天運周，雞鳴夜復旦。疢者寡長寐，思者多瘖歎。癙憂積中腸，緒理一何亂。衆人沓經營，君子樂衎衎。高山變爲陵，深谷化爲岸。願從詹氏卜，乘槎問河漢。

潛龍篇

驕陰不可制，堅冰憂我衷。陽馭倏來返，玄律播陰風。譬彼晝與夜，循環固難窮。古人閑①行旅，九市禁相通。陽升懼不力，静以收其功。養木當以萌，養德當以蒙。眇哉一絲微，奈此群陰攻。脈脈淵泉底，疇能拔潛龍。

【校】

①閑，弘德集作「閉」。

孔翠篇〔一〕

孔翠耀其羽，乃爲俗所珍。神龍處九淵，潛躍固有因。小人役瑣屑，君子揚其芬。遐哉顔閔烈，千秋灑靈氛。出事金玉昆，入奉堂上親。恩義苟不虧，豈必饌芳薰？爰騁六藝圃，載泳詩書津。何當繼喬木，振珮躡高雲。

【箋】

〔一〕孔翠，指孔雀和翠鳥。亦單指孔雀。漢王粲迷迭賦：「色光潤而采發兮，似孔翠之揚精。」文選左思蜀都賦：「孔翠群翔，犀象競馳。」李善注：「孔，孔雀也；翠，翠鳥也。」據詩意，似作於正德八年（一五一三）至九年詩人任江西提學副使受人誣陷遭遇朝廷查辦時。

有鳥二首〔一〕

有鳥東方來，長鳴向西北。竦身欲縛鳥，自顧無羽翼。白日蔽高陸，玄陰視無極。風飆晝烈烈，積霰墮我側。星紀雖云周，沴氣尚難測。逝者一何速，來者懼不力。杕杜生道左，孤桐棄遐域。雖懷壯士情，詎補陽和德？

其二

一爲羈旅士，遂使年歲積。人情感新故，慘慘不得釋。夜視天上星，翳翳雲霞隔。陽道即光明，何由布德澤。離居多隱①憂，悵念在今夕。借問悵念誰，是我同袍客。豈謂涼暄殊，所歎阻疆場。緘書寄游雲，會託南征翮。

【校】

①隱，弘德集、黄本、曹本作「永」。

【箋】

〔一〕據詩意，似作於正德九年詩人任江西提學副使身陷官司中時。